JN006134

ゴースト・ポリス・ストーリー

Ghost Police Story

横関 大

DAI YOKOZEKI

講談社

ゴースト・ポリス・ストーリー

装画 アオジマイコ
装幀 大岡喜直（next door design）

「お兄（にい）、おはよう」

午前七時三十分。長島日樹（ながしまはるき）がダイニングに入っていくと、キッチンに立っていた妹の聖奈（せな）が声をかけてくる。日樹は「おはよう」と低い声で返してから、テーブルの椅子に座った。最初に熱いほうじ茶を飲むのが毎朝の日課となっている。

聖奈はキッチンでネギを切っているようだ。朝刊を読みながらほうじ茶を啜（すす）っていると、やがて日樹の前には朝食が並べられていく。朝食のメニューは決まっていて、ご飯と味噌汁と納豆、それから夕食の残りが並ぶことがたまにある。今日は昨夜の夕食だった肉ジャガが小鉢に入っていた。

「いただきます」

日樹は朝食を食べ始めた。聖奈もエプロンを外して日樹の前に座った。納豆は一人一パックだ。自分の納豆にカラシを垂（た）らしながら聖奈が訊（き）いてくる。

「お兄、今日は仕事だっけ？」

「そうだ。何もなければ夜には帰ってくると思う」

日樹は渋谷署に勤める刑事だった。今日は土曜日。休日は当番制で出勤することになっていて、その当番日なのだ。渋谷は都内屈指の繁華街であるため、平日だろうが休日だろうが犯罪は常に発生する。

「お前は？　どっか行くのか？」

「友達とランチ」

「いいご身分だな。今のうちだぞ。刑事課に配属されたら優雅にお友達とランチなんて行けなくなる」

「刑事になるつもりはありませんので、ご心配なく」

聖奈がそう言って笑う。今月の誕生日を迎えれば二十五歳になる、十歳年下の妹だ。身内である日樹から見ても、妹は器量がいい。中学、高校の頃には何度も芸能関係のスカウトに声をかけられたらしい。そんな妹が警察官になると聞いたとき、日樹は心底驚いた。俺の真似をしなくてもいいんだぞ。真顔でそう言ったものだが、彼女は笑って言った。別にお兄の真似をしたわけじゃない。私が警察官になりたいから試験を受けるの。だって警察官って公務員だし、安定してるじゃないの。

そして聖奈は警察官になった。一昨年の春、警視庁に採用後、半年間の警察学校での研修を経て、今は池袋署の交通課に勤務している。以前は女子寮に住んでいたが、建て替えのために取り壊されることが決定し、半年前から日樹の住む2DKの部屋に転がり込んできた。日樹のマンションは新宿にあり、池袋に出勤するのにはうってつけの場所だったのだ。

「あのさ、お兄」

「どうした？」

「私ね、お見合いを薦められたんだけど」

口に含んでいた味噌汁を噴き出しそうになっていた。いや、実際には少し口から洩れてしまった。手の甲で口元を拭きながら日樹は言う。

「お見合いって、お前、まだそんな年じゃないだろうに」

「私だってそう思うけど、何か話が進んじゃったというか」

「それにしてもだな……」

まだ二十四歳だ。晩婚化が進んでいると言われているし、お見合いするには早いような気がする。それにお見合いなどしなくても言い寄ってくる男は無数にいると思うのだが。

「お見合いというか、紹介みたいな感じかな。同期の子から回ってきた話なんだよね。相手は多分警察関係者。だからお兄にも言っておこうと思って。反対？」

「反対ってことはないけどな……」

こういう場合、兄として何と返したらいいのか、その正解がわからない。頑張れ、と言うのも変な気がする。いい男だったらいいな、とでも言えばいいのだろうか。

実は日樹と聖奈は血が繋がっている兄妹ではない。聖奈はとある事情により、長島家に引きとられた養子だった。子供の頃から、日樹は妹のことを大層可愛がった。学校から帰ったらまずは妹のご機嫌を伺うのが、日樹の小学校時代の日課だった。宿題を教えるのも日樹の役目だったし、風呂にも一緒に入った。保育園で妹が友達に泣かされたと知るや、その相手の家に乗り込んだこともあるくらいだ。

変化が訪れたのは聖奈が高校に進学したあたりだった。当時、日樹は警察官に採用されて調布市の実家を出て一人暮らしをしていたのだが、盆や正月に帰省するたび、ぐんぐんと大人っぽくなっていく妹のことを直視できなくなっていった。それほどまでに妹は美しい女性になっていったのだ。

聖奈とは血が繋がっているわけではなく、法的な手続きを踏めば結婚さえできてしまうという、違う意味での恐ろしさもあった。だからいつしか日樹は聖奈を避けるようになった。会ってしまうから意識してしまうのだ。それならば会わなければいいだけだ。

「で、相手の男はどんな奴だ？　どこの署にいるんだ？」

試しに訊いてみる。できればお見合いなどやめておけと言いたいところだが、それを言って逆に訊き返されたらたまったものではない。どうしてお兄は私のお見合いに反対なの？　そう尋ねられた場合、答えに窮するのは目に見えている。

「知らない。あ、仮に会うことになってもお兄は来なくていいからね」

「当たり前だ。妹のお見合いに立ち会う兄貴も変だろうが」

そう言ってみたものの、内心はそのお見合いを遠くから見たいという、屈折した願望があるのも事実だった。お見合い相手が変な素振りを見せようものなら、遠くから走っていって殴り飛ばしてやりたいくらいだ。

　スマートフォンが震えていることに気づいた。画面を見ると後輩の名前が表示されている。日樹はほうじ茶を飲んでからスピーカー機能をオンにした。

「はい、もしもし」

「先輩、すみません。朝早くから」

　かけてきたのは森脇翔平という若手刑事だ。日樹が面倒をみている刑事で、今日の当番も一緒だったはずだ。

「猿楽町で遺体が発見されたようです。微妙な時間なので、お前たちが行ってくれと言われました」

　昨夜も当直の刑事が待機しているはずだ。しかし彼らは午前八時三十分をもって勤務が明ける。これから現場に向かってしまうと、数時間は拘束されることは確実だ。だったら交代する者が初めから対応した方がいいというわけだ。

「わかった。すぐに向かう」そう答えながらも日樹は食べるのをやめない。呆れたような聖奈の視線を感じつつも、咀嚼しながら指示を与える。「場所をメールで送ってくれ」

「了解しました」

　通話をオフにすると同時に食べ終わった。「ご馳走さん」

「片づけはいい。お兄は行って」

「すまん。頼んだぞ」
日樹は立ち上がり、ダウンジャケットを羽織りながら玄関に向かった。

現場は狭い路地を奥に入ったところにある、木造三階建てのアパートだった。建物はかなり老朽化しているようで、築三十年くらいは経過していると推察できた。そのアパートの外階段の下で、女性の遺体は発見されたという。日樹が現場に到着したとき、まだ遺体はその場に残されていた。若い女が仰向けに倒れている。

ちょうど渋谷署の鑑識職員たちが捜査車両から降りてくるところだった。「先輩、お疲れ様です」と言いながら森脇が近づいてきたので、「お疲れ」と返した。十二月の半ばに差しかかり、朝もめっきりと寒くなってきた。かじかんだ指に温かい息を吐きかけながら、日樹は森脇の説明を聞いた。

「発見したのは同じアパートの一階に住む住人です。朝、階段下で倒れている女性を発見、すぐに一一〇番通報したとのことです」

日樹は女の遺体のもとに向かった。おそらく二十代だろうと思われた。短いダウンジャケットに白いブラウス、黒いタイトなスカートを穿いている。スカートがめくれて、パンツが見えてしまっている。

日樹は手袋を出し、それを嵌めてから両手を合わせた。南無妙法蓮華経、と三回唱えてから膝をつき、遺体のスカートを直してあげる。後ろで森脇の声が聞こえた。

「先輩、マズいですって、そんなことしたら」

「可哀想だろうが。このくらいしてやってもバチは当たらねえよ」

遺体を観察する。後頭部から血が流れている。これが致命傷だろうか。水商売風の濃いメイクをしているが、顔立ちは整っている方だった。倒れている位置はちょうど階段の真下だった。階段の中ほどに黒いバッグが転がっており、その中身も階段に点々と散らばっている。

「被害者の所持品とみて間違いなさそうですね」と森脇が説明する。「財布の中に免許証が入ってました。名前は宮前亜里沙(みやまえありさ)、二十五歳。第一発見者の話によると、被害者はガールズバーで働いてたようですね。夕方くらいに出かけていく姿を何度か見たことがあるそうです」

そのときに立ち話になり、今度店に来てくれと言われたことがあるという。店の名前も教えてもらっていたが、それは忘れてしまったようだ。そのあたりのことは今後の捜査で明らかになっていくだろう。

日樹は立ち上がり、階段に向かった。散乱している被害者の私物を踏まないように階段を上る。階段の中ほどにキーホルダーが落ちていたので、それを拾い上げて階段を上る。廊下は奥に長く続いていて、一番手前の部屋のドアに、マジックで書いただけの『宮前』という表札があった。

日樹は拾ったキーホルダーを見た。形状から判断し、一本の鍵を差し込んでみる。ピタリと一致し、ドアが開いた。六畳一間のワンルームだ。若い女にしては質素な感じの部屋だった。背後で森脇が言う。

「階段を上ったところで足を踏み外して転がり落ちた。そんなところでしょうか」

「その可能性は高いな」

あとは何者かに突き落とされたか。このあたりの判断は鑑識の捜査結果を待ってからでもよさそうだ。まずは彼女の所持品を調べ、勤務先を割り出すことだ。そこでの評判を聞き出し、彼女を恨んでいた人物がいたかどうか、それを調べるのだ。

キーホルダーを落ちていた場所に戻し、階段を降りた。下では鑑識の捜査が始まっていた。顔馴染(なじ)みの職員が声をかけてくる。

「ハルちゃん、お疲れ。土曜の朝一番から大変だねえ」

「本当っすよ。そっちこそ今日は競馬中継見てる暇もないでしょ」

「先輩」と森脇が駆け寄ってきた。その手にはスマートフォンが握られている。森脇が早口で言った。

「署から連絡がありました。センター街で酔った男が暴れてるって話です。負傷者も出てるみたいですね。至急向かうよう言われました」

驚くような話ではない。朝から酔った男が暴れる。休日の当番ではよくあるパターンだ。こんな感じで一日中駆けずり回ることも珍しくなく、気づくと夜の交代時間を迎えている日もある。それが渋谷という街だ。

日樹は鑑識職員たちに声をかけた。

「じゃあ頼むよ。俺たち、呼び出し受けちゃってね。事件性があったら連絡をくれ」

すでに森脇はパトカーに向かって歩き出している。そちらに向かって足を進めながら、最後にもう一度日樹は遺体の方を見た。

捜査は任せておけ。だから成仏（じょうぶつ）するんだぜ。

声に出さずに遺体に語りかけてから、日樹はパトカーの助手席に乗り込んだ。

「私はやっぱりエグチ君かな。仕事ができる男って感じがして素敵だよね」

「私もエグチ君だな。彼って今は警視庁（ホンシャ）だっけ？」

「そうよ。上司にも受けがいいのよ、ああいうタイプは」

土曜日のランチタイムだけあり、店内は混雑している。長島聖奈はパスタをフォークに巻きつけ、それを口に運んだ。トマトソースにはニンニクと唐辛子の辛みが効いている。

西新宿の高層ビルの上層階にあるイタリアンレストランだ。窓からの見晴らしもよく、夜になれば夜景も綺麗に見えることだろう。聖奈の目の前では友人二人が食事そっちのけでお喋りに興じている。二人とも聖奈と同じく警察官だ。野村（のむら）まどかと岡田彩美（おかだあやみ）。警察学校の同期で、どちらも交通課に勤務している。まどかが浅草（あさくさ）署、彩美が目黒（めぐろ）署だ。

「そういえばエグチ君って聖奈に気があるって噂があったわよね」

「あったあった。告白して振られたとか。聖奈、あれって何だったの？」

急に話を振られ、聖奈は答えた。

「卒業したらご飯に行こうって言われたけど、断ったのよ」

「何それ、初耳なんだけど。詳しく聞かせて」

「本当にそれだけなの。廊下ですれ違ったときにそう言われて、ごめんなさいって断っただけ。その後は少しだけ気まずくなった」

傍から見れば男の話で盛り上がっている女友達同士にしか見えないだろう。最近では警察官採用試験でも女性の受験率が高くなっているらしい。まどかも彩美も柔道経験者なのだが、日頃のダイエットが功を奏しているのか、それなりにスリムな体型を維持している。

三人のガールズトークは続き、パスタも食べ終えて締めのデザートとコーヒーが出てきたとき、彩美が話を振ってきた。

「この前の話だけど、どうする？」

お見合いの話だ。二週間ほど前、こうして三人で食事をしているとき、彩美からお見合いの話を持ちかけられたのだ。聖奈のことを気に入った人がいるみたいだから、一度会ってみないかと。

「やっぱりやめておこうと思ってる。気が進まないんだよね」

聖奈は正直に言った。あまりお見合い的なものは好きではないし、そもそも二人きりで会うというのが緊張する。

「まあ聖奈が嫌というなら仕方ないけどね。わかった。先方には私からうまく伝えておくから」

警察というのは同族意識が強い社会であり、職場結婚も多い。聖奈が勤務する池袋署でも毎月のように職場結婚の報告があり、そのたびに小さなセレモニーがおこなわれる。やはり警察官というのは特殊な仕事であるため、出会いがないというのが実情だ。まどかは同じ浅草署の先輩と付き合っているし、彩美は今はフリーだがつい最近まで同期の男子と交際していた。どちらも職場恋愛だ。

「そういえば」と彩美が思い出したように言う。「こないだ聖奈のお兄さん見たよ。山手通りで駐禁の取り締まりしてたら、通りかかったのよ。向こうも気づいたみたいで、声をかけてきてくれた。お兄さん、やっぱりイケメンだね」

「家だと単なるオヤジだけどね。脱いだ靴下とかそのへんに落ちてるし」

「やめて、聖奈。私を幻滅させないで」

日樹はガサツな男なのだが、不思議と女子受けがいい。面倒臭いという理由であまり剃らない髭でさえ、女子からするとワイルドに見えるというから面白いものだ。

兄とは血が繋がっていない。聖奈がそれを知らされたのは今から十年前、高校に進学した頃だった。急性白血病で母の多香子が亡くなり、その葬儀が終わったあと、寺の本堂で父であり、寺の住職でもある長島日昇から打ち明けられたのだ。

聖奈の実家は調布市にある日輪寺という寺だった。今から二十五年前、ある家族が交通事故に遭い、生後間もない赤ん坊だけが助かったという。事故の瞬間、母親が咄嗟に我が子を抱き締め、衝撃から救ったというのだった。

　問題はその赤ん坊の引きとり先だった。手を挙げる親戚がいない中、名乗りを上げたのが寺の住職、長島日昇だった。聖奈の両親は日輪寺の檀家であり、生前から懇意にしていたようだった。そうして生き残った赤ん坊は日輪寺に引きとられ、養子として育てられることになったのである。

　自分だけ家族とは血が繋がっていない。突然そう言われても実感が湧かなかった。戸籍の上では自分が長島家の一員であることは疑いようのない事実であり、それを今さらどうとも思わなかった。私は長島聖奈。日輪寺の娘。そう思ってずっと生きてきた。

「でも聖奈、一緒に暮らしているということはだよ。もしかしてお兄さんがパンツ一枚でシャワーから出てきたりするわけ？」

　まどかに話を振られ、聖奈は答えた。

「まあね。たまには」

「キャー、それって最高じゃない」

　まどかと彩美が悲鳴を上げて喜んでいる。その様子を見て、聖奈は内心溜め息をついた。

　聖奈は十歳年上の兄に対して、強い愛着を感じている。いわゆるブラザーコンプレックス、略してブラコンだ。そう気づいたのは十七歳のときだ。初めて彼氏ができたのだが、付き合っているうちにどこか物足りなくなり、気づくと兄のことを思い出す瞬間が何度かあった。恋人と一緒にいても、「ああ、お兄だったらもっと楽しいんだろうな」などと思ってしまうのだ。

当時はすでに日樹は警察官になっていて、年に何度か会うだけだった。

だから半年前に女子寮の建て替えが決まり、新しい住居を探さなければいけないとなったとき、聖奈はごく自然に兄との同居を決めた。その選択に何の躊躇(ためら)いもなかったが、彩美たちに言わせると「聖奈のブラコンはヤバい」らしい。

「ケーキもう一個食べない？」

「いいね。せっかくだから三人別々の頼んでシェアしようよ。聖奈はどれにする？」

「うーん、どうしようかな」

聖奈が広げられたメニューを見ていると、テーブルの上に置いてあったスマートフォンのランプが点灯していることに気づいた。メッセージを受信していた。日樹からだ。開くと『夕飯は鶏の唐揚げが食いたい』と書かれていた。まったく呑気(のんき)な男なんだから、と思いつつも、帰りに鶏肉買って帰らないとな、と聖奈は知らず知らずのうちに考えている。

午後六時。日樹は渋谷の路上にいた。円山町(まるやまちょう)の路地裏だ。ラブホテルのネオンが見える。まだ時間が早いせいか、それほど人通りは多くない。
「先輩、よかったらどうぞ」
「悪いな」

森脇が差し出してきた缶コーヒーを受けとり、その場で一口飲んだ。日樹は雑居ビルの非常階段の踊り場から、下を見下ろしていた。視線の先には一人の男がいる。

男はヤンキー座りで電子タバコを吸っている。年齢は四十前後で、どこから見ても怪しい風体だ。周囲からはジョニーと呼ばれている男で、風俗業の運転手が正業のようだが、実際のところは何をやっているかわからないという、渋谷でよく見かけるタイプのチンピラだ。一番の稼ぎは麻薬の密売らしいが、この年になるまで尻尾(しっぽ)を摑(つか)ませないあたりに、この男の用心深さが窺えるというものだ。

「本当に来るんですかね、内通者は」

「どうだろうな。ガセの可能性も高いけどな」

渋谷署内に内通者がいるのではないか。そんな噂が流れ始めたのはかれこれ二年ほど前のことだった。

発端は生活安全課からの情報だった。ある反社会的勢力が麻薬の取引をおこなうという情報を摑んだことがきっかけだ。近隣の署にも協力要請が出され、その現場を押さえることになったが、直前で取引が中止になった。

同じようなことが何度も続いた。麻薬の取引だけではなく、違法賭博(とばく)の摘発の情報まで洩れている様子だった。そのうち捜査員の一人が言い出した。渋谷署には反社に通じてる者がいるんじゃないか。俺たちを裏切っている内通者が。

存在するかどうか、それさえもはっきりしない裏切り者に振り回され、署員たちは疑心暗鬼になっていった。すでに二年が経ち、内通者の存在には誰もが目を瞑るようになった。関わり合いになるのを避けるかのように、その話題は署内ではタブーとなっている。

「あ、誰か来ましたね」

一人の男がジョニーに近づいていった。しかしただの通行人だったようで、通り過ぎただけだった。わずかに落胆する。

さきほど署で報告書を書いていたときだった。日樹のスマートフォンに着信があった。組織犯罪対策課に所属の、親友とも言える男からだった。ジョニーというチンピラが内通者に繋がっている可能性があるから調べてみてくれないか。そう言われたのだ。電話をかけてきた男は別の事件で内偵中のため、身動きがとれないようだった。そこで森脇とともに足を運んでみたのである。

しばらく見張っていても動きはない。待っているのは性に合わない。日樹は言った。

「ちょいと職質かけてみるぞ」

非常階段を下りて路上に出た。そのまま真っ直ぐジョニーのもとに向かって歩いていく。近づいてきた日樹たちの姿を見て、ジョニーが血相を変えた。近くにあった自転車を押し倒してから、弾かれたように逃げ出した。

「待てっ」

日樹も走り出す。倒れた自転車を飛び越える。意外にもジョニーは足が速く、追うのに難儀した。しかしこちらは渋谷の街を熟知しているし、日々のトレーニングを欠かしていない。それに二人というのが最大の強味だった。追走劇は三分も続かなかった。細い路地で挟み撃ちにすることに成功したのだ。

「逃げるんじゃねえよ。疲れるだろ」

壁際に追い詰めた。ジョニーは壁にべったりと背中をつけて、こちらを見ている。何かを恐れているような視線だった。日樹はバッジを見せながら言った。

「渋谷署の者だ。これは職質だと考えてくれて構わない。実は警察官と情報のやりとりをしている不届き者がいるという情報が入ってな。心当たりはないか？」

ジョニーが激しく首を横に振る。異常なほどに取り乱しているようだ。森脇に目配せをすると、彼が前に出てジョニーの身体検査を始めた。衣類のポケットから始まり、財布の中身も確認した。

「駄目ですね。何も持っていないようです」

森脇が言った。ここまで警察を恐れるからには、捕まってはいけない理由があったということだろう。多分麻薬あたりだろうな、と日樹は推測した。仮にこの男が麻薬の売人だったとして、正々堂々麻薬を所持しているということは有り得ない。麻薬を保管するコインロッカーの鍵などを持っていて、それを金と引き換えに客に渡すことが多いらしい。逃走中、どこかに鍵を投げ捨てたに違いない。ただし現時点では任意同行をかけるのは難しかった。何の証拠もないからだ。

「森脇、行くぞ」

最後にジョニーを睨みつけた。次に見かけたらただじゃおかないぞ。そう伝えたつもりだった。踵を返して歩き始める。

すでに交代時間はとっくに過ぎている。足早に歩いていく女たちの姿が目立つ。出勤していくキャバクラ嬢といったあたりだろう。土曜日の渋谷はまだまだこれからの時間帯だ。

すっかり遅くなっちまったな。

日樹は新宿の街を歩いていた。時刻は午後八時を回っている。署に戻って今日一日の報告書をまとめていると、こんな時間になってしまったのだ。もっともすべての報告書を書き終えたわけではない。大筋だけを整理して、週明けに持ち越しだ。

日樹の住むマンションは新宿一丁目にある、八階建ての鉄筋コンクリート造の建物だ。渋谷署に配属となった三年前から住み始めている。交通の便がよく、よほど遠くの所轄に飛ばされることにならない限りは住み続けることになるだろう。

コンビニの看板が見えたので、日樹は店内に足を踏み入れた。冷蔵ケースの中から缶のハイボールを二本とり出した。明日は完全にオフなので、このくらいは構わない。家では聖奈が唐揚げを作って待っているはず。唐揚げとハイボールという組み合わせは非常に魅力的だ。

ほかにも数品のスナック菓子を持ち、レジに向かった。支払いをしているとポケットの中でスマートフォンが震え始めた。画面を見ると『森脇』と表示されている。お釣りを受けとってから店を出て、スマートフォンを操作して耳に持っていく。

「先輩、お疲れ様です」

「お疲れ。そっちはどうだ？」

一時間ほど前、王泉大学附属病院から刑事課に電話がかかってきた。その大学病院は監察医として警視庁と提携しており、渋谷署の管轄内で発見された遺体の解剖を一手に引き受けている。今朝、猿楽町で発見された女の遺体の詳細が判明したとのことだったので、話を聞きに森脇は向かったのだ。

「死因は後頭部を強く打ったことによる脳挫傷。階段から転がり落ちたときに激しくぶつけたみたいですね。それ以外の外傷はないようです。詳しい報告書は課宛てにメールで送ってくれたみたいです」

あとは鑑識の捜査の結果次第だ。争った形跡や不審な品物等が現場から発見されなかった場合、事故の線で進めてよさそうな気がする。今朝は酔っ払いが暴れたせいで十分な聞き取り捜査ができなかった。

「勤務先は道玄坂にあるガールズバーです。店の名前は〈パプリカ〉というそうです」

「そうか。休み明けの月曜日、聞き込みに行くとしよう」

「わかりました。あ、先輩。友利先生が先輩によろしくとおっしゃってました」

友利というのは面識がある監察医だ。ここ二ヵ月ほど顔を合わせていないが、向こうはこちらのことを多少は気にかけているらしい。

「了解だ。じゃあまた月曜日にな」

通話を切り、日樹は歩き出した。自宅マンションまであと五百メートルほどだ。歩き慣れた道だった。角を曲がり、狭い路地に入る。

またスマートフォンが震える。今度はメッセージを受信したらしい。聖奈から『遅い』という短いメッセージが入っていた。メッセージのあとには怒ったような絵文字がつけ足されている。

日樹は苦笑する。圧倒的に分が悪い。唐揚げを食いたいと言っておきながら、夕食の時間に遅れてしまったのだから。

『もうすぐ着く』というメッセージを送り、そのまま歩き出したときだった。背後に人の気配を感じた。振り返ろうとした、そのとき――。

ドスン。背中に衝撃を感じた。何かがぶつかってきたようだった。最初に感じたのは焼けるような熱さだった。その熱さがすぐに激痛に変わる。

な、何が起こったんだ?

世の中にこんな痛みがあるのか。そう思うほどに背中が痛い。背中だけではなく、内臓全体がかき回されているようでもある。もはや立っていることができず、気がつくと日樹は前のめりに倒れていた。

息苦しくて仕方がない。溺れるような感覚だ。「ゴホッ」という音とともに大量の液体が口から溢れ出す。それが吐瀉物なのか、血液なのか、日樹には理解できなかった。

急激に体が冷えていく。同時に意識が薄れていった。冷たいアスファルトに体がへばりついてしまったようで、そこからさらに下に沈んでいくような感覚がある。聖奈、ごめんな。俺、帰れそうにないや。多分このまま俺は、きっと――。

目の前が真っ暗になり、日樹の意識はそこで途絶えた。

まったくもう、遅くなるんだったら連絡してよ。

兄から届いたメッセージを見て、聖奈は溜め息をついて立ち上がる。実はまだ鶏肉は揚げていない。日樹は時間通りに帰ってこないのではないか。そんな予感がしていたのだ。案の定、夜の七時を回っても兄が帰宅することはなく、八時を過ぎたあたりで遂に堪忍袋の緒が切れて、メッセージを送ってみたのだ。もうすぐ着く、というからには駅からここに向かって歩いている最中だと思われた。

冷蔵庫から圧縮袋に入れた鶏肉を出した。すでに調味液に漬け込んであるので、このまま揚げればいいだけだ。サラダなどは冷蔵庫に入っているから心配ない。兄は夜は炭水化物をあまり摂らない人なので、冷凍してあるご飯だけで十分だ。

鍋の準備をしていると、スマートフォンが鳴り始めた。兄だろうかと思って画面を見に行くと、そこには『彩美』と表示されている。スピーカー機能で通話状態にした。

「ごめん、聖奈。今、大丈夫?」

「うん、大丈夫。どうかした？」

「実はさっき急に思いついたんだけど」そう前置きしてから彩美は続けた。「今度さ、飲み会しない？　ほら、私も今はフリーだし、聖奈もいい人いないんでしょ」

「まあ、いいけど……。で、相手は？」

「聖奈のお兄さん」

「うちの兄と？」

「そう。いいじゃん。私、聖奈のお兄さん結構タイプなんだよね」

あんなののどこがいいんだか。聖奈はそう言おうとしたが、彩美が声を弾ませて言う。

「こないだお兄さんを見かけたって言ったじゃん。そのときキュンとしたんだよね」

たしかに顔だけ見る分には兄はイケメンではある。それに警察官でもあるので、職場結婚ということになる。家計のことを考えれば、公務員同士の結婚は安泰だ。

「それにお兄さんと一緒にいた同僚の人も可愛かったわ。その人も一緒に誘って、今度飲み会しようよ」

森脇のことだ。年齢は三十歳くらい。最近日樹が一緒に組むことが多い刑事だ。この家にも何度か訪れたことがある。酔い潰れてしまった兄に肩を貸すのが彼の役割だった。

「聖奈だってもう長いこと彼氏いないでしょ。もったいないよ、聖奈可愛いんだから」

「私は別に……」

前の彼氏と別れてから一年ほどが経つ。自分には男運がないのではないか。聖奈は漠然とそう思っている。付き合った男は大抵不幸になってしまうのだ。

たとえば大学のときに付き合っていた先輩は一緒に行ったスノーボードで転倒して大腿骨を折る大怪我をしてしまったし、去年付き合っていたIT企業のサラリーマンは電車内での痴漢の冤罪で左遷された。似たようなことがほかにも何度かあり、自分は男を不幸にする女、いわゆるサゲマンなのではないかと常々思っている。

彩美たちともたまにそんな話になり、今度一度お祓いしてもらったらと言われたこともある。悪い霊のようなものが憑いているんじゃないのと冗談を言われたこともあるくらいだ。

「そういうわけだから、頼んだわよ」

「ちょっと待ってよ、彩美……」

一方的に通話は切られてしまう。外で兄と一緒に食事をするのは構わないが、そこに第三者が同席するとなると、少し気恥ずかしい気持ちになるのはなぜだろう。まあいい。セッティングだけして私は行かなければいいだけだ。

いけない、そろそろ鶏肉を揚げないと。

聖奈はキッチンに向かう。鍋に適量の油を入れ、火にかけた。圧縮袋の中の鶏肉はいい感じに味が染み込んでいそうだった。美味しい唐揚げができそうだ。

――聖奈、ごめんな。

不意にそんな声が聞こえたような気がして、聖奈は振り向いた。当然のごとく室内には誰もいない。兄の声のようだった。

気をとり直して聖奈は鍋の油に目を向ける。表面にまだ変化はなく、つまみを捻って少しだけ火力を上げた。

目が覚めた。やけに体が冷たく感じる。気を失ってからどれほど時間が経ったのか、日樹にはまったくわからなかった。

立ち上がろうとしたが、指先一つ動かすことができなかった。さきほどまで感じていた背中の激痛が消え失せていた。麻痺しているのだろうか。

するとそのとき、不思議な現象が起きた。不意に自分の体が軽くなり、気がつくと自分の体を見下ろしていた。

どうして、俺が、倒れているんだよ。

目を疑った。眼下では日樹自身がうつ伏せで倒れているではないか。街灯に照らされた背中には赤黒い染みが広がっている。口から血が噴き出していた。

これは……死にかけている俺だ。となると、今の俺って……。

足音が聞こえてくる。ジョギング中の若い男だった。若い男は路上に横たわる日樹の姿を見て立ち止まった。恐る恐る近づいてきた男だったが、背中から流れる血に気づいたのか、尻餅をつくように後ずさった。イヤホンを外し、スマートフォンをとり出した。一一〇番通報するようだ。やがて声が聞こえてくる。

「……ひ、人が死んでいるみたいです。倒れてるんです、俺の目の前で。……いや、そこまで確かめたわけじゃないです。ちょ、ちょっと待ってください」

男が近づいてきて、倒れている日樹の鼻のあたりに手をやった。そしてまた話し始めた。

「ほんの少しですけど、鼻息を感じました。そ、そうですね。救急車もお願いします。……場所ですか？　ええと、ここは……」

男が電柱に書かれた地番を読み上げている。日樹は男のもとに近づいた。膝をついて男の耳元で言う。

「おい、聞こえるか。俺の声が聞こえるか」

男はまったく反応しない。通話を終えた男は三歩ほど後ろに下がり、所在なげに立ち尽くしている。さらに日樹は男に向かって叫ぶように言った。

「聞こえないのか。おい、俺の声が聞こえないのかよっ」

やはり反応はない。こちらの声は彼の耳には届いていないようだ。日樹は手を伸ばし、男の肩に手を置こうとする。が、何の感触もない。空気のように日樹の手は男の肩をすり抜けてしまう。

どういうことなんだよ、これは……。

ショックで言葉も出なかった。いや、言葉は出るのだが、それが誰かの耳に届くことはないようだった。

日樹は前に出て、それを見下ろした。間違いない、倒れているのは自分だった。俺自身が背中から血を流して倒れているのだ。軽い眩暈に襲われて、日樹は目頭を押さえた。こいつはもしかして――。

訳がわからぬまま、日樹はその場に立ち尽くしていた。どれほどそうしていたのかわからない。気がつくと救急車のサイレンが聞こえてきた。救急車は日樹の目の前で停車した。降りてきた救急隊員たちが倒れている日樹の体に駆け寄った。状態を確認しているらしい。日樹の体は担架に載せられた。

「一、二の三、はいっ」

かけ声とともに担架が持ち上げられ、救急車の中に運び込まれていく。どうしたらいいだろうか。そう考えたが体が自然に動いていた。日樹は救急車の後部座席に乗り込む。すぐに救急車はサイレンを鳴らして発進する。

すでに口には酸素マスクが当てられており、シャツのボタンも外されて胸のあたりに電極のようなものが貼られている。そこから伸びたコードが医療機器に繋がっていた。テレビドラマなどでもお馴染みのやつだ。心拍数やら血圧といった数値が画面に表示されていた。心拍数を示すパルスは日樹が見ても弱々しいものだとわかる。救急隊員たちが言う。

「厳しいですね」

「AEDだな」

自動体外式除細動器のことだ。心臓に電気ショックを与え、心肺蘇生を試みる装置だ。「せーの」のかけ声とともに電流が流れると、横たわる日樹の体がビクンと跳ね上がった。しかしモニターのパルスにはさほど変化がない。

「もう一回だ」

さらにもう一回、電気ショックが与えられた。跳ね上がる自分の体。モニターのパルスに変化なし。たまに小さく起伏が現れるだけだ。

「どうしましょうか。このままだと……」

救急隊員がそう言って首を振る。たまらず日樹は口に出していた。

「どうしましょうか、じゃねえよ。助けろよ。助けてくれよ。なあ、頼むよ」

悲しいかな、日樹の声は救急隊員たちには届かない。車はサイレンを鳴らして突っ走っている。今、赤信号を直進したところだった。

自分が置かれている状況を理解しているわけではない。わかっているのは自分が生死の境を彷徨（さまよ）っているということで、なぜかそれを俯瞰（ふかん）している自分もいる。

戻ればいいのではないか。そうだ、そういうことだ。日樹は思いつき、寝ている自分の体に重なるように寝転んでみた。生き返れ。生き返るんだ。そう強く念じてみても、何も変わることはない。本当に俺はこのまま死んでしまうのだろうか。

再び体を起こす。救急隊員が日樹のスーツの上着の内ポケットから財布を出すのが見えた。財布の中の身分証明書を確認したらしく、救急隊員が日樹の肩を叩きながら言った。

「長島さん、頑張ってください。長島さん、聞こえますか」

「聞こえてるって」

思わず日樹はそう言ったが、救急隊員は懸命に声をかけ続けていた。もう一人の男は両手を胸に押し当て、心臓マッサージを繰り返している。

「頼むよ。助けてくれ。こんなところで死にたくねえよ。なあ、頼む」

何もできないもどかしさがあった。本当に俺は、ここで死んでしまうのか。

まだ三十五歳だ。抱えている事件も数多くあるし、やってみたいことも山ほどある。真っ先に頭に浮かぶのは結婚だ。一度でいいから結婚というものを体験してみたい。子供も欲しい。できれば三人。

それに聖奈だ。血の繋がっていない、十歳年下の妹だ。妹という存在を超え、日樹にとっては特別な存在だった。家に帰れば聖奈がいる。そう思うだけで自然と口元がほころんだ。家では不機嫌そうな顔をしていたのだが、内心は嬉しくて仕方なかったのだ。

妹と一緒に居られるだけで喜ぶ兄。自分が倒錯しているという自覚もあるが、そもそも聖奈とは血が繋がっていないのだという理屈もある。とにかくこの半年間、日樹の毎日は充実していた。それだけは間違いのない事実だった。

「心拍数、さらに低下」

「長島さん、大丈夫ですか。聞こえますか」

救急隊員は耳元で必死に呼びかけている。酸素マスクをしている自分の顔は土気色に変色している。生気というものがない。刑事という職業柄、数々の遺体を見てきたからわかる。これはもう、ほぼ死人の顔だ。

楽しかった半年間が走馬灯のように頭をよぎる。飲み過ぎて帰った夜、聖奈に叱り飛ばされたこともあった。乾燥機の中で回っている聖奈の下着を見て、あの小さかった聖奈がこんな下着をつけるようになったんだなあ、と妙な感慨に耽(ふけ)ったこともある。そうだ、これは罰が当ったのかもしれない。楽しかった半年間の代償として、俺はこんな目に遭ってしまったのか。

「ご臨終です」

モニターのパルスが完全に平坦になった。ほかの数値も概(おおむ)ねゼロを示している。二人の救急隊員が目を閉じ、両手を合わせて首を垂(た)れた。どうやら俺は本当に死んでしまったらしい。救急隊員が酸素マスクをとり、乱れた衣服を直し始めた。

日樹は改めて自分の遺体を見下ろした。ついさきほどまで息をして動いていた自分の体だ。本来であれば自宅で聖奈の作った鶏の唐揚げを食べながらハイボールを飲んでいるはずだった。それが今や見る影もなく、目を閉ざしている。

日樹は自分の手を見た。たしかに自分の手はそこに存在していた。その手を救急隊員の顔の前で振ってみるのだが、彼は無反応だ。

冗談はやめてくれ。俺は本当に、幽霊になってしまったのか。

「お釣りは要りませんので」

聖奈は紙幣をコイントレーに置き、そのままタクシーから降りる。新宿区内にある総合病院の前だ。周囲はひっそりと静まり返っている。夜間専用の出入り口の案内を見つけ、そちらに向かって走り出した。

さきほど新宿署から連絡があり、兄の日樹が病院に搬送されたと伝えられた。何があったのか。容態はどうなのか。いくら聖奈が尋ねても電話をかけてきた刑事は教えてくれなかった。とにかく早く病院に来てください。その一点張りだった。

そういえば、と思い当たることがあった。兄からメッセージが届いた直後のことだ。唐揚げを揚げ始めたとき、救急車のサイレンが聞こえたのだ。かなり近いなと思ったが、それを日樹と結びつけて考えようとはしなかった。

すべての唐揚げを作り終えても、兄が帰宅することはなかった。試しに電話をかけてみたが出なかった。それから一時間ほど経ったあと、未登録の番号から電話がかかってきて、出ると相手は新宿警察署の刑事であると名乗ったのだ。

嫌な予感がしていた。タクシーの車内でもずっと焦りが募(つの)っていた。兄の身に何か起きたのは確実で、問題はそれがどの程度のものであるかだ。軽症で済んでほしいというのが聖奈の願いだが、電話をかけてきた刑事の硬い口調からして、事態はそれほど楽観できないだろうと思っている。

夜間専用出入り口から中に入る。守衛が立っており、名前と連絡先を書くように指示を受けた。必要事項を書き終えたところで、こちらに近づいてくる足音が聞こえた。スーツを着た二人の男だった。前を歩く男が声をかけてきた。

「長島聖奈さんですね」

「そうです。兄の容態は……」

遮(さえぎ)るように男は言った。

「先にご案内します。こちらになります」

男は歩き始める。仕方ないので聖奈は男たちの背中を追った。聖奈が追いつくと男が説明を始めた。

「私は新宿署刑事課の荒木(あらき)と申します。今回の事件を担当させていただくことになりました」

事件。事故ではなく、これは刑事事件ということなのだ。嫌な予感が現実味を帯びてくる。

「今から一時間と少し前、一一〇番通報がありました。路上で男性が背中から血を流して倒れている。そういった内容でした。すぐに救急車が現場に急行しました。そこに倒れていたのはあなたのお兄さんである長島日樹さんでした」

やはりあの救急車のサイレンがそうだったのだ。兄はあのとき病院に運ばれていったのだ。それなのに私は呑気に唐揚げを揚げていたのだ。まったく何てことを……。

「救急隊員が到着したとき、お兄さんの意識はありませんでしたが、まだ呼吸はしていたようです。すぐに担架に載せられました」

何度か廊下の角を曲がり、気づくと狭い廊下を歩いていた。あまり外来患者が立ち入れないような感じの場所だった。

「救急車の車内で懸命の治療が施されたようです。しかしお兄さんの容態が快方に向かうことはなく、病院に着く前にお亡くなりになられたそうです」

目の前が真っ暗になる。お兄が……亡くなった？

「こちらです」

刑事たちは足を止め、一枚のドアを手で示した。ドアには『霊安室』と書かれたプレートが貼られている。これは現実か。私は夢を見ているのではないのか。そう疑いたくなるほどだった。すでに自分の足で立っているという感覚さえもなくなっている。

「お気をたしかに。お気持ちはわかります。心の整理ができたら、中にお入りください」

心の整理などできるものか。兄が死んだと聞かされた直後なのだ。動転しない方が無理というものだ。あのお兄が、死んでしまったというのだ。そんな話、信じられるわけがない。

呆然（ぼうぜん）としたまま、気がつくと右手をドアにかけていた。決して心の整理ができたわけではなく、むしろ混乱はさらに強まっていた。しかしいつまでもここでこうしているわけにはいかない。そう本能的に思ったのかもしれなかった。

ドアを開ける。中には一台のベッドが置かれていた。足をこちらに向けている。頭の後ろには台が置かれていて、そこから線香の煙が立ち昇っていた。ベッドの上にはシーツに包まれた体がある。素足が覗（のぞ）いているが、それだけでは兄であるとは断定できない。

室内に足を踏み入れると、自分の足音がやけに大きく聞こえた。顔は白い布で覆われていた。一瞬拝んでしまいそうになったが、何とかそれを押しとどめた。両手を合わせてしまうとこの遺体を兄だと認めてしまうことになるような気がした。まだ兄が死んだと決まったわけではない。人違いの可能性だってきっとある。そう思いたかった。

手を伸ばして、白い布を指でつまむ。自分の指が小刻みに震えているが、どうすることもできなかった。恐る恐る布をめくってみる。

真っ白い顔だった。兄の日樹に間違いなかった。頰のあたりを触ってみると、驚くほど冷たかった。最後に見たのは今日の朝だ。最後に交わした言葉は何だっただろう。行ってらっしゃいとでも声をかけたのか。

「これは殺人事件です。刺された直後に発見されたものと思われます。すでに捜査員を動員して付近一帯を捜索しています」

いつの間にか荒木と名乗った刑事が部屋の入り口に立っていた。直立不動のまま荒木は続ける。

「同じ警察官として、同じ刑事として、お兄さんを殺害した犯人を許すわけにはいきません。妹であるあなたからも事情を訊かせてもらうことになるでしょう。まずは……」

「……すみません。一人にしてください」

思わず声が出ていた。自分が思っていた以上に強い口調になっていた。

「しばらくの間、兄と二人きりにしてください。お願いします」

荒木は何も言わず、黙ったまま霊安室から出ていった。ドアが閉ざされると室内は静寂に包まれた。聖奈は改めて兄の遺体を見下ろす。眠っているようにも見える。冗談だったらやめてほしい。目を覚ましてほしかった。

「お兄、どうして……」

言葉が続かなかった。遺体の胸のあたりに顔を沈め、聖奈は泣いた。自分はこれほどの声を出して泣けるのか。そう思ってしまうほど、大きな声を出して聖奈は泣いた。泣いてもどうにもならない。わかっていたが、泣き続けることしかできなかった。

日樹は途方に暮れている。当たり前だ。目の前で妹がワンワンと声を出して泣いているのだから。しかも自分の遺体にすがりついて。

「泣くなよ、聖奈」

そう声をかけてみたのだが、もちろん日樹の声は妹の耳には届かない。聖奈は遺体の胸のあたりにすがりつき、泣き続けている。

「弱ったなあ……」

思わず本音が口から出てしまう。もちろん、死んでしまった後悔もあるし、自分を殺した何者かに対する強い恨みもある。しかし今の状況を一言で表すとしたら「弱った」である。「困った」、と言い換えてもいいかもしれない。幽霊になってしまったという状況に困惑していた。ずっとこのままなのだろうか。

「おい、聖奈。いつまで泣いてんだよ。お前が泣いても俺が生き返るわけじゃねえんだぞ」

日樹は妹の背中を撫でようとするが、その手は虚しくも彼女を素通りしてしまう。何だか気持ち悪い。日樹にはしっかりと自分の体が見えている。感覚として自分が存在しているのがわかる。幾分体が軽く感じる程度だ。何だか不思議な感覚だ。

聖奈が遺体から顔を離した。それからしばらく遺体を見下ろしたあと、両手を胸の前で合わせ、小声で何か唱え始める。お経だ。寺の子供だけあり、聖奈も日樹も代表的なお経くらいは唱えることができるのだ。

一瞬だけ身構える。聖奈がお経を唱えることにより、供養されて消えてしまうのではないかと思ったのだ。何も起こらなかったが、胸がざわつくような感じがする。ガラスを爪で引っ掻く音を聞いたときのような感じだ。

お経を唱え終えた聖奈がバッグから化粧ポーチを出し、その中の鏡で自分の顔を確認し始めた。泣き腫らした目元が赤くなっている。ノーメイクで家を飛び出してきたらしい。目元をハンカチで押さえて涙を拭き、化粧ポーチをバッグの中にしまった。こういうときに顔を気にするなんて、やはりこいつも女なんだなと改めて思った。

「お兄、またね」

聖奈は日樹の遺体にそう声をかけてから、霊安室から出ていった。日樹もそれに続く。外ではさきほどの荒木という刑事が待っている。新宿署の刑事だと言っていた。荒木は聖奈のもとに近づいてくる。

「念のために確認させてください。ご遺体はお兄さんで間違いありませんね」

「間違いありません。遺体は兄でした」

そうだよ、俺だよ。文句あるのかよ。日樹はそう言ってやったのだが、やはり二人にはこちらの声が聞こえないらしい。

「お悔み申し上げます。それとさきほど署から連絡があったんですが、あなたは池袋署にお勤めのようですね」

「はい、交通課に勤務しております。警察官です」

「なるほど。お兄さんは何者かに殺害されたと考えられます。少しお話しさせてもらってよろしいですか？」

「わかりました。協力させてください」

「ではこちらへ」

おいおい、馴れ馴れしく妹の肩を触ってんじゃねえよ。荒木が聖奈の肩に手を回すのが見えたが、まあそのくらいは大目に見てもいいかなと思った。荒木という刑事は物腰も柔らかく、丁寧な言葉遣いだ。聖奈が警察官とわかった時点で、警察社会の上下関係を利用して居丈高な態度に出るかと思ったが、そういうこともなかった。穏やかなタイプの男なのだろう。

二人は廊下のベンチに座った。その近くにはさきほどもいた若い刑事が立ち、手帳を開いていた。周囲に人の気配はない。廊下は静まり返っている。

「寒いので手短に済ませましょう」そう前置きしてから荒木が続けた。「お兄さんを恨んでいた人物に心当たりはありますか？」

「特には……。すみません、参考になるような話ができなくて」

いろいろ考えているのだが、日樹自身も殺されるほどの恨みを買った覚えはまったくない。

刑事という仕事柄、多少は人に恨まれることもあるが、殺意にまで繋がるようなケースは少ないはずだ。俺を殺したのはいったいどこのどいつだろうか。

「お気になさらずに。お兄さんは渋谷署の刑事だったんですよね。その関係で恨まれることもあったはずです。何か気になるようなことはありませんか？」

「仕事の話を家ではしなかったんです。そういう暗黙の了解がありました。それに兄は忙しくて、あまり家にはいませんでしたから」

渋谷では刑事事件が頻繁に発生し、捜査本部が設置されるとそこに張りつくことになるため、一週間帰宅しないこともざらにあった。さらに交代勤務もあることから、多くの時間を一緒に過ごしたとは言い難い。だからこそ、二人きりの時間は貴重だった。ただし終始馬鹿な話をして終わってしまうのであったが。

「仕事以外のことではどうでしょうか。何かプライベートで問題を抱えていたとか、そういうことはありませんか？」

「特にないですね。悩みとかないタイプの人でしたので」

「これはあくまでも確認ですが、お兄さんが刺されたと思われる時間は午後八時過ぎでした。

その時間、どちらにおいででした？」

てめえ、妹を疑ってんのかよ。思わずそう口走っていたが、自分が同じ立場でもきっと似たような質問をするだろうと思った。関係者全員に対してアリバイを訊く。この手の捜査では常套手段だ。

「自宅で料理をしてました。救急車のサイレンも聞こえました。マンションのエントランスに防犯カメラがあります。それを確認してもらったら私がその時間、外に出てないことはわかるはずです」

「なるほど。了解しました。それとお兄さんのご遺体ですが、ここは別の病院に移して、司法解剖をおこなうことになりますので、しばらくお預かりさせてください」

「わかりました」

「ご自宅のお兄さんの部屋を調べさせてもらうかもしれません。よろしいですね？」

「はい。事前に連絡をいただければ」

問題ない。調べられて困るようなものは自宅には置いていない。いかがわしい雑誌やＤＶＤなどは聖奈が引っ越してくると決まったとき、すべて処分済みだ。

「これが私の名刺です。何か思い出したことがあったら連絡をください。二十四時間いつでも構いませんので」

荒木が聖奈に名刺を渡したので、日樹はそれを上から覗き見た。荒木は強行犯係の係長だった。年齢は四十代半ばあたりか。部下に信頼されている上司なのだろうと窺えた。

「パトカーでご自宅までお送りします」

「でも……」

「構いませんよ。遠慮なさらずに」

二人は立ち上がり、廊下を歩いていく。俺はどうしたらいいのだろうか。そう思いながらぼんやりと歩いていると、いきなり背後で声がした。

「ねえ、おじさん。おじさんったら」

振り返ると、そこには一人の若い女が立っている。荒木に呼びかけているのだと思い、日樹は再び歩き出した。すると背後で女の声が聞こえた。

「違うよ。幽霊になったおじさんの方だよ」

慌てて振り返ると、若い女が笑みを浮かべてこちらを見ていた。間違いなく、その視線は自分に向けられている。


「このあたりで結構です」

パトカーはマンションの前で停車した。運転席には若い刑事、助手席には荒木という刑事が座っている。「ありがとうございました」と礼を述べ、聖奈は後部座席から降りた。走り去るパトカーを見送ってからマンションの中に入った。エレベーターに乗って七階にある部屋に向かう。部屋に入ると室内の蛍光灯が点いたままになっていた。よほど気が動転していたのだ。テーブルの上には料理が並んだままになっている。

　夕飯は食べていない。最後に食べたのは彩美たちと西新宿の高層ビルで食べたイタリアンのランチだ。あれからまだ半日も経っていないというのに、とんでもなく自分を取り巻く環境は激変した。

　さきほど霊安室で遺体を目の当たりにしたというのに、まだ実感が湧かない。兄が死んだなんて信じられなかった。今にも玄関からひょっこり顔を出してきそうな気がしてならない。テーブルの上の料理を片づける。食欲はまったくないので、ラップをして冷蔵庫に入れた。さきほど新宿署の荒木が捜索したいと言っていたことを思い出し、兄の部屋に向かった。ドアを開けて中に入る。

　案外片づいた部屋だった。布団が乱れていたので、それを直した。掃除をする必要はなさそうだ。この部屋に兄が戻ってくることはない。そう思うと気持ちが沈んだ。

　新宿署の荒木にも訊かれたが、日樹を殺害した犯人について心当たりはなかった。普段から家では仕事の話はあまりしなかった。聖奈の方は仕事の愚痴をこぼすことはたまにあったが、兄は自分の仕事の話は滅多にせず、それは刑事という仕事柄、秘密を守っているためだと思われた。そういう意味では見かけと違って真面目な男だった。

　スマートフォンの振動音が聞こえた。ダイニングに戻るとテーブルの上に置いたスマートフォンが震えている。画面には『父』と表示されていた。聖奈は慌てて電話に出た。

「お父さん？」

「聖奈、さっきはすまん。今夜は通夜が一件入っていたものでな」

病院に呼び出された直後に父にもすぐに電話をかけたのだが、繋がらなかった。

「お前、今どこだ？」

「家。お父さん……」

何て切り出したらいいかわからず、言葉に詰まってしまう。電話の向こうで父が言った。

「病院に向かってる。俺にも警察から連絡があったんだ」

勤務先である渋谷署であれば、非常用の連絡先として実家の電話番号を把握していても不思議ではない。

「聖奈、大丈夫か？」

「何とか……。今、病院から戻ってきたところ」

「そうか」

父の長島日昇は警察官になるのが夢だったらしいが、長男であるという理由で仏門に入らざるを得なかった。そのため長島家では家族揃って刑事ドラマを見るのが常であり、そんな影響もあってか、兄の日樹は刑事になることを夢見て警察官になったそうだ。寺の檀家も年々減少傾向にあることから、父も反対しなかった。

「今夜は遅い。明日になったら帰ってこい。いいな？」

「うん。わかった」

葬儀は実家でおこなうことになる。あれこれと準備が大変だが、寺育ちの聖奈はそのあたりのことを心得ているし、段取りもわかっている。

「まったく親不孝な奴だ。俺より先に……」

父が言葉に詰まる。それ以上は言葉が出ないという感じだった。息子を亡くした父親の悲しみというのはどれほどのものか、聖奈には想像できない。

「聖奈、泣いてやってくれ。あいつのために涙を流すことが一番の供養になるし、お前の心のためでもある」

「わ、わかった。じゃあね、お父さん」

何とかそう言い、聖奈は通話を切った。次の瞬間には膝から崩れ落ちていた。そのまま泣きじゃくった。

涙は止まることなく、泉のように湧き出てくる。兄が死んでしまったという事実が今も信じられなかった。

「ねえ、お兄。どうして死んじゃったのよ。どうして……」

そう語りかけても兄が答えることは二度とない。聖奈は一人、フローリングに突っ伏して泣き続けた。

「君には……俺が見えるのか？」

若い女だ。二十代前半だろうか。今風の若者といった感じの風貌だが、どこか見憶えがあるような気がしてならない。渋谷署で仕事をしていると、自然と若者と触れ合う機会が多い。事件絡みでキャバクラ嬢などともよく接する。その手の店で出会ったのか。

「忘れちゃったの？　今朝会ったばっかじゃない」

「あ、もしかして……」

思い出した。猿楽町で発見された女の遺体だ。階段の上から落ちて死んだと推測される若い女性だった。実況検分中に別の事件で呼び出され、そのままになっていた。つまりこの子も……。

「その節はありがとね」

いきなり礼を言われ、日樹は戸惑う。彼女に対して何かしてあげたという記憶が一切ないからだ。女が笑みを浮かべて言った。

「スカート直してくれたじゃん。あのままだったらパンツ丸見えだったからね」

言われて思い出した。スカートがずり上がっていたので、それを直してあげたのだ。遺体に手を触れるのはご法度とされているが、あのままでは可哀想だと思っただけだ。

「ところで君も、つまり……」

「そうだよ」と女は軽い感じで答える。「私も幽霊。死後の世界って本当にあるんだね。超驚いたよ、マジで」

名前はたしか宮前亜里沙といったか。死因は脳挫傷で、事故の疑いが強いという話だった。その報告を後輩の森脇から受けた直後、何者かに刺されてしまったのだ。

「ハルさんはどうして死んじゃったの？　事故か何か？」

「いいや」と日樹は首を横に振った。「殺されたんだ。後ろから刺された。そして気づくとこうなってた」

「犯人は？」

「わからない。いきなり背後から刺されたからな。ん？　今俺のことハルさんって呼んだよな。どうして俺の名前を知ってるんだ？」

「やっぱり忘れてるんだ。酔ってたもんね、かなり。一ヵ月くらい前かな。お友達とお店に来てくれたことがあった。渋谷署の敏腕刑事なんでしょ」

飲み歩くことはしょっちゅうだ。情報収集という意味でも仕事の一環だとさえ思っている。三軒目、四軒目ともなると記憶が定かではないときもある。たしかガールズバーで働いているのではなかったか。だとしたら面識があっても不思議ではない。

「私は亜里沙。一応はハルさんより少し先輩だから、いろいろ知ってることもある。教えてあげてもいいよ」

先に死んだという意味では、たしかに彼女の方が半日ほど長く経験を積んでいる。今の状況はわからないことだらけだし、話し相手がいるに越したことはない。

「ほかの幽霊にも会ったのか？」

「まあね。何人かに会って、いろいろ教えてもらったわ。今の段階でわかってることは七つくらい。セブンルールね」

どこかで聞いたような気がするが、突っ込むのはやめておく。それより情報収集が先決だ。

「教えてくれ。その七つのルールってやつを」

「まずルール1。無念が晴れたら私たちは成仏する。つまりね、現世に対する未練や、私みたいに突然死んじゃったことに対する戸惑い、そしてハルさんみたいに殺されてしまった恨みとか、そういうのがなくなった時点で私たち幽霊は成仏しちゃうんだって」

成仏というのは仏教用語だ。一応日樹も寺の長男なので知っている。煩悩から解き放たれ、仏になることを意味している。それが転じて、死んだ者が仏になるという意味合いもある。世間的に認知されているのはこちらだろう。

「病死とかだと幽霊にならないでそのまま成仏しちゃうみたいだよ。突然死の方が未練が残るらしくて、いったんは幽霊になることが多いんだって。でも大抵の幽霊はしばらくすると成仏しちゃうみたいだね」

無念が晴れて成仏するケースもあるし、中には幽霊であることに疲れて消えていくタイプもいるという。幽霊であり続けることにモチベーションを保てなくなるのは理解できるような気がした。ずっとこのままの状態で彷徨っているのは気分的に滅入るだろう。

「ルール2。昼間は結構疲れる。ハルさんはさっき死んだばかりだからわからないと思うけど、昼間動くのは割と疲れるの。太陽の光がいけないんだと思う。夜の方が幽霊を見かけることが多いよ。昼間でも屋内なら大丈夫だけどね」

草木も眠る丑三つ時、という言葉がある。怪談などで使われる常套句だ。丑三つ時というのは深夜二時くらいのことをさしたはずだ。あれはあながち間違いではないというわけだ。

「ルール3。幽霊に生理現象はない。これは当たり前といえば当たり前よね。食事や排泄とかの生理現象とは無縁だし、そもそもそういう欲求がない。だから私みたいないい女が目の前にいてもハルさんは何も感じないってわけ」

亜里沙がそう言ってスカートをたくし上げる。白い太腿が露わになるが、日樹は興奮することはなかった。

「冗談はいい。続けてくれ」

「ちなみに睡眠もとらなくていいんだけど、何も考えなくなると一時的に消えちゃうみたい。次にルール4。好きな場所に移動できる。これは実際にやってみた方がいいかな。そうだな、ハルさんの遺体がある霊安室にしよう。目を瞑って霊安室を思い浮かべて」

言われるがまま、目を瞑ってさきほどの霊安室を思い浮かべてみる。「いいよ」という亜里沙の声に目を開けると、いつの間にか霊安室の中に移動していた。シーツに包まれた自分の遺体が目の前にある。

「瞬間移動ってことか？」

「瞬間じゃない。フワッと移動する感じかな。空気になって飛んでいくイメージ。あまり速くないから、遠くに行こうとしない方が無難だよ。あれ？　何個まで言ったっけ？」

「四個だ。あと三つ」

「ルール5。寺と鏡には近づくな。ほかにも犬とか苦手なものがあるみたいだけど、この二つは一番ヤバいらしいよ。寺は引っ張られる感じがするから近づけないようだし、鏡には映っちゃうことがあるから近づかない方がベター」

吸血鬼ドラキュラを思い出す。ドラキュラは十字架とニンニクが苦手とされていた。あれと似たようなものかもしれない。

「ルール6。かなり難しいけど、人間界っていうのかな、そっちに力を与えることができるみたい。大きな力は無理だけど、ティッシュペーパーを揺らせることくらいはできるんだって。私はできなかったけど」

ティッシュペーパー一枚揺らせるくらいでは意味はない。つまり幽霊側から生きた人間に意思疎通を図ることはできないという意味だ。

「大体こんな感じかな」

「最後の一つはどうしたんだよ」

「ごめん、忘れちゃった。私も教えてもらったばかりでいまいち理解できてないの。ねえ、ハルさん。しばらく一緒に行動しようよ。一人でいても淋しいし」

「まあ、俺は構わんが」

心細いのは日樹も同じだった。話し相手がいてくれた方が助かるし、まだまだ彼女から教わりたいこともある。そういう意味では大歓迎だ。

「こちらです」

部屋の外で声が聞こえた。ドアが開き、入ってきた男の姿を見て日樹は驚く。父の日昇だ。袈裟をまとった父が霊安室に入ってきた。

「もしかして、ハルさんのお父さん？」

「そうだ」

父は遺体に向かって両手を合わせ、遺体の顔にかけてある白い布をとった。父は大きく息を吐き出した。遺体が息子であることを改めて認識し、ショックに打ち震えているようでもある。いつの間にか亜里沙の気配が消えている。気を利かせたのか、霊安室から出ていったらしい。

父は白い布を元に戻し、お経を唱え始めた。日樹は霊安室から出た。聖奈のお経よりもはるかに不快な感じがしたというのもあるが、それ以上に父が悲しむ姿を見たくなかったのだ。日樹は唇を噛み締めた。父親より早く死ぬなんて、何て俺は親不孝な息子なのだ。

読経が続いている。聖奈は実家に帰っていた。調布市にある日輪寺だ。日蓮宗(にちれんしゅう)の寺院であり、父の日昇が住職を務めている。父は今、本堂の中央に座り、お経を唱えていた。聖奈はその背後に座り、父の読経に自分の声を重ねていた。

　幼い頃から慣れ親しんだ場所だった。幼少時には近所の子たちと境内（けいだい）で鬼ごっこをして遊んだものだった。日輪寺のお嬢さん。このあたりでは聖奈はそう呼ばれていた。年は離れていたが、小学校の頃には日樹もよく一緒に遊んでくれた。この本堂はかくれんぼにはうってつけの場所であり、二人で遊んだ記憶が鮮明に残っている。

　父の読経が終わった。最後に鉦（かね）の音が鳴り響き、その余韻が本堂内にこだました。父がこちらを振り向いて言う。

「聖奈、さきほど警察から連絡があった。今日の夜にはご遺体が戻ってくるそうだ」

　司法解剖が終わったということだ。場合によっては数日かかることもあるようだが、明らかに背後から刃物らしきもので刺されて死んでおり、しかも刺された直後に発見されていることから、特に大きな疑問点はなかったのかもしれない。殺人であることは明らかだ。

「明日の夜に通夜、明後日に本葬を執（と）りおこなうことにする。聖奈、お前にもやってもらわなくてはいけないことがたくさんある。頼んだぞ」

「わかった。任せて」

　子供の頃から何度も手伝っているので問題ない。それに大きな葬式のときには近隣に住む檀家の人たちが力を貸してくれるはずだ。それでもかなり忙しくなると予想できた。

「今朝のニュースでも報道されていたが、まだ日樹が死んだことを知らない知人、友人もたくさんいることだろう。ああ見えて慕ってくれる友人も多かったみたいだしな。聖奈、お前は葬儀の日程をみんなに伝えてくれるか？」

「それについてはもう考えてる」

ＳＮＳを利用するつもりだ。自宅にある兄宛の年賀状などで数人の友人に連絡をとり、その人たちからＳＮＳで広めてもらおうと考えていた。それが一番早く、そして確実だろう。

日昇が立ち上がろうとしたので、聖奈は父を呼び止める。

「待って、お父さん。お兄を殺した犯人、誰なんだろうね」

「そうだな」と日昇は座り直して答える。「実は朝一番にここへ刑事がやってきた。新宿署の刑事だ。あれこれと事情を訊かれたが、たいした話はできなかった。あいつがここを出ていってもう長い」

大学卒業後、警察官になったのを機に兄はこの寺から出ていった。とても淋しい気持ちで見送ったのを聖奈も憶えている。

「事件絡みで日樹は殺されたのではないか、警察ではそう考えているらしいな。刑事をしていれば恨みの一つや二つは買っていたことだろう。昔逮捕した犯罪者が腹いせに刺したのかもしれん。いずれにしても警察の捜査で明らかになるだろうな」

父は淡々と話している。聖奈は思いの丈をぶちまけた。

「お父さん、お兄は殺されたんだよ。犯人が憎くないの？」

「俺は父親であると同時に、日輪寺の住職でもある。今は故人を供養することだけを考えたい」

「お兄を殺した犯人がどこかにいる。そう考えると悔しいよ」

「俺だって同じ気持ちだ。犯人が憎いという気持ちは当然ある。だが俺たちにできることは限られている。だったら自分にできることを全力でやるべきだ。俺は僧としての務めを果たすだけだ」

捜査権のある警察にすべてを委ねるべき。父はそう主張しているのだが、聖奈は釈然としないものを感じていた。兄を殺した犯人が許せなかった。犯人を捕まえるために自分ができることはないか。そればかりずっと考えている。

「いいか、聖奈」こちらの胸中を察したのか、言い聞かせるように日昇が言う。「お前は喪主となる。余計なことは考えずに、今は葬儀だけに集中するんだ」

「……はい」

渋々と聖奈は返事をする。昔から思い込んだら即、行動に移してしまう癖があり、それを父もわかっているのだ。思い切りの良さは兄以上。以前、父がそう洩らしていたのを聖奈も耳にしている。

日昇が堂内から出ていった。渡り廊下の向こうは庫裏で、普段父が過ごす居住スペースになっている。二階には当然聖奈の部屋もある。かつては兄の部屋もあったが、今では物置として使われている。

本堂は寒い。あまりに広いため、空調機器が効かないのだ。冬場の葬儀などでは石油ストーブを何台か置いたりすることもあるが、今はそれらも稼働していない。足元が凍りつくような寒さを感じる。十二月も半ばとなり、真冬並みの気候が続いている。

まずは新宿の自宅に戻り、兄の年賀状を探してみよう。見つかったら兄の友人と連絡をとり、訃報を知らせるのだ。そしてそのあとは……。

体はすっかり冷え切っているが、体の芯に煮えたぎるような熱さを感じる。それは憎しみであり、悔しさでもあり、怒りでもある。兄を殺した犯人を絶対に許すわけにはいかない。そういう思いが聖奈の中でふつふつと湧き上がっている。

お兄を殺した犯人を私は許さない。絶対にだ。

「次は鑑識からの報告だ」

司会進行を務める刑事がマイクを通じてそう述べると、紺色の作業着に身を包んだ男が立ち上がった。

「死因は失血死です。被害者は背後から刺されたようで、その刺し傷は肺まで達していました。かなり苦しんだことでしょうね。凶器となったのは刃渡り二十センチほどの刃物であると推測されます」

日樹は捜査会議に出ていた。といっても呼ばれているわけではなく、幽霊として勝手に入り込んでいるだけだ。警視庁捜査一課と所轄である新宿署の捜査員が二十人ほど集まっている。鑑識職員の報告が続く。

「刺し傷の位置や角度から、犯人は右利きだと推測できます。傷の深さからしてかなりの殺意があったものと思われます」

いったい誰が俺を殺したのか。日樹は昨日からずっと考えているのだが、心当たりはまったくない。しかし今の報告からして、犯人は明確な殺意を持っていたものとみて間違いない。

「へえ、テレビの刑事ドラマみたいだね」

隣にいる亜里沙が呑気な感想を洩らした。昨日から行動をともにしている。日樹にとっては見慣れた光景でも、一般人である亜里沙にとっては珍しいものらしく、さきほどから興奮気味に捜査会議の様子を眺めている。

「次、地取り班からの報告だ」

「はい」と捜査員の一人が立ち上がる。昨夜、聖奈の応対をした荒木という刑事だ。「現場周辺の聞き込みを続けているのですが、目立った目撃証言はいまだに得られておりません。明日以降も範囲を拡大して聞き込みを続けていきます」

「よろしく頼む。第一発見者の証言はどうなってる？」

別の捜査員が立ち上がった。

「近所に住むサラリーマンです。帰宅後、いつもあの道をジョギングするのが日課のようです。特に前科もなく、被害者との面識もないようですね」

若い男だった。あの男は犯人ではない。あいつがいなかったら、発見はさらに遅れたことだろう。そういう意味では感謝してもいいくらいだ。

「いずれにしても怨恨の可能性が高い。被害者に対して恨みを抱いていた者を重点的に洗い出してくれ」

「はい。渋谷署には協力を依頼済みです」

怨恨か。まあたしかに刑事という仕事をしている以上、これまでに何人もの犯罪者を逮捕してきた。捜査の過程で事件関係者に非礼があったこともあるだろう。しかし殺されるほどの恨みを買った記憶が日樹にはなかった。

昨夜のことを思い出す。いきなり背後からドスンという衝撃があり、激痛に襲われた。あまりに唐突な出来事だったため、振り向いている暇さえなかった。もし一瞬でも振り向いて犯人の容姿を目に焼きつけていたら。そう考えると悔しくて仕方がない。しかし犯人がわかったとしてもそれを生きている人間に伝えることはできないのだが。

「明日以降も所轄は付近一帯の地取り捜査をお願いしたい。一課の担当係では被害者の交友関係、被害者が過去に携わった事件の洗い出しをおこなう予定だ」

会議室のドアが開く。遅刻した捜査員が入ってきたのかと日樹もそちらに目を向けたのだが、入ってきた人物の姿を見て思わず「嘘だろ」とつぶやいていた。会議室に入ってきたのは聖奈だった。

グレーのパンツスーツに身を包んでいる。髪は後ろで一つに縛っていた。捜査員の何人かは聖奈が入ってきたことに気づいたようだが、司会役の刑事は特に気にすることなく会議を進めた。

「明日以降の割り振りを発表する。手元にある資料を見てくれ。まずは被害者の交友関係の洗い出しだが……」

聖奈は会議室の後方に立っている。会議が終わるのを待つつもりらしい。日樹の視線に気づいたのか、亜里沙が訊いてくる。

「あの子、誰？」

誤魔化しても仕方ないので正直に答えた。

「妹だ」

「へえ、可愛い子じゃない。あまり似てないね」

「あいつの方は母親似なんだよ」

顔立ちがあまり似ていないことについては、昔から何度も周囲から指摘された。血が繋がっていないと説明するのも面倒だったので、今のように答えるのが常だった。

「でもどうして妹さんはここに来たんだろう」

「さあな。でもうちの妹、警察官なんだ。一般人ってわけじゃない。それに遺族でもあるわけだしな」

「へえ、警察官なんだ。見えないね」

割り振りの発表が終わったようで、最後に司会役の刑事が言った。

「同じ警察官として、今回の犯行を許すわけにはいかない。引き続き捜査に当たってくれ」

捜査会議が終わり、捜査員たちが捜査に戻っていく中、聖奈が歩き出すのが見えた。日樹も慌ててそちらに足を向けた。聖奈が向かった先は新宿署の刑事、荒木のところだった。聖奈を見て荒木が立ち上がった。

「長島さん、どうされました？」

「突然押しかけてしまって申し訳ありません」

「いえいえ。まあ長島さんは被害者の妹さんですし、それに警察官でもある。で、ご用件は何ですか？」

「私を捜査に加えていただくことはできないでしょうか？」

おい、何を言い出すんだよ。耳を疑った。あまりにも無茶な相談だ。案の定、荒木は首を横に振った。

「無理でしょうね、こればかりは。お気持ちはわかりますけどね。そもそもあなたは池袋署の交通課に所属だ。捜査本部のメンバーに加えることはできません」

「そこを何とか、お願いします」

聖奈は深々と頭を下げた。ポニーテールがばさりと揺れた。隣で亜里沙が「妹さん、うなじ綺麗ね」と言ったので、日樹は亜里沙を肘(ひじ)でつく仕草をした。荒木は困り果てた様子だった。

そのとき一人の男が近づいてきた。

「荒木係長、こちらの方は？」

「あ、管理官。ええと、こちらは被害者の妹さんである長島聖奈さんです。池袋署の交通課に勤務しています」

捜査会議のときに幹部席に座っていた男だ。管理官というからには本事件を統括する立場にある男だ。どことなくエリート臭が漂っている。

「で、彼女の用件は？」

「それが……」

荒木は言いにくそうだった。すると聖奈が前に出た。

「お願いします。私を捜査に加えていただけないでしょうか。兄を殺害した犯人を捕まえる手助けをしたいんです」

だから聖奈、それは無理なんだよ。まったく聞き分けのない奴だな。

管理官は冷たい口調で言い放った。

「無理だ。被害者の遺族を捜査本部に加えることはできない。警察にもルールというものがある」

「そこを何とかお願いします」聖奈も引き下がらない。「どんな仕事でも結構です。資料の整理でもいいですし、運転手とかでもいいです。何でもやるので、私を捜査に加えてください」

「下がりなさい。君を捜査に加えることはできない。絶対にだ」

管理官はそう言って立ち去っていく。彼が会議室から出ていくのを見届けてから、荒木が聖奈に向かって言った。

「長島さん、そういうわけなので、ここはお引きとりください。何かわかり次第、ご連絡いたしますので」

「……わかりました。ご無理を言って申し訳ありませんでした」

聖奈は最後にもう一度頭を下げた。無念そうな顔つきだ。彼女が顔に似合わず負けず嫌いな性格であるのは日樹もよく知っている。運動会の徒競走で負けたときなど、その翌日から来年に向けた練習をしたこともあるくらいだ。

これで諦めてくれるといいのだが。日樹は嫌な予感がして仕方がなかった。

新宿署を出た聖奈は、その足で池袋署に向かった。毎日通っている聖奈の勤務先だ。葬儀が終わるまで忌引(きび)き休暇をとることを伝えていたため、職場に現れた聖奈を見て、デスクにいる同僚たちの誰もが驚いた顔をした。聖奈は自分の席には立ち寄らず、壁際にある課長席に向かって進んだ。書類に目を落としていた課長が顔を上げて言う。

「おや？　長島君じゃないか。休みじゃなかったのか」

「野暮(やぼ)用があったので。いえ、野暮用というより、重要な用件です。課長、ちょっとお話をしたいのですが」

聖奈は最後の部分だけ声をひそめた。誰かに聞かれては困る。そう暗に伝えたつもりだった。課長もそれに気づいたのか、うなずいて席を立った。二人で廊下を歩き、使われていない会議室に入る。聖奈は早速本題に入った。

「どうしても兄を殺した犯人を捕まえたくて、さきほど新宿署の捜査本部に行ってきました。手伝いたいと志願したんですが、断られてしまいました」

「当然だろうな」と課長は答える。「君のお兄さんは新宿署の管轄で殺害されたんだろ。だったら池袋署の君が首を突っ込めるわけがない。そもそも君は刑事ではなく、交通課の所属なんだしな」

「だったら私を刑事にしてください。今すぐに。お願いします」

「無茶言うなよ、長島君。そんなことできるわけないじゃないか」

「そこを何とか」

聖奈は頭を下げた。無理なことを頼んでいるのは自分でも理解している。ここまでは予想していた通りの反応だ。問題はここから先だ。

「私の願いを聞き入れてくれないのであれば、私にも考えがあります。例の件をマスコミに公表しますよ」

課長の表情が変わる。真剣な顔で訊いてきた。

「例の件とは、例の件だな」

「そうです。例の件です」

「うーん」と課長が唸り、腕を組んだ。それから考え込むように下を向いてしまう。追い打ちをかけるために聖奈はさらに詰め寄った。

「課長、私は本気ですよ。私は新聞社に友達がいます。今すぐに情報を渡すことも可能なんですからね」

「それだけは勘弁してくれないか。私の首が飛んでしまうよ」

一年前、池袋署の管内での一時停止の取り締まりで、ある男性を検挙した。金髪の若い男性で、乗っている車はポルシェだった。運転席から降りてきた男を見て、聖奈は怪しいなと思った。どこか酩酊状態にあるというか、薬物でもやっているのではないかと勘繰った。男はふてぶてしい態度で開き直るように言った。俺を逮捕したらどうなるかわかってるな。お前たちがどうなっても知らねえぜ。

署に連行したのも束の間、弁護士なる男が現れて、男を連れ去った。ちょうど男のバッグの中から小さなビニール袋に入った白い粉が見つかった直後のことだった。そして文字通り、事件に蓋がされた。麻薬所持容疑のみならず、一時停止無視の違反さえも見逃されることになった。すべては上からの指示であった。

男を摘発した聖奈には事情が告げられた。男の父親は現職の衆議院議員であり、しかも与党のドンともいえるほどの大物だった。その与党のドンがかつて可愛がっていた警視庁幹部に圧力をかけて、息子を無罪放免にすることが極秘裏に決まったという。その話を聞いたとき、聖奈は自分の耳を疑った。ここは本当に日本なのか。法治国家なのか、と。

「課長、お願いします。警視庁の偉い人に頼んでみてください。連絡先を交換したって言ってたじゃないですか」

男の罪を見逃す見返りとして、警視庁のお偉いさんと、池袋署の幹部を交えた箱根への慰安旅行がおこなわれたらしい。聖奈も誘われたのだが、当然断った。呆れて物も言えなかった。それに、おじさんたちと箱根に行っても楽しくも何ともない。

「実は課長、一年前のやりとりですが」聖奈はそう言いながらバッグからスマートフォンを出した。「このスマホに録音が残っています。事件をなかったことにするようにという課長の指示が残っているんです。動かぬ証拠ってやつですかね」

はったりだ。そんな録音は残ってない。私って意外に度胸があるんだな。聖奈は頭の隅で冷静に考えていた。もしかしたら自分は刑事に向いているのかも。そんな風に思った。

「仮に望み通りに刑事になれたとしよう。しかしさっきも言ったように、君はお兄さんの事件を捜査することはできないんだぞ」

「えっ？　頼んでくれるんですか？」

「オファーくらいはな。あとは向こうが判断するだけだ。あっちも弱みを握られているわけだし、意外にすんなりと事が運ぶ可能性もある」

とにかく刑事になることだ。交通課所属の警察官のままでは身動きがとれない。問題はどこの署の刑事になるかだ。

廊下の方で声が聞こえた。その騒ぎ方からして連行されてきた若者が何やら抗議の声を上げているようだ。

「では課長」

聖奈はそう言って課長を手招きした。顔を寄せてきた課長の耳元で、聖奈はみずからの希望を小声で告げた。

包丁が小気味のいいリズムでまな板を叩いている。今、日樹の目の前では聖奈がネギを刻んでいた。新宿にある自宅マンションのキッチンだ。日樹はダイニングの椅子に座って妹の背中を見ているのだが、当然のことながら聖奈は兄の——幽霊の存在に気づいていない。

聖奈が兄を殺した犯人を捕まえるため、刑事になろうとしている。

昨日、日樹はそれを知った。聖奈のあとを尾けて池袋署に行ったところ、彼女自身が直属の上司に向かって直談判したのであった。

日樹は驚いた。まさか聖奈がそんな決意を胸に秘めているとは思えなかったからだ。しかも聖奈は何やら課長の弱みを握っていたらしく、それをちらつかせるような駆け引きまで演じてみせたのである。最終的には警視庁のお偉いさんに頼んでみるというところまで話を持っていったのだからたいしたものだ。

しかし交通課の女性警察官がそう簡単に刑事になれるわけなどない。男女平等を謳っていても、警察社会というのはいまだに男社会の風習が色濃く残っており、女性刑事が少数派であるのは疑いようのない事実だ。残念ながら聖奈の願いが受け入れられることなどないだろう。

朝食がテーブルの上に並べられる。なぜか聖奈は二人前用意した。いつもの朝食と同じく、日樹の前にもご飯と味噌汁、それから納豆のパックが置かれたのだ。

「いただきます」

そう声に出してから、聖奈は食事を始める。仏前に食事を出しているような気持ちなのかもしれない。妹の気遣いが身に染みた。湯気の上がった味噌汁も、ツヤツヤに輝く白米も旨そうだったが、残念ながら日樹はそれを食べることができない。旨そうだなと思う気持ちはあっても、食べたいという欲求が湧いてこないのだ。

スマートフォンの着信音が聞こえてくる。聖奈が箸を置き、充電中だったスマートフォンを耳に当てた。そして話し始める。

「もしもし、長島です。……あ、そうです。妹の聖奈です。……そうなんですよ。急なことで……。ええ、お通夜は今日で、明日の午前中がお葬式となります」

今日の夜、日樹の通夜が営まれるらしい。そして明日は葬式だ。自分の遺体が燃やされ、骨となって墓に納骨されてしまう。そう言われてみてもまったく実感が湧かない。日樹自身はこうして幽霊として存在し、思考もできるのだから。

「……来ていただければ兄も喜ぶと思います。場所は調布にある日輪寺です。……そうです。私たちの実家です。よろしくお願いします」

昨日、聖奈は日樹の年賀状を頼りにして、日樹の友人たちに連絡をとっていた。警察関係の知り合いには当然連絡が行っているはずなので、主に学生時代の友人に連絡をとっているようだった。今は誰もがＳＮＳを使っている時代だ。数人に連絡をとってしまえば、あとは芋づる式に繋がっていくことだろう。

　昨夜も新宿署でおこなわれた捜査会議を見学したのだが、まだ日樹を殺害した犯人は見つかっていなかった。犯人に繋がる手がかりさえも見つかっていないというのが現状のようだ。現場となったのは人通りの少ない路地であり、周囲には防犯カメラも設置されていなかった。一番近い防犯カメラは日樹が最後に立ち寄ったコンビニらしいが、そこにも怪しい人物は映っていなかったという。

　怨恨の線で捜査は進められ、今は日樹が過去に逮捕した者を洗い出し、その者の近況を調べている過程のようだ。怪しい人物がいたら接触し、アリバイを確認する。そういう作業がおこなわれているらしい。

「妹さん、すっぴんも可愛いね」

　いきなり話しかけられた。振り返ると亜里沙が立っている。日樹は言った。

「人の家に勝手に入ってくるんじゃない」

「だってしょうがないじゃん。インターホンのボタンも押せないし」

　どういうメカニズムか不明だが、一度会ったことのある幽霊であれば、その所在が漠然とわかるようだ。だからこうして亜里沙がここにやってきたというわけだ。

「ハルさんを殺した犯人、もう捕まったの？」

「まだに決まってるだろ。そっちはどうなんだ？　いつまで彷徨ってるつもりなんだよ」

　亜里沙は自宅のアパートの前で遺体となって発見されていた。事故であろうというのが大筋の意見で、おそらく不幸な事故として処理されるはずだ。

「うっかり足を滑らせて階段から落ちてしまうなんて、お前も可哀想な女だよな。死んでも死にきれないとはこのことだ」

冗談を言ったつもりだった。まだ付き合いは短いが、彼女の性格なら何か言い返してくるだろうと思っていた。しかし彼女は黙ったままだった。少し淋しそうに笑って亜里沙は言った。

「私だって死にたくて死んだんじゃないよ」

「すまん。言い過ぎた」

「それにハルさん、私がただ単に階段を踏み外して転げ落ちるようなドジな女だと思う？」

「いや、それは……」

事故だと思っていた。一応は勤務先で聞き込み捜査をおこなうつもりだったが、それはあくまでも予備的な捜査であり、彼女の周囲で不審な点がなければそのまま事故として処理する予定だった。

「私自身も気持ちが整理できてないんだよね。気持ちの整理がついたら、私も成仏できるんだと思う」

気持ちの整理とはどういう意味だろうか。やはりこの女も現世に何らかの未練を残しているのかもしれない。幽霊だってそれぞれ事情を抱えているというわけだ。

その日の夜、日樹の実家である日輪寺で通夜が営まれた。日樹は日輪寺の門の前に立っていた。生憎の雨の中、弔問客が次々と訪れている。

「やっぱりお寺はヤバいね」

亜里沙に言われ、日樹は答えた。

「だな」

ルール5。寺と鏡には近づくな。

亜里沙が教えてくれたルールの一つだ。お寺は仏を供養する場所であり、幽霊にとっては禁足の地であるというのだ。たしかに寺全体が巨大な磁場になっていて、気を抜くと引き込まれてしまいそうな怖さがある。寺に入ってしまったら最後、自分という存在が消え去ってしまうような予感がした。

弔問客の三分の一が警察関係者で、三分の一は高校や大学などの同級生だ。残りは親戚や檀家などの弔問客だった。今、目の前を通り過ぎていったのは高校時代の剣道部の仲間だ。一緒に汗を流した日々が懐かしい。誰もが俯き加減で歩いている。日樹の死を悼んでくれているのが伝わってきた。

「もしかしてあの子、ハルさんの元カノ？」

亜里沙の視線の先には喪服の上にコートを着た女性が歩いている。剣道部のマネージャーをしていた同級生だ。

「違うって。あれは高校時代の部活のマネージャーだ」

「怪しいなあ。ほかの人より悲しんでる気がするんだよね」

まったく女の勘というのは恐ろしい。彼女とは高校時代に半年ほど付き合っていたことがある。日樹の生まれて初めての恋人である女性だが、当時はまだ高校一年生。プラトニックな付き合いだった。

「本当に犯人は来るのかなあ」

「さあな。でも何もしないよりましだろ」

十数人の男たちが目の前を通り過ぎていく。渋谷署刑事課の同僚たちだ。一番後ろを歩くのは後輩の森脇だ。生真面目過ぎる部分があるが、それがうまい具合に抜ければ、いい刑事になると思っていた。

「ところでさっきの話だけど、お前はどうして死んだんだよ。階段で足を踏み外して転落した。そうじゃないのか？」

「さあね。忘れちゃったよ」はぐらかすように亜里沙は言う。「酔ってたしね、私。転んだのかもしれないし、誰かに突き落とされたのかもしれない」

「大事なところだろ。誰かに突き落とされたなら、そいつは立派な殺人じゃねえか」

「殺人事件の捜査をするのが警察の仕事でしょうに」

亜里沙はそう言いながら人差し指を向けてくる。日樹は顔を逸らして言った。

「俺は幽霊だ。捜査権がない」

路肩に停まっている車が気になっていた。黒いミニバンだ。おそらくあの車は――。

日樹はそちらに向かった。中には三人の男が乗っているのが見える。幽霊はこういうときに便利だ。日樹はドアをすり抜けて、次の瞬間にはミニバンの後部座席に座っていた。男たちの会話が聞こえてくる。

「通夜の開始まであと三十分を切った。配置はどうなってる？」

「順調ですね。今のところ問題ありません」

三人の男は刑事に違いなかった。捜査会議の席上で見かけた顔もある。捜査一課の刑事だろうと日樹は見当をつけた。男の一人が言った。

「俺もそろそろ行く。あとは頼むぞ」

「了解です」

後部座席に座っていた男がドアを開けて車から降りていった。残る二人は運転席と助手席に座っている。二人とも耳にイヤホンマイクを仕込んでいた。

おそらく多くの捜査員が通夜の席に潜入しているのだろう。そして弔問客に目を光らせているというわけだ。日樹が捜査を指揮する立場なら、同じことをしていたに違いない。犯人は被害者の身近にいる可能性も高いからだ。

二人はここに残って潜入した捜査員へ指示を与える役割らしい。特に会話もないので、日樹は外に出て亜里沙のもとに戻った。

「そろそろ始まる時間だね」

「だな」

門に目を向けた。その向こうには砂利（じゃり）敷きの境内があり、奥には本堂が見える。幼い頃から寺の境内は遊び場だった。近所の友達を集め、鬼ごっこをやったり、かくれんぼをしたりした。日樹が中学、高校と進学してそういう遊びから卒業すると、今度は聖奈が同じようにして友達と遊んでいた。自分の部屋の勉強机で宿題をしながら、境内を走り回っている聖奈を見ていたものだった。

細かい雨が降っている。空はどんよりと暗く、まだ雨はやみそうになかった。

慌ただしく二日間が過ぎ去った。昨夜の通夜から始まり、今日の午前中は葬式、それから火葬場にて兄の遺体を火葬し、さらに寺に戻ってきて初七日法要までおこなった。現在の時刻は午後四時を過ぎたところだ。寺の大広間で祓いの膳が振る舞われている。近しい親戚や檀家の皆さんが食事をしながらビールなどを飲んでいた。

「それにしても聖奈ちゃん、ぐっと綺麗になったねえ」

「それは俺も思ってた。警察官にしておくのはもったいないね」

親戚のおじさんたちがそう言って笑う。愛想笑いを返しながら、聖奈はビールの空き瓶を手に立ち上がった。父の日昇はビール瓶片手に挨拶（あいさつ）回りをしているようだった。空き瓶をケースに戻し、代わりに冷蔵庫から新しい瓶を出した。飲み物が足りているか。退屈そうにしている人はいないか。そういったことに目を配るのも聖奈の役割だ。

昨日から気が休まることはなかった。日樹の死を悲しむより、喪主として式を滞りなく進行することだけに意識を集中してきた。お陰でうまくいったように思う。

「すみません、ちょっといいですか?」

そう呼び止められた。広間の端っこに三人の男が座っている。男たちは潜入している捜査員だ。向こうも聖奈が女性警察官というのは知っているはずだ。

「はい。何でしょうか?」

聖奈が立ち止まって膝をつくと、男の一人が小声で言った。

「今、住職と話しているのは誰ですか?」

「あの人は父の従兄(いとこ)に当たる人です」

「ではその前に座っている男性は?」

「町内会長さんですね。父とは同窓生だと思います」

広間で食事をしているのは三十名ほどだ。そのほとんどが親戚もしくは父の親しい友人などだ。日樹の友人、同僚などで最後まで残っている人はほとんどいない。今、この場にいる者の中に兄を殺した犯人がいるとは思えないのだが、それを調べるのが彼らの仕事なのだろう。ご苦労なことだ。

「ところで」声をひそめて聖奈は刑事たちに訊いた。「怪しい人物はいましたか? 私でよかったらいろいろとお教えできることもあると思いますが」

彼らはこの二日間、常に参列者を観察していたはずだ。誰か目に留まった者がいるのか、それが気になった。三人の捜査員は互いに視線を交わしてから、一人の男が代表して答えた。

「特には。またご協力いただくことになると思います」

蚊帳(かや)の外に置かれている気がした。仮に何か摑んだとしても、この人たちが妹である私に情報を明かすことはないように思った。ただし彼らにも大きな収穫はないように感じられた。特に根拠があるわけではなく、ただの勘だ。

「引き続きよろしくお願いします」

そう言って立ち上がり、聖奈は大広間をあとにした。廊下を歩きながら懐(ふところ)に忍ばせていたスマートフォンを出す。電源を入れてしばらく待っていると、何度かスマートフォンが震えた。何件かのメッセージ、不在通知が届いていた。メッセージの多くは友人たちからだ。彩美とまどかからも届いている。今日の労をねぎらう内容だった。不在着信の一件は課長からだった。例の件だろうか。早速聖奈は折り返してみる。すぐに相手は電話に出た。

「すみません、課長。手が離せなかったもので」

「こっちこそすまん。葬儀の最中だったな。かけてから気づいたよ」

課長の姿は昨日の通夜の席上で見かけた。話すことはできなかったが、来てくれただけでも有り難かった。聖奈は早速用件に入る。

「課長、もしかして例の件でしょうか？」

「そうだ」と課長は答える。「とんとん拍子に話が進んでな。長島君の異動が正式決定した。希望通り、明日付けで君は異動となる」

「ありがとうございます」

「これは極めて、いや極めつきの異例な人事だと思ってくれていい。私も長いこと警察官をやっているが、こんな話は聞いたことがない。講習も受けずに刑事になるなんて前代未聞だよ」

実感が湧かない。明日、私は異動になる。亡くなった兄の背中を追うようにして、私は刑事になるのだ。

刑事になるためには必要な講習を受け、さらに厳密な書類審査や面接などを経て、初めて刑事課に配属されると聞いたことがある。そのすべてをすっ飛ばして聖奈は刑事課に配属されることになるのだ。それほどあの政治家の息子の罪をもみ消したことは、警視庁上層部でも機密扱いになっている証拠だった。

「引き継ぎ等も大変だと思うが、君は明日から新たな職場に向かいたまえ。私からは以上だ。新天地での活躍を祈る」

「ありがとうございます。このご恩は忘れません」

通話を切った。そのまま廊下を奥に進み、一枚の襖(ふすま)を開けて中に入った。そこは十二畳ほどの和室だった。中央に置かれた壇の上に兄の遺骨の入った箱が置かれている。オレンジ色を基調としたその箱は、聖奈が選んだものだった。兄の名前に相応(ふさわ)しい、明るい色を選んだのだ。

四十九日の法要が終わるまで、兄の遺骨はここで安置されることになる。兄は遺骨となり、この中に入っている。それを思うだけでとてつもない悲しみに襲われる。あんなに大きかった兄が、今はもういないのだ。

蠟燭に火を灯し、線香をつけた。そして手を合わせて兄に向かって語りかける。

お兄。お兄を殺した犯人は必ず私が捕まえるからね。

「いただきます」

日樹の目の前で聖奈が両手を合わせ、それから食事を始める。一昨日と同じくテーブルの上には二人前の朝食が並べられていた。しじみの味噌汁は旨そうだが、生憎日樹は箸一本持ち上げることができない。

葬儀の翌日の朝だ。家族が亡くなった場合、忌引き休暇をとることができるはずだ。それなのに聖奈はすでに黒のパンツスーツに着替えている。化粧も終えているようだ。このままどこかに出かけるのだろうか。

昨夜遅く、聖奈が帰宅してきたときには驚いた。てっきり数日間は実家で過ごすだろうと予想していたからだ。こうしてスーツに着替えたということは、職場である池袋署に行く可能性が高そうだ。身内に不幸があった場合の手続きでもあるのかもしれない。

「ご馳走様でした」

聖奈がそう言って立ち上がり、食卓の片づけを開始した。丸々残っている日樹の分はラップして冷蔵庫の中に入れていた。それから洗面室に向かっていく。歯を磨いているのだろう。やがてダイニングに戻ってきた聖奈は、ショルダーバッグを肩にかけてから、日樹の方を見て言った。

「お兄、行ってくるね」

ドキリとする。一瞬、聖奈には俺の姿が見えているのではないかと疑ってしまった。しかしその疑念はすぐに払拭される。たまたまだ。ちょうど聖奈の視線の先に俺が立っていただけのことだ。

聖奈が部屋から出ていったので、日樹もそれを追いかける。マンションを出た聖奈の斜め後ろを歩いた。時刻は午前八時三十分、出勤するサラリーマンたちが駅に向かって歩いている。最寄り駅は新宿御苑前だが、乗り換えの都合上、新宿三丁目駅まで徒歩で行くことが多い。聖奈もそうしているはずで、たまに出勤時間が重なったときなどは、二人で新宿三丁目駅まで歩いたこともあった。今日は晴れているので、聖奈も歩いて駅まで向かうようだった。

駅に到着する。聖奈は地下鉄の副都心線に乗って池袋に向かうはずだった。しかし彼女が向かったホームは池袋方面行きではなく、反対の渋谷方面行きだった。池袋ではなく、渋谷署に用事があるということか。挨拶にでも行くのかもしれない。

幽霊というのは壁もすり抜けることができるし、どこにでも出入り可能なので、その点は非常に便利だと思う。ただし人の心を読みとることができるわけでもないし、特に疑問を感じた場合でも、それを直接相手に訊けない。おい、聖奈。お前どこ行くつもりなんだよ。その言葉をかけられないのである。大変不便だ。

朝の駅は混み合っている。やがて電車がホームに入ってきた。聖奈が女性専用車両に乗ってしまったので、一瞬だけ焦った。悩んだ末、日樹は車両の連結部に乗り、妹の動向を見守ることにした。

聖奈が降りたのは渋谷だった。やはり彼女は渋谷署に向かっているらしい。日樹が出勤前にコーヒーを買うコンビニの前を通り過ぎ、たまに昼食を食べる牛丼屋の前を通り、聖奈は渋谷署の前に辿り着いた。歩哨の警察官が立っている。もちろん日樹の顔見知りの若手警察官であり、何度か飯を奢ってやったこともある。

聖奈は正面玄関前で立ち止まった。わずかに顔を上げ、渋谷署の建物を見上げている。やがて何か踏ん切りでもつけるかのように「よし」と小声で言ってから、聖奈は建物内に足を踏み入れた。そんなに覚悟を要するようなことをするのだろうか。少しだけ日樹は不安になる。

聖奈が向かったのは刑事課だった。日樹にとっては慣れ親しんだ場所でもあった。今日は大きな事件が起きていないらしく、多くの刑事が自分のデスクにいた。すでに始業時刻を過ぎているため、それぞれがパソコンで報告書を書いたり、または回覧文書に目を通したりしている。コーヒーを飲みながら雑談を交わしている者たちもいた。お馴染みの光景だ。もうしばらくすると自分の抱えている事件の捜査のため、ほとんどの刑事が席を立つことになる。

「もしかして君、長島の妹？」

通りかかった刑事がそう声をかけてきた。聖奈はうなずいた。

「そうです。このたびは兄の件でいろいろとありがとうございました。ところで刑事課長はどちらでしょうか？」

「課長ならあそこに座ってるよ」

男が窓際の席を指でさした。制服姿の課長が座っている。管理職の課長は会議に出席することが多いため、基本的に制服を着ているのだ。聖奈がそちらに向かって近づいていくと、課長が顔を上げた。

「初めまして、長島聖奈です」

「君が長島君の妹か。話は聞いている。さきほど辞令を預かったところだ」

辞令とは何だ？　どうして聖奈が渋谷署に？　いくつもの疑問が日樹の頭の中で渦巻いていた。課長が立ち上がり、課員たちに向かって声を張り上げた。

「おい、みんな。ちょっと聞いてくれ。さきほどのミーティングでも話した通り、このたび新しい仲間が加わることになった」

新しい仲間？　まさか聖奈が？　いったい課長は何を言っているのだろうか。日樹は状況がわからず、その場に立ち尽くしていた。

「長島聖奈巡査だ。長島君、自己紹介を」

「はい」

聖奈はそう返事をしてから、一歩前に出た。踵をつけて直立不動の姿勢をとり、敬礼をした。そして明瞭な口調で言った。

「初めまして、私は長島聖奈と申します。本日付けで渋谷署刑事課強行犯係に異動になりました。皆様、ご指導ご鞭撻のほど、よろしくお願いします」

何だって？

思わず声に出してしまっていたが、日樹の声は誰にも届くことはなかった。聖奈が刑事になってしまった。しかも渋谷署の。開いた口が塞がらないとはこのことだ。いったいどういうことなんだ。聖奈に刑事が務まるのだろうか。

「可愛いじゃないか。長島の妹には思えんな」

「早くも兄貴を抜いたな、ルックスだけで」

かつての同僚が口々に言う。日樹の心配をよそに、同僚たちは柄にもなくほんわかムードで、新人女性刑事を拍手で迎えている。

「おい、高柳、ちょっといいか。長島君はお前の係で面倒をみてもらうことになる。よろしく頼むぞ」
「はい、課長」
そう返事をしながら聖奈の前にやってきたのは四十代前半くらいの男だった。見た目は怖いが、実はいい人。以前、日樹が直属の係長をそう評していたのを聖奈も憶えていた。たしかに見た目は怖い。ただしルックスが怖い警察官などこれまでに何度も目にしたことがある。聖奈は高柳に向かって頭を下げた。

「よろしくお願いします、係長」

「こちらこそ。こっちだ」

強行犯係のシマに案内される。係員は全員で十名ほど。中には出ている刑事もいるようだ。

「しかしまあ、本当に来てしまうとは驚きだな」高柳が溜め息をつきながら言った。「今朝話を聞いたときは耳を疑った。まさか長島の妹がうちの係に補充されるなんてな。まったくお偉いさんの考えることは理解できん」

自分から手を挙げたとは言いにくいムードだ。ましてや警視庁上層部に取引を持ちかけたとも言える雰囲気ではない。聖奈は真面目な顔をして高柳の言葉に耳を傾けた。

「知ってるとは思うが、うちの管轄の犯罪発生率は都内でも三本の指に入る。そのくらい忙しいという意味だ。お前のお兄さんが亡くなったのはもちろん悲しいが、犯罪は待ってはくれない。次の定期人事異動までどうしようかと頭を悩ませていたところだった」

日樹の生活を間近で見ていたので想像がつく。夜も遅かったし、休日出勤も多かった。しかし覚悟はできている。

「みんな、注目してくれ」高柳が強行犯係の面々に向かって声を張り上げる。「本日付けで我が係に配属されることになった長島聖奈巡査だ。知っての通り、長島の妹だ。どうか可愛がってやってくれ」

「はい」と係員が返事をする。聖奈は一歩前に出た。

「長島です。ご迷惑をおかけすることもあるかもしれませんが、よろしくお願いします」

兄から聞いていた通り、比較的若いメンバーが多い係だった。全員が二十代から三十代くらい。事件が多いので体力勝負になることから、若い刑事が集められているとも聞いている。

「長島、お前の席はあそこだ」

高柳が指でさしたのは一番端のデスクだった。お世辞にも整頓されているとは言い難い。書類やら何やらが山のように積まれている。

「あいつの席だ。君が引き継ぐのが筋ってもんだろ」

「わかりました」

日樹が使っていたデスクに向かう。その隣に座っていた男が会釈をしてきた。森脇という刑事だ。彼とは面識があった。兄がよくコンビを組んでいた若手刑事だ。

「よろしく、聖奈ちゃん」

「こちらこそよろしくお願いします」

「まさか君が刑事になるとは思ってもいなかった。先輩も驚いてるんじゃないかな」

「だと思います」

森脇のデスクの上は綺麗に片づけられている。ノートパソコンが置かれているだけで、それ以外はほとんど物がない。それに比べて兄のデスクは散々な有り様だ。そもそもノートパソコンは書類の山に埋もれてしまっている。

「当面の間、聖奈ちゃんは僕とコンビを組むことになる。といっても僕も刑事になってまだ一年も経ってないし、基礎的なことしか教えることはできないけどね。年が明けたら正式に班替えをするみたいだよ」

今年もあと二週間ほどだ。年内は試用期間で、来年早々から刑事として本格的な業務に携わるという意味だと聖奈は理解した。

「まずはデスクの上を片づけることから始めないとね。散らかっているように見えるけど、先輩はこれでも区分けして使っていたらしい」

「そうですね。何となくわかります」

多分手前側に積まれた書類は、比較的最近発生した事件の資料ではないか。その隣の山は書かなくてはいけない事件報告書の資料。そして一番奥の雑誌や新聞は息抜き用。といった具合に聖奈には日樹の区分けがそれとなく理解できた。

「さすが兄妹だ。わかるんだね」

こうして兄のデスクをそのまま使わせてもらえるのは有り難い。どこから手をつけようかと腕まくりしたい心境だった。

渋谷署への配属を希望したのには理由があった。本来であれば捜査本部の設置されている新宿署を選ぶのが捜査に参加する近道だが、被害者の遺族は捜査に加えないという方針が動かないのであれば、新宿署に行っても意味がなさそうな気がした。だとしたら渋谷署に行くべきだという結論に達した。日樹を殺害した犯人は、兄が以前関与した、もしくは現在捜査中の事件の関係者である可能性が高いとされている。

そういう意味でも兄のデスクをそのまま使えるのは聖奈にとって渡りに船だった。この一見、乱雑に置かれた書類の中に、日樹を殺害した犯人に繋がるヒントが眠っているかもしれないのだから。

「聖奈ちゃん、これ、パソコンを使うときのＩＤと初期パスワードね」

「ありがとうございます」

森脇から一枚の付箋を受けとった。どこから手をつけようか。そう思って聖奈がデスクの上を見ていると、突然放送が鳴り響いた。

『警視庁から入電。管内で殺人事件が発生した模様。場所は渋谷区神山町……』

事件発生を知らせる放送だ。強行犯係の面々が席を立って上着を羽織っている。これから現場に急行するということだ。まるで刑事ドラマを見ているかのようだ。隣の森脇も慌てて身支度を整えている。

「おい、長島。何やってんだ。早くしないと置いていくぞ」

いきなり高柳に声をかけられ、聖奈は若干上擦った声で返事をする。

「えっ？　私もですか？」

「当たり前だ。お前は今日から刑事なんだ。事件が起きたら現場に急行する。それが刑事として当然の務めだ」

「は、はい」

聖奈は立ち上がった。しかし渋谷というエリアは本当に大変だ。いきなり殺人事件に出くわすとは考えてもいなかった。

スカートを穿いてこないで正解だった。そう思いながら聖奈はバッグを肩にかけた。

現場となったのは住宅街の中にある一軒家だった。駐車場にはドイツ製の高級車が停まっていた。

「……鍵が開いていたので、おかしいなと思ったんです。玄関先で呼びかけても応答はありませんでした。そして中に入って妻の遺体を見つけたというわけです」

リビングにあるソファに男が座っている。遺体の第一発見者でもあるこの家の家主、岩瀬正孝（いわせまさたか）だ。年齢は五十二歳。渋谷区内の病院に勤める医師で、夜勤明けに帰宅したところ、洗面所で倒れている妻の遺体を発見したという。

「聖奈ちゃん、具合はどう？」

森脇がそう声をかけてきた。洗面所で遺体を見たとき、さすがに気持ちが悪くなってしまったのだ。遺体は刺殺で、背中から激しい出血がみられた。凄惨な遺体だった。

「だいぶ良くなりました」

「僕だっていまだに遺体を見るのは気分のいいものじゃないよ。その点、先輩は動じなかったな。遺体見たあとに平気で飯食べたりしてたから」

兄は幼い頃から父に付き添って葬儀の手伝いなどをしていたため、遺体を見る機会もあったのだ。

「……わかりません。心当たりはありませんね」

岩瀬は憔悴した様子で、質問に応じていた。部屋には荒らされた形跡があり、物盗りの犯行だと思われた。そこかしこを物色した形跡がある。クローゼットも開けられ、中身が散乱している有り様だ。

「みんな、集まってくれ」

高柳の声に反応し、強行犯係の面々が集まる。高柳が言った。

「被害者は岩瀬恵美、五十歳。専業主婦だ。この家には夫と二人で暮らしている。第一発見者であるご主人は救命救急のドクターだ。彼の所見によると、奥さんは殺されて間もないという。死後一、二時間程度らしいが、これは司法解剖の所見を待ちたいと思う」

ほかの刑事は皆、手帳に何やら書き込んでいる。聖奈も慌てて手帳を開き、三色ボールペンをノックした。とりあえず被害者の名前でも書いておくか。あ、この人は死んでるから赤の方がいいかもしれない。

「状況からして強盗殺人の可能性が高い。捜査一課が到着するまでの間、俺たちは付近一帯の聞き込みをするぞ」

「はい」

殺人事件であることが明白なので、渋谷署に捜査本部が設置され、そこが捜査の拠点となるわけだ。池袋署にいたときから捜査本部の手伝い——弁当の手配やＯＡ機器の搬入など——は何度もやったことがあるが、実際に捜査に加わるのは初めてだ。

「森脇と長島はここに残って、ご主人と一緒に被害にあった品を特定してくれ」

「はい」

森脇と声を揃えて返事をした。高柳たちは慌ただしく玄関から外に出ていった。森脇とともに岩瀬のもとに向かった。リビングのソファに座り、岩瀬は意気消沈している様子だった。無理もない。妻を殺害された直後なのだから。

「岩瀬さん、ご無理を言って申し訳ありませんが」森脇がそう前置きしてから言った。「強盗殺人の可能性が高いと我々は考えています。盗まれているものがないか。それを一緒に確認していただきたいのですが、よろしいですか」

「ええ、わかりました」

岩瀬が立ち上がろうとしたが、バランスを崩したのか、よろめいた。すかさず森脇が彼を支え、転倒するのを阻止する。

「ちなみにご自宅に貴重品を保管している金庫などは置かれていますか？」

「いえ、そういったものは特には」

「まずは財布や通帳などを確認した方がいいでしょうね」

「二階にあります。こちらです」

岩瀬と森脇が二階に通じる階段を上っていく。渋谷署の鑑識職員が捜査を開始している。さきほど見た遺体は酷いものだった。うつ伏せに倒れていたので顔は見えなかったが、苦悶の表情を浮かべていたことだろう。

刑事になって最初の事件ということになる。いったい誰があの奥さんを殺したのだろうか。

「強盗の仕業じゃないわ。私は主人に殺されたのよ」

目の前にいる女性、いや正確には女の幽霊は日樹に向かってそう主張した。名前は岩瀬恵美というらしい。

聖奈と一緒に日樹がこの家を訪れたのは今から一時間ほど前のこと。そこで日樹は遺体の前に呆然と立ち尽くす女性を発見したのだ。彼女が被害者であることは明らかだったが、まだ自分が死んでしまったという事実を把握できていないのか、自分の遺体を見下ろしていたのだった。

視線が合ってしまったのがいけなかった。彼女は日樹のもとにやってきて、これはどういうことなんだと詰め寄ってきた。訊かれてしまったら答えないわけにはいかない。あなたは残念ながら死んでしまったんですよ。日樹はそう説明した。

すると彼女は泣き始めてしまった。ようやく事態を理解したというわけだ。目の前に自分の遺体があり、血を流して倒れているのだ。それに刑事たちが現場に大挙して押し寄せ、捜査を始めてしまったのだ。否が応でも自分の死を認識せざるを得ない。

三十分近く彼女は泣いていた。その間に刑事の大半は外に聞き込みに出ていった。今は鑑識職員が遺体の検分を始めている。聖奈は森脇とコンビを組み、被害者の夫と二階に上がっていった。盗まれたものがないか、その割り出し作業をおこなっているはずだ。

そして岩瀬恵美はこう言ったのだ。私は夫に殺されたのだ、と。

「でも奥さん、ちょっといいですか」日樹は疑問を口にした。「ご主人が犯人だという根拠はあるんですか。犯人の顔を見た。そういうことなんですね」

すると恵美は唇を嚙み、下を向いた。

「見てない。いきなり背後から刺されたから」

洗面所にある遺体はうつ伏せで倒れていた。刺されたのは背中であり、そのまま倒れたと推測できる。犯人の顔を見ている余裕などなかったはずだ。背後から刺されたという意味では日樹も経験者だ。さぞ苦しかったことだろう。

「主任、奥の和室の窓ガラスが割られていました」

「そうか。そこから侵入した可能性が高いな」

鑑識職員たちの会話が耳に入ったので、日樹は奥の和室に向かった。たしかに窓ガラスが割られている。そこから手を入れて鍵を開け、室内に侵入したものと思われた。日樹は恵美に訊いた。

「ちなみに奥さん、襲われたときは何をしていたんですか？」

「洗面所で髪を整えていたの」

「奥さんはどうしてご主人が犯人だと思ったんですか？」

「実は私たち、離婚の話し合いが進んでいたの」

半年ほど前、家で二人でテレビを見ていた際、熟年離婚がテーマとなるドキュメンタリー番組が流れた。そのとき二人の間に気まずい雰囲気が漂った。それからしばらくして、夫の方からそういう提案があったという。

「結婚してちょうど今年で三十年。お互い愛情はなくなっているのはわかっていたし、子供ができなかったことも大きいわね。今なら人生をやり直せるかもしれない。そう思って同意したの。それから細かい話をすることになったんだけど……」

半年かけて、離婚に際しての取り決めなどを話し合った。やはり財産分与が大部分を占めていた。特に恵美は長年専業主婦として夫を支えてきたため、いきなり一人になっても仕事をそう簡単に見つけることはできない。ある程度のまとまった財産が必要だった。

「そこが折り合わなくて、話し合いは平行線を辿った。でも夫の方はどうしても離婚したいみたいで、少しずつ新しい提案をしてきたの。たとえば向こう五年間は家賃の半額を負担するとかね。そして私は気づいたのよ。この人、どうしても離婚したい理由があるんだなって」

「それはもしかして、ご主人が浮気していたってことですか？」

「確証はないけどね。先々週だったかしら。離婚したいならこの家の権利を私に譲ること。それ以外は一切応じないって言ってやったの」

立地的にもかなりの資産になるはずだ。いくら妻と離婚したいといっても、この家を譲るのは岩瀬にとっても難しい選択に違いない。

「主人が犯人に決まってるわ。離婚が無理とわかって、強硬手段に出たのよ。ねえ、どうにかならないの？」

そう言って恵美が詰め寄ってくる。日樹は困惑した。

「奥さん、俺たちは幽霊なんです。何もできやしません。そのうち成仏するみたいですから、それまでの間は大人しく彷徨っていてください」

「嫌だわ、そんなの。私は主人に殺されたのよ」

そう言って恵美はその場に座り込み、泣き崩れてしまう。弱ったな。まったく世話の焼ける幽霊だ。

「これは物盗りの線で考えてよさそうだな」

「多分そうだろうね。可哀想に。何も殺すことはないのにな」

鑑識職員が言葉を交わしながら、現場の写真を撮っている。この状況から考察すれば、強盗殺人の線が濃厚だ。おそらく今後の捜査もそういう路線で進んでいくことは間違いない。しかし死んだ本人は夫に殺されたと主張しているのだ。本来であれば絶対に聞くことのできない死者の証言である。

さて、どうしようか。日樹はその場で腕を組み、泣いている女の幽霊を見下ろした。

「……遺体は刺殺です。背後から一突き。心臓近くの動脈が損傷し、そこから大量の出血があったようです。おそらく被害者はドライヤーで髪を乾かしていたんでしょうな。背後から近づいてくる足音に気づかなかったものと思われます」

夜になり、渋谷署の大会議室で捜査会議が始まっていた。総勢二十名の捜査員が集まっている。聖奈は一番後ろの席に森脇と並んで座り、捜査員たちの報告に耳を傾けている。昼間は捜査本部の設置準備に奔走した。池袋署時代の経験が活きたのか、手際の良さを褒められた。

「ご主人が遺体を発見したのは午前九時です。その一時間前、現場近くをジョギングしていた渋谷区在住の女性が、現場となった家から不審者が出てくるのを目撃しています」

その女性の名前は加藤里菜。渋谷駅近くの企業に勤める二十七歳の会社員だった。ちょうど有給休暇中だった彼女は昼に自宅でニュースを見て、もしやと思って名乗り出たそうだ。彼女が目撃した不審者は黒っぽい服装をした中肉中背の男性で、白いマスクにサングラス、黒い帽子を被っていたらしい。いかにも怪しい風体だ。

「彼女の証言をもとに、その怪しい男の立ち去った方向を重点的に調べたところ、当該男性がタクシーに乗車したことが判明しました。そのタクシーもすでに特定できています」

おお、というどよめきにも似た声が捜査員の間から洩れる。新情報だった。会議室前方にあるスクリーンに画像が映し出された。

「ドライブレコーダーの画像です。当該男性は渋谷駅近くの交差点の手前で降車しています。その後の足どりは摑めていません」

画像があるといっても、男はマスクとサングラスをつけ、帽子を被ってずっと俯き気味だ。人相などほとんどわからないと言っていい。ただし現場から出てきたということは、この男が犯人であると考えて間違いなさそうだ。

「渋谷駅、及び駅周辺の商業施設に逃げ込んだ可能性が高いため、防犯カメラの解析作業を進めていきます」

周囲の捜査員が手帳にペンを走らせている。聖奈はとりあえず『男、怪しい』と書いてみた。

「被害額について、わかっていることはありますか？」

司会役の刑事の言葉に立ち上がったのは隣に座っていた森脇だった。

「はい。ご主人立ち合いのもと、現場の確認作業をおこないました。ご主人の証言では、自宅には普段から多額の現金は保管していないようです。ただし二階の寝室のクローゼットの中から奥さんの所持品である貴金属が紛失していました。被害額は二百万円相当です」

それは聖奈も一緒に確認したので間違いなかった。

「あとはご主人が所持していた高級腕時計もなくなっていました。こちらはご主人が結納のときに受けとった品物らしく、値段は五十万円ほどです。そのほかには奥さんの財布から現金も引き抜かれているようですが、こちらの額は不明です」

妻がそれほど大金を所持していたとは思えない。岩瀬はそう証言した。カード類が手つかずになっていたのは、下手に使用して足がつくのを恐れたのかもしれなかった。車のキーも無事だった。

「被害額については以上です」

森脇が報告を終えて着席した。司会役の男が言った。

「強盗殺人の線は動かせない。逃げた男の行方を追うとともに、引き続き現場周辺の目撃情報を集めることにしたい。手元に配った資料に捜査の振り分けがあるので、各自確認のうえ、捜査に向かわれたし」

さきほど資料を眺めたところ、聖奈は引き続き森脇とコンビを組み、雑務全般を任されることが決まっていた。その中には遺族へのフォローなども含まれているらしい。

「じゃあ聖奈ちゃん、行こうか」

「わかりました」

バッグを肩にかけ、森脇の背中を追って会議室をあとにした。少し疲れていたが、充実感もあった。何だ私、ちゃんと刑事やってるじゃないの。

「ただいま」
聖奈が部屋に帰ってきたのはもうすぐ日付が変わろうとしている頃だった。「おかえり」と日樹は妹の帰還を出迎えたが、その声は残念ながら聖奈の耳には届いていない。ダイニングの

椅子に座る日樹の前を素通りして、バスルームの方に消えていった。隣に座る亜里沙が言う。

「聖奈ちゃん、シャワーかな。いいの？　聖奈ちゃんの裸を見られる絶好のチャンスだよ」

「ふざけんな。俺はあいつの兄貴だぞ」

「ふーん。でも聖奈ちゃん、ちょっとお疲れ気味じゃない？」

それはそうだろう。刑事になった初日に殺人事件が発生し、いきなり捜査に駆り出されることになったのだから。しかしそれが渋谷という街の特色だった。毎日のように犯罪が発生し、刑事たちは席を温めている暇はない。常日頃から猫の手も借りたい状況が続いている。

「あの奥さん、大丈夫かな？」

「多分な」

岩瀬恵美のことだ。夫に殺されたと主張する女の幽霊だ。殺された直後は混乱して泣き喚いていたが、夕方にはすっかり落ち着いていた。今は横浜に住む妹夫婦のもとに行っていた。最後に小学生になる甥の顔を見たいのだそうだ。

「でもあの奥さん、本当にご主人に殺されちゃったのかな」

「どうだろうな。本人が顔を見たわけではないからな」

彼女がそう言っているだけだ。離婚の話がもつれ、夫は妻のことが邪魔になった。それが被害者である恵美の主張だ。しかしそれは彼女の思い込みに過ぎず、夫の犯行である証拠も、彼が浮気をしている事実も、捜査本部には上がってきていない。それどころか目撃証言まで出ており、強盗殺人以外は考えられない状況だ。

ただし恵美が嘘をついているようには見えなかった。お互いに離婚の意志があり、その話し合いが難航していたのは事実なのだろう。しかし死人に口なしという言葉もある通り、恵美の主張が警察側に届くことはない。夫が何か言い出さない限り、岩瀬夫妻のすれ違いも外部に洩れることは今後もない。

　聖奈がバスルームから出てきた。そのままキッチンに向かい、冷蔵庫の中から朝、残したご飯を出した。しばらくしてまな板を包丁で叩く音が聞こえてくる。

「聖奈ちゃん、偉いなあ。私だったらこの時間から料理しようなんて思わないもん」

　亜里沙がそう言って立ち上がり、キッチンの聖奈の隣に立った。聖奈の料理の手際を見るつもりらしい。やがて聖奈はフライパンを火にかけ、熱した油で溶いた生卵を炒め、その上から電子レンジで加熱したご飯を投入した。チャーハンだ。

　たまに夜食で作ってくれた懐かしの味だ。あまり具材を入れずシンプルな味つけになっているので、福神漬けと一緒に食べるとちょうどいい。

　五分ほどでチャーハンは完成した。やはり二人前ある。日樹の目の前にチャーハンが盛られた皿が置かれた。旨そうだが、当然のごとく食べることはできない。

「いい子だね、聖奈ちゃん」いつの間にか亜里沙が隣に座っている。「死んだお兄ちゃんのために料理を供えてくれるなんて。ハルさんが好きになっちゃう気持ちもわかるな」

「おい、俺は別に……」

「隠さなくていいって。どうせ私たち死んでるんだしさ。それに血は繋がっていないんだから、それほどむきになって否定することはないと思うよ」

「わかるのか？」

聖奈と血が繋がっていないことを亜里沙に教えた記憶はない。亜里沙は笑って答えた。

「見ればわかるよ。全然似てないじゃん。それにハルさんの態度を見てれば伝わってくる。妹というより、片想いの相手に接してるみたいだもん」

聖奈が日樹の前に座り、「いただきます」と言ってチャーハンを食べ始めた。日樹は亜里沙に向かって言った。

「そういうお前はどうなんだよ。こんなところにいていいのか。ほかに大切な人がいたんじゃないのか」

「……いないよ、私には」

声のトーンがわずかに落ちるのを感じた。亜里沙の死は事故死として処理される方向で進んでいるはずだ。加害者もいないため、報告書を作成し、決裁が終われば捜査終了だ。酔って帰宅し、階段で足を滑らせて転倒した。一見して事件性はない。しかし——。

気持ちの整理ができたら私も成仏できる。数日前に話したとき、亜里沙がふと洩らした台詞だ。いったい彼女はどんな未練を残しているのか。あれから何度も話を振ってみたのだが、そのたびに曖昧に誤魔化されてしまっていた。厳密に言えば今の日樹は刑事でも何でもなく、ただの幽霊だ。

目の前では聖奈が一人でチャーハンを口に運んでいる。いつまでもこの状態が続くわけがない。そのうちに俺は成仏してこの世から消え去ってしまうのだろう。それはつまり、聖奈との永遠の別れを意味している。

今は少しでも長く聖奈をこうして見守っていたい。日樹は強くそう思った。

午前中は現場周辺の聞き込みだった。正午過ぎ、聖奈は一人で渋谷署に戻った。お弁当を持ってきてしまっているし、少しでも散らかったデスクを片づけたいと思ったからだ。着任して早々捜査本部に入れられてしまったため、デスクの上はそのままになっている。

強行犯係は全員が出払っていた。自分のデスクに座ったときだった。いきなり声をかけられた。

「おい、そこのお前」

振り返ると一人の男が立っている。力士さながらの巨漢で、しかも凶悪そうな顔つきをしている。薄い色のサングラスをかけ、鼻の下に髭を生やしていた。どこから見てもその筋の人だ。まさか留置場から逃げ出したのか。それともお礼参りというやつだろうか。

「な、何ですか。部外者は入ってこないでください」

「俺は部外者じゃねえ。こういう者だ」

男は懐から出した革ケースをこちらに見せてくる。そこには警察バッジが光っていた。

「組対の丸藤だ。お前、ハルちゃんの妹だろ？」

「そ、そうですが……」

組対とは組織犯罪対策課のことだ。つまりこの男も警察官ということになる。とてもそうは見えない風貌だ。ＬＬサイズのスーツに、手首には金の腕輪をジャラジャラ巻いている。街を歩いているだけで職務質問の対象になりそうな勢いだ。

「このたびはご愁傷様だったな。まったく酷えことをしやがる奴がいたもんだぜ」

「もしかして、あなたがダイちゃんですか？」

「そうだ。俺は丸藤大悟。よろしくな、お嬢ちゃん」

生前、兄から聞いたことがある。ハルちゃんダイちゃんと呼び合うほど仲のいい刑事が渋谷署の組織犯罪対策課にいるということを。朝まで飲み明かしたことも数知れず、親友とも言える間柄だと聞いていた。

「まさかハルちゃんの妹が強行犯係にやってくるとはな。あの野郎も天国で笑ってるに違えねえ。お嬢ちゃん、名前はたしか……」

「聖奈です。長島聖奈です。生前は兄がお世話になりました」

「世話なんてしちゃいねえよ。ついてきな。お嬢ちゃんに用があるんだよ」

「でも私、これからお昼を……」

丸藤は聞く耳を持たず、その巨体を揺らして歩き去っていく。仕方なく聖奈はバッグを肩にかけ、男の背中を追った。それにしても大きい。身長も百九十センチ近くありそうだ。

署から出て歩き始める。六本木通りを少し歩いてから狭い路地に入った。昼どきのため多くの人が歩いているが、通行人は必ず道を空けてくれる。丸藤の迫力がそうさせているのは明らかだった。たまに振り返ってこちらを見ている者もいた。奇妙な組み合わせが面白いのかもしれないが、まさか二人が刑事とは想像もつかないだろう。

丸藤が向かった先は雑居ビルの二階にある東南アジアっぽいテイストの飲食店だった。意外に混んでいて、ＯＬ風の女性たちがランチを楽しんでいる。完全に丸藤の風貌は浮いているが、そんなことはお構いなしといった感じで彼は一番奥のボックス席に座った。予約してあったらしく、エキゾチックな顔立ちをした店員が二本の瓶を持ってきて、テーブルの上に置いた。

どこから見ても瓶ビールだ。丸藤は「献杯」と短く言ってから、瓶を豪快に傾(かたむ)けた。試しに舐めるように一口飲んでみる。完全にビールだ。勤務中に飲んでいいものではない。

「飲まないのか？」

丸藤が訊いてくる。聖奈は答えた。

「だってこれ、ビールですよね」

「見ればわかるだろ」

丸藤が手を伸ばし、聖奈の手元に置いてあった瓶を摑んだ。そのまま口に持っていき、それを飲み始める。私が口をつけた瓶だ。本来なら不快に感じるはずだったが、なぜか嫌な気持ちにならなかった。彼が持っているキャラクターのせいかもしれない。異性というより、大きな熊のぬいぐるみと一緒にいるかのような安心感を、聖奈は早くも感じ始めていた。

すぐに料理が運ばれてくる。大きめの皿に三品ほどが載っている、ランチプレート的なものだった。メインはトムヤムクンスープのようで、小ぶりのエビの上にパクチーがちりばめられていた。

丸藤は待ってましたとばかりに料理を食べ始めた。店員も丸藤の食欲を知っているのか、聖奈のものよりはるかに量が多い。丸藤は豪快に料理を平らげていく。

「食わないのか？」

エビの尻尾をくわえながら丸藤が訊いてくる。聖奈はバッグから袋を出しながら答えた。

「お弁当、持ってきちゃったんですよ」

昨夜作ったチャーハンだ。兄に供えた分をそのまま弁当箱に入れて持ってきた。

「そいつはすまなかったな」丸藤がエビの尻尾を皿の隅に置きながら言った。「でもせっかく頼んだんだ。お前はこの料理を食べてくれ。こいつは」丸藤は手を伸ばし、聖奈の手元にある袋を手にとった。「俺がいただくことにしようじゃねえか」

丸藤が袋から弁当箱を出し、中に入っているチャーハンを食べ始める。一口が大きいので、みるみるうちにチャーハンはなくなった。丸藤が満足そうに言った。

「旨いじゃねえか。トムヤムクンに合うな。ハルちゃんともこの店を訪れたことは数知れない。よく二人でビールを飲んだもんだよ」

丸藤が一瞬だけ遠くを見るような目をした。日樹と一緒にここに来た日のことを思い出したのかもしれない。

「実はハルちゃんが死んだ日、俺はあいつに頼みごとをした。ちょっと気になる男がいたから、ハルちゃんに様子を窺うように依頼した。俺は別件の捜査で動けなかったんだ」

その話は初耳だった。ジョニーという男は逃亡したが、兄は森脇と二人で追いかけて職務質問をかけた。しかしジョニーは何も喋らなかった。怪しげな所持品も持っていなかったらしい。

「まさかその人が、兄を……」

「ジョニーから話は聞いた。奴のアリバイは成立した。犯行時刻にパチンコ店の防犯カメラに映ってたんだ」

「防犯カメラを加工したとは考えられませんか？」

「それはない。かなり念を入れて調べたから間違いない。それにジョニーという男は小物だ。刑事を殺すような度胸はねえよ。ところでお嬢ちゃんに見てもらいたいものがある」

丸藤は懐から紙片を出し、テーブルの上に置いた。二枚の写真だ。一枚目は隠し撮りした写真のようで、車の前に立つ二十代くらいの男が写っている。もう一枚は証明写真のようだ。かなり美形の女性だった。

「この二人に見憶えはないか？」

写真をよく見る。二人とも特に見憶えはない。

「いいえ。この人たちは？」

「このうちのどちらかがハルちゃんの事件に関係してるんじゃないか。俺はそう睨んでる」

「どういうことですか？」

丸藤は答えてくれない。写真を懐に戻しながら素っ気ない口調で言った。

「詳細はまた今度だ。温かいうちに食っちまいな。冷めちまうぞ」

「でも……」

「お前は強行犯係のピカピカの新人さんだ。俺が引き連れて歩くわけにはいかねえんだよ」

そう言って丸藤が手を挙げると、エキゾチックな顔をした女性店員が瓶ビール片手にやってくる。それを受けとった丸藤は当然のような顔をして三本目のビールを飲み始めた。その姿を見て、聖奈は思った。

この人は私と一緒だ。自分自身の手で、兄を殺した犯人を見つけ出そうとしているのだ。


「ああ、丸藤さんね。先輩とは仲がよかったよ。しょっちゅう一緒に飲みに行ってたな。よほど馬が合ったんだろうね」

午後になり、聖奈は森脇と合流した。今は被害者の夫の勤務する病院の応接室にいる。被害者が殺された朝の夫の出勤記録を確認するように言われたのだ。

「ああ見えて同じ年なんだよ、あの二人。警察学校でも同期だったらしい」

丸藤の風貌を思い出す。とても三十五歳には見えなかった。てっきり四十代だと思っていた。そのくらいの貫禄はある。

「あの外見とは裏腹に、意外に細かいところに目が届く人だよ、丸藤さんは。かなりの情報通として知られてる。何人もの情報屋を使って、そこら中に網を張ってるんだ。渋谷署の組対に丸藤あり。反社の連中にも恐れられているらしい」

丸藤から見せてもらった写真のことを思い出す。この男女は何者なのか。聖奈もしつこく食い下がったが、丸藤は何も教えてくれなかった。また今度な。そう言って真っ昼間からビールを浴びるように飲んでいた。

「お待たせしました」

そう言って男性の事務員が応接室に入ってくる。事務員は聖奈たちの前に座り、一枚のプリントをテーブルの上に置いた。

「これが岩瀬医師のタイムカードの記録です」

「失礼します」

森脇がそう言ってプリントを手にとった。聖奈も横からそれを見る。しばらくして森脇が言った。

「間違いないようですね。岩瀬医師は午前八時四十五分にこの病院を出ていますね」

その通りだった。その前は前日の夜の八時、病院に入ったときの記録になっている。その間、彼が病院を出入りした記録は残っていない。森脇が事務員に念を押した。

「医師や職員の方が出入りするとき、確実にタイムカードを押すと考えてよろしいですね」

「もちろんです」と男性事務員は答えた。「夜間の通用口は一ヵ所だけで、そこには守衛が詰めています。出入りする際には必ず入館記録を義務付けております」
被害者の岩瀬恵美が殺されたのは午前八時少し前だとされている。根拠は目撃証言だ。その時間、ジョギング中のＯＬが現場となった岩瀬邸から出てくる不審な男を目撃しているからだ。男はそのままタクシーに乗り込み、渋谷駅近くで降車していた。男の足どりを追っているが、まだ判明していない。

「ちなみに診療記録の方も確認していただけましたか？」

森脇が訊くと、事務員がファイルを開きながら答えた。

「ええ。これは個人情報も記載されているのでお見せできませんが、午前八時でしたら岩瀬医師はちょうど診療の最中だったようですね」

昨日の午前七時三十分、この病院の救命救急センターに一人の男性が運び込まれた。渋谷区内で発生した交通事故による負傷者だった。首に痛みを訴えていたことから搬送されたようだが、レントゲンを撮った結果、首の骨などには異常が見受けられなかった。頸椎捻挫（けいついねんざ）、いわゆるむち打ち症と診断された。軽度だったため湿布薬が処方されただけだったという。

「その患者さんの診療のあと、勤務を終えて引き継ぎに入ったそうです。そして帰宅されたようですね」

強盗が自宅に押し入っている時間、岩瀬は患者を診療中だったことが明らかになったわけだ。もっとも夫の岩瀬に疑いがかかっているわけではなく、念のための確認作業に近かった。捜査本部では強盗殺人の線を疑っている者は皆無だった。

「ご協力ありがとうございました。また何かありましたら、そのときはお願いします」

事務員に礼を述べてから応接室を出た。この後は別の病院に向かう予定になっている。監察医として指定されている王泉大附属病院だ。渋谷署の管内で起きた事件の司法解剖は、すべて王泉大附属病院の監察医がおこなうことになっている。岩瀬恵美の解剖結果が出たというので、その資料をとりに行ってこいと命じられたのだ。

「聖奈ちゃん、これから会う監察医だけど、先輩から何か聞いてる?」

「いえ、特には。どういうことですか」

森脇がやや迷ったような素振りを見せた。自分の口から言っていいのかどうか。それを迷っているような口振りだ。森脇が腕時計を見ながら言った。

「まだ時間があるな。カフェにでも入って話そう」

思わせぶりな態度だった。いったいその監察医がどうしたというのだろうか。

「ではこちらでご準備の方を進めさせていただきます。変更は可能ですので、何かございましたらいつでも連絡してください」
「わかりました。ありがとうございます」
日樹は渋谷にある喫茶店にいた。隣には岩瀬正孝が座っている。もっとも彼は幽霊が隣に座っているとは想像もしていないだろう。被害者である妻の恵美の証言から、夫との離婚話が難航していることが明らかになった。そこで日樹は夫の殺害への関与を疑い、こうして正孝を見張っているのである。

「では私は失礼いたします」

岩瀬の前に座っていたスーツ姿の男が立ち上がり、店から出ていった。彼は葬儀会社の社員だった。岩瀬は朝からずっと自宅にいたのだが、午後になって急に家を出て、この喫茶店で打ち合わせを始めたのだ。

「いろいろ大変なんだね、お葬式をあげるのって」

目の前には亜里沙が座っている。昨日からずっと一緒だ。退屈しのぎにはちょうどいい。

「まあな。お前のご両親だって大変だったんじゃないか」

「私のことは放っておいてよ」

そう言って亜里沙はそっぽを向いた。岩瀬はコーヒーを飲みながら葬儀会社のパンフレットを眺めている。明後日に通夜、その翌日に葬儀という日程になりそうだった。午前中も自宅であれこれ準備に追われていた。仕事は今週一杯休みをもらえるようなことを、さっき誰かと電話で話していた。

「あ、出るみたいだね」

岩瀬がパンフレットをバッグの中にしまい、立ち上がった。紙コップをゴミ箱に捨ててから岩瀬は店をあとにした。亜里沙と二人、尾行を開始する。

「ハルさんはやっぱり旦那が犯人だと思ってるの？」

「どうだろうな。確証があるわけじゃない。でも奥さんがああ言ってる以上、少しくらい調べてやってもいいと思っただけだ」

最初のうちは前向きな協議離婚のための話し合いが進んでいたが、夫が離婚を急いでいるような気がして、浮気の兆候を感じとったという。しかしそれはあくまでも恵美の思い込みに過ぎないかもしれず、何か証拠があるわけでもない。ただそういう女の勘というのを舐めてはいけない。長年刑事をしていて学んだことの一つだ。

不意に岩瀬が振り向いて、通行人の様子を観察した。しばらくしてまた歩き始める。それを見て亜里沙が言った。

「尾行を警戒してるのかな」

「だな」

大きな通りに出た。岩瀬は横断歩道の信号で停まっている空車のタクシーに駆け寄り、後部座席に乗った。日樹も岩瀬に続いて乗り込んだ。亜里沙はすでに助手席に座っている。

「とりあえず直進してください」

岩瀬の指示にタクシーが発進する。しばらく走ったあと、岩瀬は「次の角を左折してください」と運転手に告げた。指示通りに左折すると、岩瀬は振り向いて後続車両を観察していた。どう見ても尾行を警戒している者の行動だ。

そんなことを何回か繰り返したのち、岩瀬は「渋谷に戻ってください」と運転手に言った。

尾行を警戒してまで会いたい相手とは誰なのか。この男を見張っていて正解だったかもしれない。

タクシーは渋谷に戻る。停まった場所はビジネスホテルの前だった。料金を払い、岩瀬はタクシーから降り立った。足早にホテルのエントランスに入っていく。

「誰と会うのかな」

「お前の想像通りだと思うぜ」

岩瀬はやや俯き加減で歩いている。ラウンジで一人の女が立ち上がるのが見えた。その女は岩瀬のもとに近づいて、いきなり腕を絡めた。岩瀬は押し殺した声で女に言った。

「やめろよ、おい」

そのまま二人はエレベーターに乗り込んだ。二人以外に乗っている人はいない。岩瀬が女に向かって言った。

「誰かに見られたらどうするんだよ」

「ふふふ」

女は笑うだけだった。二人は七階でエレベーターから降りた。廊下を進み、ある部屋の前で足を止めた。先に女がチェックインを済ませていたらしく、彼女が手にしていたカードキーで部屋のドアを開けた。岩瀬は廊下の左右を見て、誰も見ていないことを確認してから部屋に入っていく。日樹もあとに続く。室内を見回しながら岩瀬が言った。

「困るんだよ。しばらくは顔を合わせない方がいい。そう言ったじゃないか」

「だって淋しかったんだもん。それに大丈夫だよ。誰にも見られなかったから」

女は岩瀬の愛人だろう。やはり恵美は夫に殺されたのかもしれない。しかし夫には強固なアリバイがある。犯行時刻、岩瀬は勤務先の病院にいたはずなのだから。それとも何か策を講じて病院から抜け出したとでもいうのだろうか。

「ねえ、先生。ピザ頼んでもいい？　あとビールも」

「好きにしろ」

女はベッドに座り、足を組んでスマートフォンを眺めている。今、この女は岩瀬のことを先生と呼んだ。看護師あたりだろうか。医師が若い看護師に夢中になる。ありがちな話だ。

「ピザかあ。私も食べたいな。食欲は全然ないんだけど」

亜里沙が女の横に座り、彼女が持つスマートフォンを覗き込んでいる。そこには宅配ピザのメニューが表示されているのだろう。岩瀬は窓際に置いてあるソファに座り、女の方をチラチラと眺めていた。欲望を押し殺している様子が伝わってくる。

「ハルさん、まだわからないの？」

亜里沙が言った。日樹は訊き返した。

「何のことだ？」

「私、わかっちゃったんだよね。女は化けるのが上手なのよ」

日樹はまじまじと女の顔を見た。女は化ける。化粧をするという意味だろうか。いや、ちょっと待て。この顔、どこかで見たような気がする。まさか——。

日樹もようやく、女の正体に思い至った。

法医学研究室。そのドアの前に聖奈は立っている。森脇も一緒だ。

王泉大附属病院の研究棟の三階だった。「失礼します」と森脇が言い、ドアを開けた。研究室という名に相応しく、壁全面のキャビネットには書籍がぎっしりと並べられている。ホワイトボードには何やら専門用語が書き込まれていた。その近くには精巧な人体模型が置いてあった。

「あれ？　留守みたいだな」

森脇が言う。たしかに研究室に人の気配はない。森脇が奥の倉庫を覗いたが、そこにもこの部屋の主はいないようだった。

「仕方ない。待たせてもらうか」

一時間前、岩瀬の勤務する総合病院を出てから、時間調整のためにカフェに入った。そこで森脇から聞かされたのだ。これから会う監察医は、兄の日樹と因縁浅からぬ相手であるということを。

監察医の名前は友利京子（きょうこ）。専門は法医学で、王泉大附属病院で臨時の外科医として働く傍ら、監察医としても活動しているという。渋谷署だけでなく、第三方面と呼ばれる渋谷区、目黒区、世田谷区内で発生した事件の司法解剖を引き受けているらしい。優秀な監察医として、その手腕は高く評価されていた。

監察医の友利京子は長島日樹と交際しているのではないか。そんな噂が流れたのは去年の暮れのことだという。仲睦まじそうに歩く二人の姿が何度か目撃されたというのだった。本人たちも否定はせず、周囲も公認する仲だったが、今年の秋くらいに事態が急転する。二人が別れたという噂が流れたのだ。噂の出所は友利京子の行きつけのバーで、そこで彼女が馴染みのマスターに「彼と別れた」と口走ったというのだった。

つまりこれから会う監察医は兄の元カノということなのだ。それを聞いたとき、さすがの聖奈も少し焦った。兄の元カノと会うのは初めての経験だ。

十歳という年の差があったせいか、さほど兄の異性関係に興味がないというのが本当のところだった。少しガサツなところはあるものの、兄は顔だって悪くないし、女性にもモテるんだろうなとは長年思っていた。

ただし半年前に同居を開始して以来、兄に恋人がいると感じたことは一度もない。森脇の話が正しいのであれば、聖奈と同居を始めた頃、兄は友利京子と交際していたということになる。私の目が節穴だったということか。

ドアが開く音が聞こえた。来たのか。ゴクリと唾を飲み込み、聖奈は振り返る。

白衣を羽織った女性が研究室に入ってきた。すらりとした感じの美人だった。髪は長く、黒縁の眼鏡をかけていた。ちょっと待て。この人は――。

「すまないね、森脇君」

「いえいえ。友利先生、お世話になっております」

「これが約束の司法解剖の報告書だ。それにしてもこんなにもネットが普及した世の中なんだ。紙の報告書が必要なんだろうか」

「すみません。前時代的な上司が多いものですから」

「ん？　こちらの方は？」

京子の視線がこちらに向けられている。聖奈はぎこちなく会釈をした。森脇が気を利かせて紹介してくれる。

「友利先生、こちらは長島聖奈巡査。昨日付けで我が渋谷署の強行犯係に配属になった刑事です。亡くなった長島先輩の妹さんです」

「ああ、なるほど」

そう言って京子はホワイトボードに向かい、そこに書かれている図や文字をイレーザーで消し始めた。なるほど、という言葉の奥に隠された感情を読みとることができなかった。

サバサバした感じの女性で、その点は少し意外だった。中学生時代、日樹の部屋には松浦亜弥のポスターが貼られていた。ああいう女子力高めな子がタイプなのだとずっと思っていた。

「強盗殺人で決まりらしいね。犯人らしき男が現場から逃げ去ったんだって？」

「そうです。今、男の行方を全力で追っています」

不審な男を乗せたタクシーの運転手に詳しい話を聞いたところ、タクシーから降りた男は渋谷駅に入っていった可能性が高まった。それを受けて駅構内の防犯カメラをチェックする作業が現在進められているらしい。

「では先生、失礼いたします」

そう言って森脇が研究室から出ていこうとした。聖奈もあとに続くが、どうしても訊いておきたいことがあって立ち止まった。振り返って聖奈は京子に訊いた。

「友利先生、質問があります」

「何だい？」

「この前の土曜日の夜、具体的には午後八時過ぎ、先生はどちらにいらっしゃいました？」

京子はこちらを見ている。眼鏡のフレームに指をやり、少し押し上げてから彼女は訊き返してくる。

「それはもしかして、私のアリバイを確認してるのかな？」

「そう捉えていただいて構いません」

さきほどタイ料理屋で兄の親友、丸藤から二枚の写真を見せられた。丸藤が兄の事件に関与しているかもしれないと考えている二名の写真だった。そのうちの一枚に写っていたのが、目の前にいる友利京子だったのだ。

「教えてください、友利先生。兄が殺された土曜日の午後八時過ぎ、どこで何をされていたのか」

京子は答えない。息を吐き出すように、兄の元カノは小さな笑みを浮かべている。

どいてくれ。邪魔だ。

日樹は廊下を走っている。王泉大附属病院の研究棟の廊下だ。白衣を着た若者たち——おそらくインターンだろう——が廊下を歩いている。本来ならすり抜けることも可能なのだが、どうしても人間時代の癖で、ぶつからないようによけてしまう。

幽霊というのは便利だ。たとえばさきほどのように対象者に知られることなく尾行をして、愛人との密会現場に立ち会うこともできるのだから。それに死んでしまった被害者の幽霊と話すことにより、真犯人を特定することも容易だ。この能力を最大限に活用すれば、事件捜査に役立つことは間違いない。

ただし不便な点もある。もっとも不便だと感じるのは文明機器を使えない点だ。その最たるものがスマートフォンだ。生きているときは当たり前のように使用していた連絡手段が使えず、そこが最大の難点だった。今、聖奈がどこにいるか。それを電話やＬＩＮＥで尋ねることができないのだ。

朝から岩瀬のことを見張っていたため、聖奈とは別行動だった。そこで日樹は渋谷署の強行犯係に向かった。聖奈の行方を確認するためだ。ホワイトボードの予定表には『王泉』と書かれていた。王泉大附属病院に行くという意味だ。それを見た日樹は思わず走り出していた。

ようやく研究室の前に辿り着く。ドアが半分ほど開いていて、森脇が廊下に出てくるところだった。しかし森脇はなぜか足を止め、研究室の中に目を向けている。日樹は森脇の横を背後から抜け、中に入る。聖奈の声が聞こえた。

「……兄が殺された土曜日の午後八時過ぎ、どこで何をされていたのか」

聖奈の視線の先には友利京子の姿がある。白衣を着ており、黒いフレームの眼鏡をかけていた。聖奈が王泉大附属病院に行っていると知り、なぜか胸騒ぎがした。だからこうして走ってきたのだ。

「一つ教えてほしいんだけど」京子がそう前置きしてから言った。「ちなみにどうして私のことを疑っているのかな？　あなた自身が自分の頭で考えて、私が怪しいという結論に達したってことかい？」

聖奈が京子のことを疑っている。それは予測していなかった。森脇も同じらしく、ドアノブに手を置いたまま口を半開きにして二人の女性に目を向けていた。

聖奈は答えなかった。言おうか言うまいか迷っているような感じだった。そんな聖奈を見て、京子が笑みを浮かべながら言った。

「何となくわかった。誰かから入れ知恵されたってわけか。ということは私とあなたのお兄さんの関係も知っているってことか」

聖奈は固まっている。しかしその表情が物語っていた。森脇あたりから聞いたに違いない。

京子と出会ったのは三年前。日樹が渋谷署に配属になった頃だ。当時から京子は監察医として働いており、その関係で顔を合わせたことが出会いだった。ある日、司法解剖が夜まで続いたことがあり、その仕事終わりに二人きりで飲みにいく機会があった。その飾り気のない性格に惹かれた。男友達と飲んでいるような感覚もあった。それでいて美人だし、スタイルもいい。プライベートの連絡先を聞き出し、頻繁に会うようになった。やがて交際に発展した。

別れたのは二ヵ月ほど前のことだ。突然、京子の方から別れを切り出してきたのである。理由はわからないが、彼女の方が先手を打ったのだろうと日樹は思っている。実は日樹も別れた方がいいと考えていた。やはり聖奈への想いを捨て切れなかったのだ。聖奈のことを想いながら、京子との付き合いを継続するのは失礼だと思った。血の繋がらない妹が好きだから別れてくれ。まさかそんな風に言うわけにもいかず、どう伝えようかと迷っていた矢先、京子の方から別れ話を持ち出してきた。勘のいい彼女のことだ。日樹の迷いに気づいたのかもしれなかった。

「あなたに入れ知恵したのは誰？　私があなたのお兄さんを殺すわけないじゃないか」

「じゃあアリバイがあるってことですね」

聖奈も一歩も引かない。彼女は彼女なりに日樹を殺した犯人を捜そうと必死になっているのだ。

「きっとあの男に違いない。丸藤じゃないか」

「ち、違います」

「動揺してるね。刑事としてまだまだだ」

丸藤か。あいつなら有り得ない話でもない。京子と丸藤は性格的に合わなかった。何度か三人で飲んだことがあるのだが、いつも口論に発展して、結局二人のうちのどちらかが先に帰ってしまうことになるのだ。

「でも丸藤が私を疑う気持ちもわからなくもない」京子が腕を組んで言う。「丸藤は私のことを恨んでいたからね。親友を私に盗られたと思っていたんじゃないかな」

それはわかる。京子と付き合うようになってから、丸藤と飲みに行く機会が激減したのは事実だった。以前は週に一、二度は必ず飲みに行っていたものだが、それが月に一度くらいの割合に減った。ただしそれは聖奈のせいでもある。半年前に聖奈が転がり込んできてから、日樹はできるだけ真っ直ぐに自宅に帰るようになったのだ。

「丸藤に伝えておくように。私は日樹を殺したりしない。そもそもあいつのことを恨んだりしてないからね。外野が何を言ってるか知らないが、私たちは円満に別れたつもりだから」

「話はわかりました」聖奈が京子に目を向けて言う。「ですが、あなたが兄と円満に別れたとか、そういうことはどうでもいいんです。私は刑事なので客観的事実だけを信じます。最初の質問に答えてください。兄が殺された時間、先生はどちらにいらっしゃいましたか？」

そんなに怖い顔するんじゃねえよ、聖奈。

思わず日樹はそうつぶやいてしまっていた。それほどまでに聖奈の顔つきは真剣だった。その迫力に押されたのか、京子が降参だと言わんばかりに首を振りながら答えた。

「日樹が殺された時間帯、私は代官山にあるバーにいた。店の名前は〈シリウス〉だ。日樹と一緒に何度か訪れたことがある馴染みのバー。疑うようだったら訪ねてみたらどうだい。マスターが証言してくれると思うよ」

京子は自分のデスクのパソコンの前に座り、デスクの上の書類を手にとった。それを見た聖奈がその場で頭を下げた。

「ご協力ありがとうございました」

聖奈が研究室から出ていった。その後ろを森脇が困惑気味の顔をしてついていく。

やれやれ、と日樹は溜め息をついた。聖奈がこれほど押しの強い女だとは思わなかった。椅子に座る元恋人を見る。ごめんな、京子。妹の非礼を許してやってくれ。


「ただいま」

聖奈が帰宅してきたのは午後十時過ぎのことだった。買い物をしてきたようで、スーパーの袋を手にしている。あれから聖奈は代官山に行き、シリウスというバーのマスターから話を聞いた。その結果、友利京子のアリバイは成立した。常連客と談笑する彼女の姿をマスターが憶えていたのである。

そもそも日樹は京子に殺されたとは思っていない。その可能性を考えたことさえない。仮にもし京子が俺を殺すとすれば、刺殺なんていう方法はとらないはずだった。もっと完璧に、そしてもっと美しく、元恋人を殺そうとするはずだ。どうして犯罪者っていうのは美意識に欠けるのか。司法解剖を終えたあと、よく彼女はそう口にしたものだった。

「こんばんは」

そう言いながら部屋に入ってきたのは亜里沙だった。日樹は亜里沙に訊いた。

「どうだった？　その後は動きはあったのか？」

「特には。届いた宅配ピザを食べて、そのまま何となくいい雰囲気になってきちゃったから、さすがに恥ずかしくなって外に出た。一時間くらい経った頃かな。二人は時間差でホテルの部屋から出てきたよ」

岩瀬とその愛人だ。ホテルで密会した二人の見張りを亜里沙に頼んだのだ。

「で、そのあとは？」

「ハルさんに言われた通り、女の方を尾行したよ。渋谷のマークシティで買い物して、バスに乗って帰ったよ。ええと、住所は……」

渋谷近郊の地名は頭に入っているため、地番を聞いただけで大体このあたりだなと思い浮かべることができる。亜里沙が言った住所は、日樹が予想していた範囲内のものだった。

ドライヤーの音が聞こえてくる。聖奈が髪を乾かしているのだろう。やがて聖奈が姿を現した。彼女はキッチンに向かい、冷蔵庫からビールを出した。それから日樹たちが座っているダイニングのテーブルにやってきて、椅子に座ってビールを飲んだ。

「聖奈ちゃん、疲れてるみたいね」

「そりゃそうだろ。刑事になってまだ二日目なんだからな」

しかもいきなり殺人事件の捜査だ。それに彼女はもともと刑事志望だったわけではない。兄を殺した犯人を捕まえたい。その一心で刑事の世界に飛び込んでしまったのだ。その大胆な行動は日樹の想像を超えていた。思っていた以上に行動力のある妹なのかもしれない。

「さて、ご飯作るか」

聖奈が一人つぶやき、立ち上がってキッチンに向かった。エプロンをつけて冷蔵庫から食材をとり出した。やがてまな板を叩く音が聞こえてくる。

さきほど夜の捜査会議を覗いてきたが、ほとんど進展はなかった。強盗殺人の線で捜査は進んでおり、現場から出てきた怪しい男の行方を追っているようだ。渋谷駅近くでタクシーを降り、そこから先の足どりは途絶えてしまっている。

歯痒(はがゆ)かった。もし俺が生きていたら、犯人をとっ捕まえてやるところだ。そう、すでに犯人はわかっている。動機も、その殺害方法も。

しかし幽霊である以上、何もできない。生きている聖奈に真実を伝えることができないのだ。それが悔しくて仕方がない。真相とはかけ離れていく捜査を指をくわえて見守ることしかできないのか。そういった愚痴を亜里沙に零(こぼ)すと、彼女が突然言った。

「ハルさん、最初に会ったとき、私が教えてあげたルールって憶えてる?」

「当然だろ。忘れちゃいないよ」

亜里沙が何人かの幽霊と接触し、教えてもらったという七つのルールだ。ルールというよりも取扱説明書に近いニュアンスだ。日樹はそのルールを思い出す。

ルール1、無念が晴れたら幽霊は成仏する。
ルール2、昼間は結構疲れる。
ルール3、幽霊に生理現象はない。
ルール4、好きな場所に移動できる。
ルール5、寺と鏡には近づくな。
ルール6、人間界に微弱な力を与えることができる。

「もしかしてあれか。ルール6を使おうっていうのか。そうだな。たとえばペンを動かしたりして、真犯人の名前を聖奈に伝えるとか」

「それは無理」といとも簡単に亜里沙は却下する。「すんごい難しいんだからね。ティッシュペーパーを揺らすのだって大変なんだから。ペンで字を書いたり、キーボードを打ったりするのは絶対無理だよ」

実は日樹も試してみたことはある。ティッシュペーパーを揺らそうとチャレンジした。動くことには動いたが、それは風で揺れる程度のものだった。しかもそれだけ揺らすのに二時間も使ってしまった。

「うわ、今日も美味しそうだな」

夕飯が出来上がったらしい。今日は焼きそばだった。やはり二人前あり、聖奈は日樹の目の前に焼きそばを盛った皿を置いた。見るからに旨そうな焼きそばだ。オイスターソースが入っているため、やや中華風な味つけに仕上がっているはずだ。

「聖奈ちゃんって本当料理が上手だね。いい奥さんになると思うよ」

「そんなことはどうでもいい。話の続きだ」

「あ、そうか。それでね、最後のルールを思い出したの。ルール7、生者に何か伝えたいときは夢枕に立て」

夢枕に立つ。夢の中に死者が現れて、何かを告げたりすることだ。日樹は寺に生まれたということもあり、その手の話を子供の頃から耳にしてきたので、さほど抵抗感がなく受け入れることができる。そういうことか。寝ている聖奈の枕元に立てば、彼女にメッセージを伝えることができるのか。

前を見ると、聖奈が焼きそばを食べている。彼女が眠りに就くまでに、最適な方法を考えなければならない。


「ねえ、ハルさん。聖奈ちゃん、苦しそうなんだけど」

「うるさい、話しかけるんじゃない。今いいとこなんだよ」

「全然いいとこには見えないんだけど。凄い汗かいてるし」

今、日樹は文字通り聖奈の枕元に立っている。彼女に向かって話しかけていた。

「おい、聖奈。俺の声が聞こえるか。実はな、お前に教えたいことがあるんだよ。いいか、実はな……」

「ハルさん、やめた方がいいってば」

たしかに聖奈は苦しそうだ。悪夢を見ているようでもある。日樹が語りかけるのをやめると、少し落ち着いた様子だった。

「おい、亜里沙。本当なんだろうな。夢枕に立てばこっちの思いが伝わるんだろうな」

「私に文句言わないでよ。ハルさんのやり方が駄目なんじゃないの」

「もっと詳しいやり方を知らないのか？」

「知らないって。通りすがりの幽霊に聞いただけだから」

ルール7、生者に何か伝えたいときは夢枕に立て。その言葉を信じ、事件解決に繋がるヒントを聖奈に教えるつもりだった。しかしどれだけやっても聖奈に通じたような手応えを得ることはなかった。

「よし、もう一回だ」

「もうやめといた方が……」

「うるさい」と亜里沙の制止を振り切り、日樹は聖奈に向かって言った。「聖奈、聞こえるか。俺だ、日樹だ。実はお前にどうしても伝えたいことがあるんだよ。いいか、今回の事件だが……」

やはり聖奈は苦しそうだ。こちらのメッセージが伝わっている気配はない。それどころかあまりに苦しかったのか、聖奈は布団を撥ねのけるように起き上がった。聖奈はそのままベッドから出て、キッチンに向かって歩いていく。冷蔵庫からペットボトルを出し、その水をコップに注いだ。それを飲み干してから聖奈はまたベッドに戻ってくる。

「ほら、聖奈ちゃん、起きちゃったじゃない。可哀そうに」

「いったん中止だ。作戦を練ろう」

ベッドから離れる。どうやったらうまく聖奈にメッセージを伝えることができるのだろうか。床に座り、腕を組んで考える。

言い方がまずいのか。もっと優しい口調で言った方が伝わるのか。それとも彼女の眠りの質が影響している可能性もある。もっと深く眠ったときの方がいいのかもしれない。レム睡眠とノンレム睡眠という言葉くらいは知っている。浅い眠りはどちらだったか。

「でもスマホって便利だったよね」亜里沙が呑気な口調で言う。「だってＬＩＮＥとかメールを使えば、伝えたいことなんて一発で伝わるじゃん。相手がそれを読むかどうかは別として」

そうか、と日樹は思う。俺は今、聖奈に必死に話しかけていた。言葉が駄目なら、文字で送るという方法もある。でもいったいどうやったらいいのだろうか。

「幽霊になって一番不便なのはスマホがないことだよね。だって検索とかできないじゃん。それに私、海外ドラマ、最後まで観れなかったんだよね。主人公はね、とっても貧乏な女の子なの。その子が女優のオーディションを受けることになって、どんどん勝ち抜いていくの。あれって結末どうなったんだろ。気になるなあ。死んでも死にきれないよ」

「それだ」

日樹は思わず指をパチンと鳴らしていた。亜里沙がキョトンとした顔で訊いてくる。

「それって、何？」

「映像だよ、映像にすりゃいいんだよ」

声は通じる様子はなく、文字にしても結果はきっと同じ。それならば映像にすればいいのだ。映像の方がイメージし易いかもしれない。日樹の考えていることがわかったのか、亜里沙がうなずきながら言った。

「なるほど。それはいいかも。ドラマを見せるような感じだね」

「だろ。問題は何を見せるか、だ」

たとえば犯人が犯行に及んでいるシーンを映画のように見せるのもいいだろう。しかしそれでは犯人の動機だったり、その犯罪計画まで伝えることはできない。どうやったら聖奈に真相を伝えることができるのか。それを徹底的に考える必要がある。

できれば聖奈に考えさせるのもいいかもしれない。いわゆる連想ゲームに近い。ヒントになる映像を聖奈に見せ、彼女自身が考えるのだ。

まだ深夜二時を過ぎたばかり。丑三つ時だ。幽霊にとってはまだまだ浅い時間だ。どういう映像を聖奈に見せるのが一番なのか。映画監督にでもなった気分で、日樹は考えることに集中した。

目が覚めた。普段だったら布団の中でしばらく微睡(まどろ)んでいる聖奈だったが、その日は文字通り跳び起きた。それほどまでに見た夢の印象が強烈だったからだ。

枕元に置いた時計を見ると、時刻は午前五時三十分だった。目覚ましが鳴るのはあと一時間後だ。それでも聖奈は完全に目が覚めていた。ベッドから起き上がり、カーテンを開ける。まだ日は昇っていない。

とにかく時間がもったいない。こうしている間にも摑んだ砂が指の間からこぼれてしまうように、あれほどリアルだった夢の輪郭がぼやけていくような気がした。

昨夜、最初は寝つけなかった。何だか頭の中で誰かの声が聞こえるような気がして、あまりに気持ちが悪くて起きてしまった。コップの水を飲んだら、少し落ち着いた。それ以降はぐっすりと眠れた。問題は明け方に見た夢だった。

洗面所で顔を洗い、夢の内容を反芻(はんすう)する。最初に出てきたのは、被害者の夫である岩瀬正孝だ。夢の中で聖奈は岩瀬を尾行していた。岩瀬は周囲を警戒しつつ、ビジネスホテルに入っていった。ラウンジで若い女と落ち合い、二人は腕を組んで、そのままエレベーターに乗り込んでいく。女の顔に見憶えがあるような気がするのだが、どこで見たのか、記憶が蘇ることはなかった。

岩瀬が若い女と不倫をしているという内容の夢だ。どうして自分がこんな夢を見たのか、聖奈は理解ができなかった。しかもその夢が意外にリアルで、細部の再現性がしっかりとしているのだ。

夢はその後、画面が切り替わる。今度はホテルの部屋の中だ。夢の中の聖奈はクローゼットの中にいるらしく、狭い隙間から部屋の中を見ている形だった。

手前のソファには岩瀬が座っており、奥のベッドにさきほどの女が足を組んで座っていた。角度的に女の顔は見えなかったが、すらりとした彼女の足だけはよく見えた。

「困るんだよ。しばらくは顔を合わせない方がいい。そう言ったじゃないか」

「だって淋しかったんだもん。それに大丈夫だよ。誰にも見られなかったから」

岩瀬はチラチラと女の方を見ている。その視線の先には艶めかしい女の足がある。岩瀬が不倫をしていたという事実は報告されていない。どうして私はこんな夢を見てしまったのか。

「ねえ、先生。ピザ頼んでもいい？　あとビールも」

「好きにしろ」

女はスマートフォンを見ているようだ。宅配ピザのホームページでも見ているのかもしれない。女は先生と呼んだことから、岩瀬が医者であると知っている可能性が高い。たとえば同じ職場で働く医療スタッフなら岩瀬のことを先生と呼ぶに違いない。あとは患者か。

夢には続きがある。続きというより、別の夢に切り替わったような感じだった。次の場面では聖奈はタクシーに乗っている。周りの風景からして繁華街であることがわかる。聖奈はマスクをして、タクシーの後部座席に座っていた。帽子も被っていた。

しばらくして違和感を覚える。自分の服装だ。上は黒いパーカー、下も同じく黒いズボンを穿いているのだが、どちらも見憶えのない洋服だった。履いているスニーカーも聖奈の持ち物ではない。私は、本当に私なのか。鏡を出して確認したい気持ちがあったが、今は誰にも顔を見られてはいけないような気がした。下を向いて息をひそめる。

「着きましたよ」

タクシーが停車した。渋谷のスクランブル交差点の手前だ。ポケットの中に紙幣が入っていた。千円札だ。それをコイントレーに置き、無言のまま聖奈はそそくさとタクシーを降りた。ちょうどコンビニの看板があったので、店内に駆け込んだ。奥のトイレは幸いなことに無人だった。化粧台の前に立ち、そこで初めて聖奈は自分の容姿を確認した。黒を基調とした服に、黒い帽子に白い不織布のマスクをしていた。華奢な体のラインを隠すためか、全体的にダボダボのサイズの服を選んでいるようだ。鏡に映るその姿は、男性のものに近い。要するに男装しているのだ。

リュックサックを下ろし、中身を見る。そこに入っていたのは女性物の洋服だ。今からこれに着替えるということなのかもしれない。

聖奈は鏡を見る。マスクをとり、黒い帽子をとった。鏡に映っているのは自分ではなく、別の女の顔だった。そう、一つ前の夢で岩瀬とホテルの部屋で密会していた、あの若い女だ。

夢はそこで終わりだった。自分がとんでもない夢を見ていることは、寝ているときから半ば気づいていた。起きてから改めて反芻してみても、その印象は変わらない。

聖奈はキッチンに向かった。ヤカンで湯を沸かし、カップに一人前のコーヒードリップをセットした。沸いた湯でコーヒーを淹れる。香ばしい匂いが漂った。

あの夢は何だったのか。聖奈はずっとそれを考えている。夢というよりも、別の空間に迷い込んで、他人の視点に入り込んでしまったような錯覚もあった。もしも今の夢が、現実に起きたことだとしたら、それは何を意味しているのか。

岩瀬には若い愛人がいて、その愛人こそが現場から逃げ去った不審者ということになる。それが真実であるならば、現在捜査本部が掲げている強盗殺人説は根底から覆ることになるのではないか。

コーヒーを一口飲むと、さらに頭がクリアになったような気がした。そして聖奈は考える。あの夢が現実だとしたら、私がするべきことは何だろうか。

「……明日以降も同じ班体制で捜査を進めてくれ。地取り班は範囲を広げて聞き込みをしてもらうことになる。詳細は手元にある地図を確認するように」

会議室には重い空気が流れていた。日樹は幹部席の一番端にちょこんと座り、捜査会議の様子を眺めていた。今日もまったく進展がなく、新たな目撃証言が出てくることはなかった。

「引き続き捜査に当たってくれ。明日の捜査会議は……」

司会の男が話すのをやめた。会議室のドアが開いたからだ。捜査員たちの視線がそちらに集中する。入ってきたのは聖奈だった。

「すみません。遅くなりました」

聖奈と森脇のコンビは若く、さらに経験も乏しい。いてもいなくても支障はない。そう判断されたのか、捜査会議は始まっていた。高柳が押し殺した声で聖奈に言った。

「何してるんだ。さっさと席につけ」

「すみません、ちょっといいですか」

そう言いながら聖奈が高柳のもとに向かい、その耳元で何やら囁いた。それを聞いた高柳が目を丸くして、幹部席に座る男のもとに向かった。伝言ゲームのように幹部の間で情報が伝わっていく。最終的に司会の男が言った。

「渋谷署の長島巡査から報告があるようだ」

聖奈はやや緊張した顔つきのまま、会議室を見回した。男たちの視線にたじろいだ様子を見せるが、聖奈は咳払いをしてから話し始めた。

「強行犯係の長島です。被害者の夫である、岩瀬正孝の身辺を調べたところ、新たな事実が浮上しました。単刀直入に申し上げると、岩瀬は不倫しています。そして彼は妻との離婚を望んでいたことも明らかになりました」

捜査員の間からどよめきが起きる。聖奈は緊張が収まりつつあるようで、どよめきの中、冷静な顔つきで話し出した。

「不倫の相手は都内在住の女性です。彼女は元は岩瀬の患者でした。一年ほど前、彼女はひったくりの被害に遭い、転倒して怪我をしたようです。そのときに運ばれたのが岩瀬の勤務する救命救急センターでした。最初は医師と患者という関係だったようですが、何度か通院している間に仲が深まったようです」

午前中、聖奈が向かったのは岩瀬が勤務する病院だ。看護師などから話を聞き、岩瀬が二台のスマートフォンを所有していることを突き止めた。二台目のスマートフォンはおそらく愛人との連絡用だと思われた。用心深い男のようだった。

「亡くなった奥さんはスポーツクラブに通っていたようです。そこのお友達に話を聞きました。半年ほど前です。ご主人から離婚を切り出されたと、奥さんはお友達に打ち明けていました。第二の人生を生きるための前向きな離婚。奥さんはそう言っていたようですが、多分ご主人の本心は違っていたはずです。奥さんと別れて、若い愛人と一緒になりたかったのかもしれません」

聖奈の推理は当たっている。妻の恵美も離婚に同意しかけたが、財産分与で揉めてしまったため、円満離婚の話は立ち消えになってしまった。

「ご主人は奥さんのことが邪魔だった。そこで今回の計画を思いつき、実行することにしたんです。これはつまり、ご主人による計画犯罪です」

捜査員たちは誰もが真剣な顔つきで聖奈の話に聞き入っている。日樹は妹に目をやった。いいぞ、聖奈。その調子だ。お前もやればできるじゃねえか。

「ちょっと待て、長島」口を挟んできたのは高柳だった。「旦那が帰宅する一時間前、ジョギング中のＯＬが不審者を目撃しているんだぞ。その時間、旦那は勤務先で患者の治療に当たっていた。旦那に犯行は不可能なんだ」

「係長のご意見はもっともです。ですが真相はこうです。ご主人は帰宅後、すぐに奥さんを殺害したんです。物盗りの犯行に見せるため、家の中を荒らしてから一一〇番通報したんですね」

実際に被害者が殺されたのは通報される直前だったわけだ。しかしすぐに目撃証言が出てきたため、そちらに引っ張られる形で、死亡推定時刻は一時間前倒しされてしまったのだ。

「ではあの目撃証言とは何なのか、という話になってしまいます。タクシーの車内の映像、出してもらうことは可能でしょうか」

捜査員の一人がパソコンを操り始めた。やがて前方の画面にタクシーの車内の映像が流れ出す。黒っぽい服を着た男が俯き加減で座っている。

「この男が現場から出てきたとされる不審者です。現時点で最有力の容疑者ですね。しかし彼はどれだけ探しても見つかりません。いえ、今後も決して見つからないでしょう。彼は彼ではありません。彼は彼女なんですから」

聖奈の言葉の意味がわからないらしく、首を傾げている捜査員もいた。聖奈がわかり易く説明する。

「ここに映っているのは女性です。男性の格好をした女性なんですよ。しかも私たちがよく知っている女性です。名前は加藤里菜。そうです。偶然現場の前を通りかかったジョギング中の会社員です。目撃者の振りをして、裏では犯人のアリバイ工作に協力していたというわけなんです」

捜査員たちの唸る声が聞こえてきた。無理もない。まさか目撃者が偽証をしているなど、想像もしていなかったからだ。

ホテルで密会している二人を見たときは、日樹も気づかなかった。女は化ける。亜里沙からそういうヒントを得て、ようやく気づいたのだ。

「病院から借りてきた診療記録です」聖奈がそう言ってクリアファイルを出し、それを幹部席に座る男の前に置いた。「一年ほど前、加藤里菜は岩瀬が勤務する病院に救急搬送されています。当日の担当医は岩瀬で間違いありません。たまたま通りかかった。彼女はそう証言しているようですが、岩瀬と接点があったとなると、その証言を全面的に信じることはできません」

当日の動きはこうだ。加藤里菜は最初から男装して自宅を出て、朝の八時くらいに犯行現場近くからタクシーに乗る。狙いは当然、運転手に印象付けるためだ。そして渋谷駅近くでタクシーを降り、コンビニあたりの化粧室を使い、そこで女物の衣服に着替えて帰宅するのだ。

それから一時間後、帰宅した岩瀬は妻を殺害し、何食わぬ顔をして警察に通報する。あとはニュースが流れたタイミングを見計らい、加藤里菜は警察に連絡する。偽の目撃情報を伝えるのだ。まさか目撃者が偽証しているとは気づかず、捜査陣は容易に翻弄(ほんろう)されてしまったわけだ。

「おい、君」幹部席に座る年配の男が聖奈に向かって言う。「君の話はわかった。筋も悪くないし、この診療記録も本物のようだ。しかし所詮は想像に過ぎん。刑事に必要なものは証拠だ。証拠を積み上げて、犯人に自供させるんだ。それが捜査というものだ」

「ご心配には及びません」

聖奈がそう言って会議室の入り口に目を向ける。ドアが開くと、そこには岩瀬正孝が立っていた。彼の背後には森脇が控えていた。聖奈は岩瀬に向かって言った。

「岩瀬さん、奥さんを殺したのはあなたですね？」

岩瀬は答えなかった。黙って下を向いているだけだ。聖奈はもう一度訊く。

「奥さんを殺したのはあなたですね。正直に答えてください」

「……そうです。私が妻を殺しました」

岩瀬が膝をつき、そのまま床に突っ伏して泣き始めてしまう。数人の捜査員が岩瀬に向かって駆け寄り、警戒するようにとり囲んだ。

「すぐに加藤里菜のもとに向かってくれ」

「はい」

幹部の一人の声に反応し、二名の捜査員が会議室から出ていった。我が妹ながらあっぱれだ。しかし功績の半分は夢枕に立った自分にあると日樹は思っていた。

「長島、よくやったな」

そう言いながら聖奈のもとに近づいてきたのは係長の高柳だ。嬉しそうに聖奈の肩を叩いて高柳が言う。

「お手柄だったな。たいしたもんだ」

「ありがとうございます」

「すでに兄を抜いたんじゃないか」

それは言い過ぎじゃないですかね、係長。日樹はかつての上司に向かって言う。こいつに真相を伝えたのは俺なんですから。

「いやあ、長島さん、やったね」

「鳥肌モンだったよな」

いつのまにか聖奈の周りには強行犯係の面々が集まってきており、あれこれと質問攻めにしていた。どうやって真相に気づいたのか。どの時点で岩瀬を怪しいと思ったのか。聖奈は丁寧に答えていた。一瞬で戦力として認定されてしまったようで、嬉しい反面、少し淋しい思いがした。自分の居場所を聖奈に奪われてしまったような、そんな喪失感だ。しかし聖奈でよかったと思う。赤の他人に居場所を奪われるくらいなら、むしろ喜んで聖奈に譲りたい。

「ありがとう。あなたのお陰ね」

隣を見ると、いつの間にか岩瀬恵美が立っている。冷めた目で自分を殺した夫を見ていた。恵美が言う。

「本当に馬鹿な男。若い女と一緒になりたいから別れてくれ。そうはっきりと言えば私だって考えてあげたのに」

どうだろうな、と日樹は思った。たとえ岩瀬が正直に自分の気持ちを伝えたとしても、そう簡単に話し合いが進んだとは思えなかった。泥沼に発展するのは避けられなかったような気がする。しかし結果的には夫が妻を殺害するという、最悪の結末を迎えてしまったのだが。

「どうです？　成仏できそうですか？」

「さあね」と恵美は首を横に振る。「さっき夫が罪を認めたのを見て、胸のつかえがとれた気がする。でもまだまだね。夫をたぶらかした女も共犯に当たるんでしょう？　その女の顔を拝んでやらないことには成仏なんてできないわね」

「多分今夜中にも連行されてくるでしょう。しばらくお待ちください」

「わかったわ。あなたも早く成仏できるといいわね」

恵美がそう言って消えていった。成仏したのではなく、思考を停止したのだろう。日樹は聖奈の方を見た。強行犯係の仲間に囲まれ、聖奈は楽しそうに笑っている。

「嘘だな。嘘に決まってる。あの女がハルちゃんを殺したんだ。絶対にそうだ。お前は騙されてんだよ、あのクソ女に」

「騙されてなんかいません。きちんとアリバイを確認しましたから」

渋谷署の近くにある喫茶店だ。カフェというより喫茶店という響きがしっくりくる店だった。その店のボックス席に聖奈は座っていた。目の前には巨漢の刑事、丸藤がどっしりと腰を下ろしている。組織犯罪対策課の刑事で、兄の親友でもあった男だ。

「というわけで、この人は犯人の候補から除外してもよろしいかと思います」

そう言って聖奈は友利京子が写っている写真を指でさした。フラれた恨みで兄を殺したのではないか。それが丸藤の推理だったようだが、彼女にはきちんとしたアリバイがあったし、別れたときも円満だったと彼女は言っていた。

「本当だな、本当に彼女はやってないんだな」

「おそらく。丸藤さん、しつこい男は嫌われますよ。それにメイプルシロップかけ過ぎです」

丸藤はパンケーキを三人前注文したため、目の前には三枚の皿が並んでいる。今は二皿目を食べている途中なのだが、すでにメイプルシロップを使い果たしてしまっていた。

「好きにさせろ。それより昨日はご活躍されたそうじゃねえか」

「たまたまです」

夢がヒントになったとは恥ずかしくて言えない。捜査会議から一夜明け、取り調べは順調に進んでいる。岩瀬も、その愛人である加藤里菜も素直に罪を認めているという話だった。

「謙遜するな。たとえラッキーだったとしても、結果を出すのが一番だ」

朝から捜査本部の撤収作業を手伝ったあと、帰って休めという指示を受けた。帰る間際に組織犯罪対策課を覗いたところ、競馬新聞を見ている丸藤を見つけたのだ。

「それより」聖奈はコーヒーを一口飲んだ。自分が頼んだのはコーヒーだけだ。午前中からパンケーキを食べる勇気が聖奈にはない。「友利先生はシロです。となると怪しいのはもう一人の方になりますよね」

　写真はもう一枚ある。丸藤が疑っている日樹殺害の容疑者だ。目つきの鋭い若い男だ。

「いったいこの男は誰ですか？」

　丸藤は答えない。パンケーキを口に詰め込んでいるため、答えることができないのだ。店のドアが開き、一人の男が入ってきた。森脇だ。聖奈たちの姿を見つけ、森脇がこちらに向かって歩いてくる。

「やっぱりここでしたか。二人で歩いていくのが見えたんですよ」

「坊やまで来やがったか」丸藤がパンケーキを切りながら言った。「坊やにお嬢ちゃん。強行犯係はいつからテニスサークルになっちまったんだよ。ハルちゃんが見たら笑うだろうな」

「この男はたしか……」

　森脇の目がテーブルに置かれた写真に向けられている。目つきの鋭い男の写真だ。

「知ってるんですか？」

　聖奈が訊くと、森脇が答えた。

「先輩が追ってた事件です。事件が起きたのは……」

「二週間前だ」三人前のパンケーキを食べ終え、紙ナプキンで口の周りを拭きながら丸藤が言った。「渋谷区内の住宅街で発砲事件が起きた。殺害されたのは勝本豊（かつもとゆたか）、七十五歳。五芒会（ごぼうかい）の二次団体、勝本組の組長だ」

　その銃撃事件なら聖奈も知っていた。白昼堂々、渋谷の住宅街の中で人が撃たれたという事件はセンセーショナルなもので、かなり大きくマスコミでも報じられた。五芒会というのは兵庫県に本部を置く指定暴力団だ。

「勝本は一日一回、必ず犬の散歩に行く。威勢のいい若い衆が二人、勝本の護衛に当たっていた。異変があったのは家を出た直後だ。勝本の自宅の窓に何かがぶつかる音が聞こえたんだ」

護衛の二人の視線は当然そちらに向けられる。様子を見てこい。組長の命に従い、二人が自宅に戻ったそのときだった。どこからともなく現れた男が至近距離で発砲、二発の銃弾が勝本の胸に命中した。勝本は即死だった。

「男は逃走した。まだ犯人は特定されていない。こういった事案、つまり暴力団同士の抗争の場合、犯人はすぐに自首するのが通例だ。なぜかわかるか？」

「ええと……」

正直わからない。言葉に詰まっていると、森脇が代わりに答えた。

「組長を殺害したのは敵対している暴力団です。犯人が捕まらない場合、警察の追及を受けることになる。そういうのを嫌って、早めに自首させるんじゃないですか」

「坊やの言う通りだ」丸藤が満足げにうなずいた。「チャカを持って自首するんだ。で、お勤めを果たしたら組に凱旋。そんときは待遇も上がるってわけだな。だが勝本殺しの場合、三日経っても犯人が自首してくることはなかった」

そうなってしまうと捜査をしないわけにはいかない。刑事課と組織犯罪対策課がタッグを組み、捜査に当たることになった。選ばれたのが日樹と丸藤だったというわけだ。

「土壇場で自首するのが怖くなる。よくあるパターンだな。首根っこ掴まえて警察に身柄を差し出すのが奴らのやり方だし、最悪の場合、別の者を代役に立たせることも可能だ。しかしそういう動きもなかった。どういうことだと思う？」

再び丸藤が訊いてくる。刑事としての資質を試されているようだ。聖奈は答えた。

「犯人が逃げてしまったのではないでしょうか」

「悪くない。七十点だ。ただ逃げただけじゃない。あるものを持ったままトンズラしちまったのさ」

何を持って逃げたのだろうか。森脇が答えた。

「凶器の拳銃ですね」

「ご名答。自首するには凶器のチャカが必要だ。これで俺がやりました。組は関係なく、あくまでも俺の一存です。どうか逮捕してください。それで一件落着ってわけだ」

聖奈は話を理解した。肝心の凶器がなければ代役を立てることもできないのだ。聖奈がテーブルの上に置かれた写真を見た。そこには目つきの鋭い男が写っている。

「ということは、この男がその勝本を殺害した容疑者なんですね」

聖奈が写真を指でさすと、丸藤が答えた。

「そうだ。俺とハルちゃんで追っていた容疑者だ。名前は朝倉泰輔。二週間前から姿を消している。知らず知らずのうちにハルちゃんがこいつの近くまで接近していたのかもしれねえ。で、怖くなった朝倉が背後からドスン。有り得ない話でもないだろ」

ゴクリと唾を飲む。この男が兄を殺害したのか。たしかに狂暴そうな顔をしている男だ。

「生前のハルちゃんがどこまで追っていたか。それを知っておきたいと思って、俺はお嬢ちゃんに接触したんだ。持ってるんだろ、あれを」

聖奈はうなずいた。そしてハンドバッグから手帳を出す。使い古された黒革の手帳だ。兄が亡くなったとき、スーツの内ポケットに入っていたもので、新宿の捜査本部に無理を言って借りてきたのだ。

「これです。これが兄の手帳です」

聖奈はそう言って手帳をテーブルの上に置いた。

「あれだね。あの家だ」

「厳重な造りですね。日本のお城みたいですね」

日樹は覆面パトカーの後部座席に座っている。運転席には森脇、助手席に聖奈の姿があった。勝本殺しの犯人が日樹を殺した犯人かもしれない。丸藤からそういう指摘を受け、二人は勝本の自宅までやってきたのだ。

「ちなみに勝本を襲ったのは敵対勢力である間島組（まじま）だと言われてるよ」

間島組は広島に本部を置く指定暴力団の二次団体であり、勝本組と同じ渋谷を縄張りにしているという共通点もあったが、仕事においては棲み分けができており、これまでに大きなトラブルはなかった。

死んだ勝本は昔ながらのヤクザで、ノミ行為や闇金融が主な資金源となっていた。一方の間島組はドラッグなどの扱いに長け、渋谷の若者に蔓延しているドラッグの出所は間島組だと言われていた。ところが最近になり、勝本組でも違法薬物を扱い始めるようになった。理由は組長である勝本が高齢となり、その娘婿が組の運営に口を出すようになったからだと言われている。一応気を遣ったつもりか、間島組では扱わない品物を売り始めたようだが、間島組としては許せる話ではない。ここ数ヵ月、警察に見えないところで綱の引っ張り合いが続いていて、それが一気に噴出したのが勝本の殺害だった。

「聖奈ちゃん、先輩の手帳、見せてもらっていいかな？」

「どうぞ」

森脇が聖奈から手帳を受けとり、それを眺め始める。日樹も身を乗り出して、手帳を見た。我ながら汚い字だ。森脇が苦笑した。

「酷いね、これ。何て書いてあるかわからないよ。しかも滅茶苦茶だし」

おいおい、森脇。言い過ぎじゃねえか。本人がここにいるんだぞ。

「そうですね。字は汚いですけど、何となく私にはわかるんですよね。兄がどういう意図でこれを書いているのか。今、解読しているところです」

早晩犯人は自首してくるだろう。そう考えていたため渋谷署では捜査本部を設置することもなかった。しかし待てど暮らせど犯人は自首してこない。そこで日樹と丸藤が捜査に駆り出された。

ただし二人とも別に事件を抱えていたし、さほどがっつりと捜査をしたとは言い難い。ほかの事件捜査の合間を縫い、勝本殺しの犯人を追っていた。朝倉の名前が浮上したのは勝本が殺害されてから四日後、日樹が殺される三日前のことだった。間島組の若い衆が出入りしているという飲食店でその名前を聞いたのだ。朝倉という若者の姿を最近見ないと。

「うーん、これはジかな、それともゾかな」

聖奈が必死に手帳の文字を解読している。時間がかかりそうだったので、日樹は車から出て、勝本の自宅に向かった。

コンクリの高い塀で周囲は覆われている。のちの調べでわかったことだが、二階の窓にぶつかったのは石だった。防弾ガラスだったため、割れることはなかったようだ。しかし護衛の気を逸らすため、犯人が石を投げたのだと考えられた。その思惑通り、二人の護衛は勝本から離れることになったのだ。

日樹は敷地内に入った。日本風の庭園がある。てっきり見張りの若い衆がうろついているかと思ったら、そういった姿はまったくなかった。周囲に住んでいるのは堅気（かたぎ）の人たちのため、近隣住人の視線を気にしているのかもしれない。それでもどこか重苦しい空気が漂っている。

縁側に一人の老人が座っているのが見えた。日樹が近づいていくと、その老人がこちらを見て顔を上げた。老人が言う。

「こいつは愉快だな。俺みてえに彷徨ってる奴がほかにもいるとはな」

「外に出てみるといい。ほかにもお仲間に会えるぜ」日樹は革ケースを出し、バッジを見せた。「渋谷署の長島だ。こう見えて一応刑事だ。あんたの事件を担当させてもらってた。まあ死んじまったから何もできねえけどな」

「そうだな。死んじまったらヤクザも刑事も変わりはないな」

死んだ勝本組長その人だった。角刈りに鋭い眼光。任侠物（にんきょうもの）の映画にそのまま出てきてもおかしくない風貌だ。一昔前の昭和のヤクザそのものだ。

「話し相手が欲しいと思ってたところだ。兄さん、座りなよ」

勝本にそう言われ、日樹は縁側に腰を下ろした。手入れの行き届いた庭を一望できる。ちょうど屋根があって日陰になっているため、幽霊にも過ごし易い。長時間太陽の光を浴びていると、船酔いにも似た症状が出てくるのだ。

「兄さん、知ってるなら教えてくんな。俺たちはいつまでこんな感じなんだい？」

「未練がなくなるまで、と俺は聞いてる」

「そうかい。未練がなくなったら成仏するってわけか」

そう言って勝本は笑った。己の境遇を悲しんでいるというより、どこか達観した印象を受けた。勝本が続けて訊いてくる。

「兄さんも殺されてしまったくちかい？」

「ああ、そうだ。後ろから刺された。何者かわからん。犯人が捕まったら成仏できると思ってる」

「刑事ってやつも因果な商売だねえ。まあうちも似たようなものだけどな」

勝本は背後を見た。窓の向こうでは男たちが膝を寄せ合い、何やら話し合っている。組員だろうと想像がついた。

「頭(かしら)の首を獲られたっつうのに、ああでもないこうでもないと延々と話し合ってる始末だ。この分だとお礼参りはなさそうだ」

「二代目は？　娘婿は何て言ってるんだ？」

「すっかり怖気(おじけ)づいちまってるよ。自分の部屋に入ったきり、出てくる気配がない。次は自分の番だと恐れているんだろうな。うちの組も俺で終わりだな」

勝本は笑う。自分の組が危機にあるというのに、さほど緊迫した様子は伝わってこない。当然のことながら勝本は死んでいる。現世に対する執着心のようなものがないのかもしれない。

「あんたを撃った犯人は現在も逃げたままだ。一応俺は担当だった。そのうえで確認しておきたいことがある」

さきほど丸藤も語っていたが、この手の事件で犯人が自首してこないのは稀だった。しかし犯人の目星はついている。

「間島組の若い衆が姿を消している。年齢は二十五歳。身長は一八五センチの長身で、筋肉質な男だ。ヤクザというよりスポーツ選手に近い風貌らしい。名前は朝倉泰輔という。そいつがあんたを殺したんだ」

朝倉が日樹を殺害した犯人である。丸藤はそう睨んでいる様子だったが、日樹自身は半信半疑だ。それほど自分が朝倉の行方に肉薄していたとは思えないからだ。しかし自分が知らず知らずのうちに朝倉の逃げ場所に近づいていたという可能性もある。

「俺が朝倉を見つけ出す。そしたらあんた、奴の顔を拝んでやってくれねえか」

殺された本人に首実検をさせる。これほど単純かつ効果的なやり方はほかにない。しかし日樹の思惑は見事に外れた。勝本が笑って言った。

「悪いが、それはできねえ相談だな」

「どうしてだ？」

「決まってるだろ。見てねえからだ。残念ながら撃った男を見てねえんだよ」

「嘘をついちゃいけねえよ。仏の道に反するぜ」

勝本は何も言わず、そっぽを向いた。かつては五芒会に勝本ありと言われた男だ。そんな男が自分を撃った男の顔を見ていないなど有り得ない。二、三メートルの至近距離から撃たれたと鑑識から報告があった。絶対に勝本はヒットマンの顔を見ているはずだ。

日樹は隣を見る。勝本は目を細めて庭を眺めている。

幽霊だって嘘をつく。素直な幽霊ばかりじゃないってことだ。

午後六時、オープンまで一時間を切り、徐々に店にスタッフが出勤してきた。ホールの男性スタッフが聖奈たちのもとに近づいてきて、小声で言った。

「刑事さん、来ました。あの子ですよ」

向こうから一人の女の子が歩いてくる。いかにもキャバクラ嬢といった雰囲気の女の子だ。茶色い巻き髪に、派手なネイル。メイクもばっちりで、すでに完璧に仕上がっている。男性スタッフが彼女のもとに向かい、何やら話しかけた。しばらくして彼女は聖奈たちが座るボックス席にやってきた。

「初めまして、私がつぐみです。話ってやっぱり朝倉さんのことですか」

「そうです。お時間はとらせませんので、ご協力をお願いします」

聖奈は革ケースを出し、つぐみという女性にバッジを見せた。つぐみというのは当然源氏名だろう。もちろん森脇も一緒だ。ここは聖奈に任せてくれるらしい。

道玄坂にある〈ジュークボックス〉という名のキャバクラ店だ。その店に勤務するつぐみという女性スタッフの名前が兄の手帳に記されていた。その前後に書かれた殴り書きのメモから、彼女が朝倉のことを知っていると思われ、こうして足を運んでみたのである。

「朝倉さんとは何度かここで顔を合わせてました。一度だけ外で会ったこともありますよ。ねえ、刑事さん。朝倉さんがやっぱりあの事件の犯人なんですか？」

「その質問にはお答えできません」聖奈はつぐみに訊いた。「あなたは朝倉さんとは個人的にお付き合いされていたということですか？」

「違うってば。単なるお客さん」

「朝倉さんがどういう仕事をしてたか、知っていましたか？」

「もちろん。でもチップとか弾んでくれるし、いいお客さんだったかな」

一度だけ外で会ったときの話を詳しく聞いた。三対三の合コン形式の飲み会だったという。朝倉は身長も高いし、顔もなかなかの男前であることから、女の子からの評判も悪くなかった。

「一次会が終わって、二次会に行く途中だった。バッティングセンターに寄っていこうっていう話になったのよ。でも朝倉さんだけはどうしても行きたくないって言って、結局あの人だけ帰っちゃったんだよね。それが最後だった」

角度を変えてあれこれ質問してみたのだが、それ以上の収穫はなかった。朝倉というのは無口な男で、自分のことをあまり話そうとはしなかったらしい。

礼を言って店を出た。時刻はちょうど午後七時になろうとしていた。渋谷の繁華街はいつもの賑わいを見せている。

おそらく勝本組の連中が朝倉の居場所を探し回ったはずだ。彼はいまだにどこかに潜伏しているのだろう。朝倉が兄の殺害に関与している証拠はない。しかし日樹が担当していた事件であるならば、それは妹である私の事件でもある。

「森脇さん、寄りたい場所があります。いいですか」

「了解。どこに行けばいいのかな」

次に向かった先はバッティングセンターだ。なぜか朝倉が足を運ぶのを嫌がった場所だ。野球が苦手で、どうしても行きたくなかったという可能性もあるが、少し気になったのだ。

線路沿いにあるバッティングセンターだ。打席の数は十席ほどあり、今は二打席ほど使用されている。どちらも若いカップルだった。たまに金属バットがボールを叩く音が響き渡る。

受付にいたのは若い男性のアルバイトだった。さきほどつぐみというキャバクラ嬢からもらった画像を見せてみる。飲み会のときに撮った集合写真だ。朝倉の顔だけを拡大して見てもらったが、見憶えはないとの話だった。経営者がこの近くに住んでいるらしいので、住所を教えてもらってからバッティングセンターをあとにした。

「聖奈ちゃん、意外に刑事が向いてるかもね」

住宅街の中を歩きながら森脇が言う。聖奈は訊き返した。

「私が、ですか？」

「そうだよ。刑事は足で稼ぐっていうけど、その通りなんだよね。地道なことの積み重ねだよ。すでに聖奈ちゃんはそれができてる感じがする」

自分が日樹だったらどうするだろうか。そう仮定して行動しているだけだ。日樹を殺害した犯人を捕まえるのも大事だが、兄の果たせなかった職務を代わりにまっとうするのも、妹である自分の責務のように感じていた。

やや老朽化した一軒家だった。カメラのないブザータイプのインターホンを押すと、中から顔を出したのは六十過ぎとおぼしき男性だった。彼がバッティングセンターのオーナーらしい。自己紹介をしてから早速画像を見せてみる。オーナーが朝倉の顔を見て言った。

「この子、朝倉君じゃないか？」

「ご存じなんですか？」

「うん。この先の踏切越えたところに〈あおぞら〉っていう児童養護施設があるんだが、そこの子だな。あれはもう十年くらい前のことだったかな」

あおぞらにとんでもなく野球が上手な子がいる。そういう評判がオーナーの耳にも入ったという。興味があり、オーナーはその子が通う中学の練習試合に出向いた。そこで見たのが朝倉少年だった。

「モノが違うな。それが俺の第一印象だった。こういう仕事をしているせいで、一応俺だって野球を見る目はある方だと思ってる。朝倉君はピッチャーで四番だった。俺の前で完全試合を成し遂げて、打つ方では三打席連続ホームランだった」

当然、周囲の期待も大きかった。ごく普通の公立中学の野球部ながら、全国大会まで出場するようになった。すべては彼一人の力によってだ。

「プロっていうのは簡単になれるもんじゃない。たとえば関東ナンバーワンとかいう奴が鳴り物入りでプロに入っても一勝もできないとか、そういうレベルだからね。でも朝倉君なら何とかなるんじゃないか。そんな期待を抱かせるものを持っていたよね、彼は」

素朴な疑問を抱いた。そこまで期待されていた野球少年が、どうして暴力団に入ってしまったのだろうか。その疑問をぶつけると、オーナーが首を捻った。

「さあね。俺も驚いてるくらいだよ。中学卒業までは順調だった。三年のときには練習試合にも全国の名門校のスカウトが来てたくらいだからね。東北の方にある野球の名門校に進学したはずだ。俺が知っているのはそこまでだよ」

いったい野球エリートの身に何が起きたのか。事件の本筋とはかけ離れてしまった感が否めないが、興味を惹かれる話だった。

「夜分遅くすみません」

「いいよ、刑事さん。そんなに気を遣わなくても。それに悪かったね。こんなもんまでいただいちゃって」

若い女というだけで与える印象が違ってくるものだ。児童養護施設の所長に歓迎されている聖奈を見て、日樹は改めてそう実感していた。しかも聖奈はここに来る途中、閉店間際の和菓子屋で饅頭を買い、それを手土産にするという小技まで出してきた。こういう心遣いは彼女ならではのものだろう。日樹だったらそこまで気が回らなかったに違いない。午後八時過ぎという遅い時間の訪問ながら、聖奈と森脇は応接室まで通されていた。

「で、泰輔君のことについて話を聞きたいそうだね」

「そうなんです」と答えたのは聖奈だった。「ある事件を追っているんですが、彼が関与している可能性があります。彼の生い立ちなどについて詳しい話を聞きたいと思いまして」

聖奈は朝倉の事件への関与を仄(ほの)めかした。それを半ば予期していたかのように、所長は小さな溜め息をついた。

「そうですか。泰輔がこっちに帰ってきていることは風の噂に聞きました。あいつは中学卒業と同時にここを退所して、東北地方にある高校に進学しました。当然、スポーツ推薦です」

中学三年間を通し、野球選手としての朝倉の評価はうなぎ登りだった。全国の高校からスカウトが来たのだが、朝倉自身は進学を迷っていた。彼は幼い頃に交通事故で両親を亡くし、保育園に通っている頃からこの児童養護施設で育てられた。中学卒業後は就職するつもりだったという。

「だが世間が放っておかなかった。あれほどの才能があったんなら、野球を諦めるという選択肢はないも同然だけどね。ただし野球を続けるには金がかかる。推薦入学で学費が免除されたとしても、グローブやバットの用具代、諸々の費用がかかるんだ。親のいない泰輔にとっては高校進学は茨の道だ。そんなときだ。ある人が支援を申し出てくれたんだ」

「その方のお名前は？」

聖奈が訊くと、所長が答えた。

「伊達(だて)さん。私たちはそう呼んでるけど、君たち世代は知らないかもしれないね。劇画のタイガーマスクの本名だよ」

ニュースで見たことがある。伊達直人(なおと)という名前で児童養護施設にランドセルなどの贈り物を届けるというものだ。当時は社会現象にまでなったが、いまだにその人物の正体は明らかになっていない。

「ニュースで話題になった伊達さんかどうかはわからないけど、うちの施設にも寄付を届けてくれる方がいたんだ。毎年三月、必ずランドセルや学習本が届けられた。伊達直人という名前でね。泰輔が中学三年生のとき、その方から電話があった。それまでは一方的に贈り物を送ってくるだけで、電話がかかってくることはなかったから、私も驚いたよ」

伊達と名乗る人物は言った。朝倉泰輔君の進学について、高校三年間の生活費用を援助したい。ただし条件つきだった。一度朝倉と二人きりでキャッチボールをしたい。それが伊達の出した条件だった。

「泰輔はその申し出を受け入れることにしたんだよ。当日、伊達さんが指定した河川敷にある野球場に行き、二人でキャッチボールをしたらしい。どんな会話がなされたのか、私は知らない。教えてくれとも言わなかったしね。とにかくそれで泰輔は進学できることが決定した。一ヵ月あたり五万円。総額で百八十万円の援助を受けることになる」

全寮制の高校であり、野球部の部員数は百人を超えるような名門校だった。一年生のときは控えに甘んじた朝倉だったが、二年生になってから監督の目に留まり、一軍に抜擢された。夏の甲子園では貴重な中継ぎ投手として三試合に出場した。二年生の冬だった。来年のエース候補と目されていた朝倉に不幸が襲う。右肘の故障だ。

「靭帯断裂だったそうだ。泰輔は手術ではなく、保存療法を選んだと聞いている。しかし焦ってしまったんだろうね。完治する前に練習を始めてしまって、それがいけなかったらしい」

そうして朝倉は野球を続けることができなくなってしまった。そうなると高校に在学している意味さえもなくなり、卒業を待たずして自主退学してしまう。その後の行方はわからなかったが……。

「一年くらい前かな。知り合いから、泰輔によく似た男を見たという話を聞いたんだよ。場所はこの渋谷の繁華街だ。ちょっとガラの悪い連中と一緒だったそうだ。すぐにミキちゃんに訊いてみたんだけど、多分泰輔だろうと言ってたよ」

「すみません」と聖奈は口を挟んだ。「ミキちゃんというのはどなたでしょうか？」

「泰輔の四つ下の妹だ。朝倉美紀。今は中野にある総合病院で看護師として働いてるよ。泰輔は昔から妹想いの子でね、退学して東京に帰ってきてからも、妹とだけは連絡をとっていたそうだ」

隣を見る。森脇と視線が合った。彼もうなずいている。

「妹さんの連絡先を教えていただくことは可能でしょうか？」

「ちょっと待ってくれ。名簿に連絡先があったはずだ」

所長が立ち上がり、応接室から出ていった。ずっと連絡をとり合っていた四歳年下の妹。彼女なら朝倉の行方を知っているかもしれなかった。

それから三十分後、聖奈は中野にいた。時刻は午後十時になろうとしている。所長から聞いた朝倉美紀の携帯番号に何度か着信を残したのだが、折り返しかかってくることはなかったので、彼女の住んでいるアパートに向かった。やはり彼女が住む部屋の電気はついていなかった。今、聖奈は森脇とともに覆面パトカーの中で彼女の帰りを待っている。

「聖奈ちゃんは朝倉が先輩を刺したと思ってるの？」

運転席の森脇が訊いてくる。聖奈は答えた。

「どうでしょうかね。多分違うんじゃないかなと思ってます。でも乗りかかった船というか、兄の担当していた事件であるなら、それを捜査するのも私の役割じゃないかと考えてます」

「偉いね、聖奈ちゃん。責任感が強いんだね」

「そんなことありません。森脇さんこそ、遅くまで付き合ってくれてありがとうございます」

「礼には及ばない。それに僕だって先輩の無念を晴らしたい」

まだ一緒に仕事をするようになって日は浅いが、森脇は刑事としての押しの強さに欠けるような感じがする。兄の日樹や丸藤のような強引さが彼には欠けている。しかしそれは個性とも言える。森脇のような優しい刑事がいてもおかしくはないし、必要になるときも必ずあるだろう。

「一日でも早く一人前の刑事になる。それが僕に課せられた使命だと思ってる」

「それ、私も同じです」

聖奈はそう言って森脇を見た。彼もまた、聖奈の方を見ている。何だか気恥ずかしくなり、聖奈は森脇から目を逸らして、膝の上に置いてあった黒革の手帳を開いた。兄が一番最後に書いたと思われる文字に目を落とした。宮前亜里沙、と汚い字で書かれていた。

「森脇さん、この宮前亜里沙というのは何者ですか？」

「ああ、その子だったら」と森脇が答える。「先輩が亡くなった日の朝、遺体で発見された女の子だよ。ガールズバーで働いていた子で、死因は脳挫傷だ。酔って階段から足を踏み外したみたいで、鑑識からの報告でも事故という線で間違いなさそうだ。これから報告書を作ろうと思ってる」

　彼女の名前が書かれて以降、手帳は空白だった。持ち主が死んでしまったため、今後も何も書かれることはない。

「もしかしてあの人じゃないかな」

　一人の女性が向こう側から歩いてくるのが見えた。ベージュのコートを着た女性だ。女性は問題のアパートに入っていった。しばらく待っていると二階の外廊下を歩く彼女の姿が見えた。朝倉美紀が住んでいる部屋の前で女性は立ち止まった。

「行こうか、聖奈ちゃん」

　二人で覆面パトカーから降り、問題のアパートに向かう。オートロックではなかったので、外階段を上って直接部屋に向かった。インターホンを押すと、ドアが薄く開いた。まだ彼女はコートを着たままだった。聖奈は警察バッジを見せて言った。

「渋谷署の長島です。こちらは森脇。朝倉美紀さんで間違いないですね」

　彼女はこくりとうなずいた。それを見て聖奈は続ける。

「我々はあなたのお兄さんである、朝倉泰輔さんの行方を追っています。どちらにいるか、ご存じないですか？」

美紀は首を横に振った。

「さあ……もう長いこと兄とは連絡をとっていませんので」

まだドアチェーンはかけたままだ。彼女は相当警戒心が強い女性なのか、それとも――。

「朝倉さん、あなたを疑っているわけではありませんが、お部屋の中を確認させてもらうことは可能でしょうか。あ、ご心配なく。中に入るのは私だけです」

「……わかりました」

いったんドアが閉じられ、チェーンを外す音が聞こえた。聖奈は背後に立つ森脇に目を向けた。気をつけてね。彼の目がそう言っていた。うなずいてから聖奈は再び開いたドアから室内に足を踏み入れた。

「お邪魔します」

間取りは1Kだった。手前側にキッチンやトイレ、ユニットバスがあり、その奥が寝室だった。手前側からドアを開けて確認していく。最後にベランダを確認したが、誰も潜んでいなかった。男性と同居している気配はなく、女性の一人暮らしであることが窺えた。

「ご協力ありがとうございました」

再び玄関に引き返し、靴を履いてから聖奈は礼を言った。彼女が訊いてくる。

「あのう、兄は何か悪いことをしてしまったんでしょうか？」

その顔は深刻そうだ。兄のことを心の底から心配している妹の顔だった。

「たいした事件ではありません。ちょっと事情を訊きたいだけですから。もしお兄さんから連絡がありましたら、警察に連絡するようにお伝えください。それでは失礼します」

彼女の顔が晴れることはなかったが、聖奈はその場をあとにした。覆面パトカーに向かいながら聖奈は森脇に言った。

「彼女、何か知ってますね」

「嘘ついてるってこと？」

「ええ、多分。根拠はないです。女の勘ですけどね」

同じく兄を持つ妹として、聖奈には何となく彼女の心境が理解できた。もし私が彼女なら、明日の朝にでも行動を起こすはずだ。

日樹は庭を歩いていた。まだ家には電気が灯っている。縁側に薄っすらと影のようなものが見えた。まだその男は同じ場所に座っていた。近づいてきた日樹に気づいたのか、勝本豊は顔を上げた。
「またあんたか。座りな。話し相手は大歓迎だ」
「お言葉に甘えて」日樹は勝本の隣に座った。「でもあんたにとったら面白くねえ話になるかもしれねえぜ。さっきな、あおぞらっていう児童養護施設に行ってきた。そこで所長から話を聞いたよ。あ、正確には俺の同僚と話しているのを耳にしたってことだな」

「ふーん、そうかい」

あまり興味がありそうな感じではなかった。老獪な男であるのはわかっている。そうでなければ組を率いたりできなかったはずだ。駆け引きするより、いきなり突きつけてしまった方がいい。そう判断して日樹は言った。

「長年にわたってあおぞらに援助をしていた人物がいるらしい。伊達直人の名を騙ってな。それはあんただろ、組長さん」

勝本殺害の事件を担当することが決まった際、勝本の経歴を調べてみた。彼はいわゆる戦災孤児であり、幼い頃は施設で育てられたというが、詳細を知る者はいないようだった。その後は戦後の愚連隊に身を投じ、最終的には現在の勝本組を率いるようになったとされている。

「あんたは長年の間、児童養護施設に何らかの寄付をしたいと考えていた。しかし残念ながらあんたは暴力団の組長さんだ。おいそれと寄付できる立場じゃねえし、正体を知ったら先方も絶対に受けとってくれないはずだ。そんなときだ。あんたはニュースで見たんじゃないか。伊達直人と名乗って、児童養護施設にランドセルを寄付した奇特な人のニュースをな」

ちょうど今から十年ほど前だと記憶している。群馬あたりの施設にランドセルが届けられたのが最初だった。劇画タイガーマスクの正体である伊達直人を名乗る人物からのプレゼントだ。そのニュースはテレビでもとり上げられ、大きな話題となった。

そのニュースに触発されたのか、似たようなことが各地で起こった。伊達直人を名乗る謎の人物から、全国の施設に寄贈品が届いたのだ。ランドセルだけではなく、玩具や文房具と寄贈品も多岐にわたった。こうした一連の流れはタイガーマスク現象と呼ばれ、今も断続的に続いているらしい。

「伊達直人と名乗れば、児童福祉施設は贈り主を特定しようとせず、素直に受けとってくれる。あんたはその流れに乗ったんだ。おい、組長さん。何とか言ったらどうなんだよ。墓場まで持っていくような秘密じゃないだろ」

勝本は答えない。根気強く待っていると、庭の木々に目をやりながら勝本が話し出した。

「あおぞらという児童養護施設のことは知っていた。あの近くにバッティングセンターがあるんだが、そこの土地はうちの会社の所有になってんだ。その関係であの近辺にはよく足を運んだもんだ。お前さんの言う通りだよ。テレビのニュースで伊達直人のことを知って、これなら俺にもできるんじゃねえかと思ったのさ」

勝本の思惑は当たり、寄付したランドセルは施設で受け入れられた。それからしばらくして、朝倉という少年の噂が耳に入ってきた。野球が抜群に巧いという評判の中学生だ。

「俺も野球は好きだ。興味半分で練習を覗きに行って、腰を抜かしたよ。モノが違うな。それが第一印象だった。こういう奴がプロになるんだろうな。そう思った」

その後は施設の所長が話していた通りだった。朝倉は高校進学の際、その費用のことで進学を悩んだ。それを知った勝本は伊達直人を名乗って施設に電話をして、朝倉に三年間援助することを申し出た。その条件として勝本が出したのが朝倉とのキャッチボールだった。

「俺は娘が二人いるだけで、息子はとうとうできなかった。だから息子とキャッチボールをするのが夢だったのさ。その夢が叶ったみてえで嬉しかったな。しかも相手は将来プロになるかもしれねえ野球少年だ」

五十球ほど投げ合ったという。なぜか朝倉少年の目も潤んでいるように見えたらしい。父親を早くに失った朝倉少年は、勝本に亡き父の姿を重ねていたのかもしれない。

「しかし」日樹は言葉を挟む。「朝倉は挫折した。いわゆる靭帯断裂ってやつでな。部活を辞め、学校も辞めた朝倉は、いつの間にか東京に舞い戻っていた。そしてあんたの前に姿を現した。今度はヒットマンとして」

運命とは皮肉なものだ。なぜ朝倉が間島組の世話になるようになったのか。そのあたりの経緯は丸藤が調べてくれるはずだ。

「あんたも驚いただろうな。目の前に現れたのがかつてキャッチボールをした野球少年だったんだ」

勝本は否定せず、肩を落として言った。

「あいつが間島組にいることは俺も知ってた。一年くらい前、街で見かけたんだ。背が高えから目立つんだよ、奴は。どうにかして足を洗わせることはできねえか。俺は必死で考えた。だが最近は間島組と折り合いが悪くてな。身請けできるような雰囲気じゃなくなってた」

間島組はここ数年で急速に力をつけてきた。組対でもその扱いに苦慮していたと聞いている。

「ちなみに朝倉はあんたのことに気づいたのか？」

「気づいてなかったと思うぜ。あいつは根っからの悪人じゃねえ」

今頃、聖奈たちは朝倉の妹の自宅を訪ねているはずだ。朝倉の妹はきっと何かを知っている。それが聖奈の主張だった。

「なあ、組長。もし朝倉が見つかったら、伝えたいことはないか？」

日樹が訊くと、勝本は考え込むような顔つきをして遠くを見た。

「……怒ると口を利いてくれないんだ。あれは今年の夏だったかな。先輩に弁当を買ってくるように頼まれたんだけど、間違って中華丼を買ってきてしまったんだよ。先輩は冷やし中華を頼んだつもりみたいで、その日は口を利いてくれなかった」

「わかります。そういう偏屈なところあるんですよね、うちの兄」

「本当だよ。いつも怒られる僕の身にもなってほしい」

日樹は中野に戻ってきた。朝倉の妹が住むアパートの近くだ。覆面パトカーの後部座席に座る。亜里沙が「お帰り」と言ってきたので、日樹は「ただいま」と短く答えた。運転席には森脇が、助手席には聖奈が座っている。二人は今夜、ここで張り込みをするつもりのようだ。二人の様子からしてまだ動きはないようだ。

「この二人、結構いい感じよ。さっきから会話が途切れないもん」

亜里沙が言ってくる。今も聖奈と森脇の会話は続いている。話題はもちろん、日樹のことだ。今は森脇が独走しがちな日樹の捜査方法について話している。

「ふん。結局は俺の話題じゃねえか」

「でも会話が途切れないってことが重要なんだから。こう見えても私はガールズバーで働いてた、いわば接客のプロなんだからね」

「その接客のプロから見て、この二人はどうなんだよ」

あまり興味はないけど一応訊いてみるか。そんな感じを装って亜里沙に訊いてみる。

「どうだろね。今は五十パーセントってところかな。二人が付き合う確率ね」

「五割か。全然たいしたことねえな」

「五十パーセントもある。そう考えた方がいいと思うよ。どんどん上乗せされていくわけだから。二人はコンビだし、これからも行動をともにする。お互いの絆は強まっていく。悪い要素はどこにもないしね」

頼りない新米刑事。それが日樹の森脇に対する印象だ。奴が刑事になったのは今年の四月のことだった。それ以前は渋谷署の生活安全課で主に未成年犯罪を担当していたのだが、春の人事異動で刑事課に配属となったのだ。

最初のうちは別の者と組んでいたが、そのうち日樹とコンビを組むようになった。日樹が日頃から少し暴走気味な捜査をおこなっていたため、新人と組ませることにより、それを抑制しようという高柳らの配慮だったように思う。実際、森脇とコンビを組むようになってから、少しは慎重に捜査をおこなうようになった。それに森脇は生真面目な性格をしており、下調べや他部署との連携を忠実にとるタイプの刑事だったため、日樹の足りない部分を補ってくれた。突っ走る日樹と、慎重に進む森脇。意外に名コンビだったのではないかと今になって実感している。

「……先輩が死んだことが信じられないよ。署に行けば隣に座っていそうな気もするしね」

「私もですよ。いまだに料理は二人前作ります。何か一人分の料理を作る気になれなくて……」

「聖奈ちゃん、料理上手なんだよね。先輩、よく言ってたから。妹の料理は旨いって」

「それほどでもないです。適当に作ってるだけですから」

いい加減にしろよ。二人のやりとりを聞いていると、何だか腹立たしくなってきた。すでに深夜一時を過ぎている。このまま朝まで話しているつもりだろうか。

「ハルさん、もしかして今日もやるの?」

「まあな。一応そのつもりだ」

一昨日と同じく、聖奈に夢に送るつもりだ。やはり勝本と朝倉の因縁を伝えておいた方が、今後のためにもよさそうな気がした。だからこうして待っているのだが、いっこうに二人は眠る気配を見せない。今は日樹がいかにズボラな性格だったか、それをいちいち例を挙げて森脇が話している。聖奈も楽しそうに聞いていた。

「でも何か羨ましい」亜里沙がぽつりと言った。「ハルさんって人望あったんだね。死んだあともこうして語り合ってくれる人がいるんだよ。それって凄いことだよ、きっと」

　お前にだって、と言いそうになり、日樹はその言葉を飲み込んだ。亜里沙が生前、どんな人生を歩んでいたのか、日樹は知らない。こうして接している限りは陽気な女だと思うのだが、それが果たして彼女の本来のキャラクターなのか、それはわからなかった。

「私、映画でも観てこよっと。じゃあね、ハルさん」

　そう言って亜里沙がふっと消えた。無料で映画を観られるのは幽霊の特権の一つだった。昨日の夜は亜里沙と一緒に渋谷の映画館でレイトショーを観た。料金を払わずに映画を観られるのは有り難いし、しかも深夜は眼が冴えて仕方がない時間だ。時間潰しにはもってこいだ。

「聖奈ちゃん、そろそろ交代で休もうか。いつまでもこうしているわけにもいかないし」

「そうですね。じゃあ森脇さんからお先にどうぞ」

「じゃあお言葉に甘えて。二時間経ったら起こしてくれるかな」

「わかりました」

　森脇、お言葉に甘えてんじゃねえよ。そう注意したがその言葉は届かなかった。森脇は運転席のシートを倒し、顔にタオルをかけた。聖奈は前方にあるアパートに目を向けている。

　スマートフォンでゲームをやるわけにもいかないし、雑誌も読めない。幽霊というのは結構暇なのだ。

「まったく人使いが荒いぜ。さすがはハルちゃんの妹だ」

そう言いながら覆面パトカーの後部座席に乗ってきたのは組対の丸藤だった。聖奈は一晩中張り込みをしていた。中野にある朝倉泰輔の妹の自宅前だ。午前八時過ぎだが、まだ動きはない。運転席に座る森脇は欠伸（あくび）を嚙み殺している。

「これ、差し入れな」

丸藤が差し出してきた紙袋を受けとる。中身はコーヒーとサンドウィッチだった。

「ありがとうございます」

聖奈は有り難く受けとり、森脇にも紙コップとサンドウィッチを渡した。後部座席で丸藤が話し始める。

「朝倉のことをいろいろ調べてみた。奴が東京に戻ってきたのは七、八年前のことらしい。退学した直後に東京に戻ってきたってことだな。最初は渋谷のラーメン屋で働き始めたそうだ。昨夜そこの店長に話を聞いた」

真面目でよく働き、しかも体力がある。これほど使えるバイトも珍しいというのが店長の朝倉に対する評価だった。できればバイトではなく、正社員として雇いたい。そう思っていた矢先の出来事だった。

「朝倉が店の常連だった女といい仲になったそうだ。しかしその相手が悪かった。実はその女、間島組の若い衆の女だったんだよ。女の方は別れたつもりだったが、男の方はそうは思っていなかった。ここから先の展開はわかるよな。俺の女に手を出しやがって、ということになる。本来であればボコボコにされて終わりなんだが、当時の間島組は勢力拡大に向けて組員を募集している最中だった。そこに朝倉も引き込まれてしまったというわけだ」

それから五年近い年月が流れた。間島組の若い衆の中でも、朝倉は一際目を引く存在になっていた。その体格の良さから、幹部の覚えもよかったらしい。

「だが本人は足を洗いたがっていたそうだ。これは朝倉の弟分から聞いた話だが、今回の組長襲撃に名乗りを上げたのは朝倉自身だ。この仕事を片づけたのち、お勤めを終えたら自由の身にしてやる。幹部はそういう約束をしていたらしい」

聖奈はサンドウィッチを食べながら、丸藤の話に耳を傾けていた。それにしても、と聖奈は改めて思う。耳に入ってくるのは勢力拡大とか組長襲撃といった物騒な言葉ばかりだ。ほんの数日前まで、聖奈は池袋で交通違反の取り締まりをする女性警察官だった。それが今や自分は渋谷署の刑事であり、こうして張り込みまでしているのだ。まさに天と地ほどの開きがある。

「あ、出てきましたよ」

森脇がそう言ったのは聖奈がちょうどサンドウィッチを食べ終わったときだった。アパートから出てくる女性の姿が見えた。朝倉美紀だ。昨夜と同じベージュのコートを羽織っている。時刻は午前八時三十分。これから出勤するのだろうか。彼女の職場はここから歩いて十分ほどのところにある総合病院だ。

「私、あとを追います」

聖奈は車から降り、尾行を開始した。森脇と丸藤はあとから覆面パトカーでついてきた。尾行のやり方など教わっていないので、聖奈は緊張した。いけないとはわかっていても、何度も振り返って追跡してくる覆面パトカーを確認した。丸藤がニヤニヤ笑っているのが見える。お手並み拝見程度に思っているのだろう。

しかし聖奈以上に朝倉美紀は緊張しているように見えた。周りの風景など目に入っていない様子で、真っ直ぐに歩いていく。彼女が向かったのは勤務先の総合病院だったが、なぜか通用口から入らず、病院の裏手に向かった。倉庫のような建物がいくつかあり、そのうちの一つに彼女は入っていった。ボイラー室のようだ。一分ほどで彼女は外に出てきて、そのまま通用口から病院の中に入っていった。いつの間にか聖奈の背後には森脇たちがいる。声には出さずにうなずき合い、森脇を先頭にボイラー室に向かった。

森脇がドアを開けて中に入る。男が一人、中にいた。朝倉に間違いなかった。ずっとここに潜んでいたのだ。男は握り締めていた封筒を懐に入れた。あの封筒は妹から渡されたものか。逃走資金のつもりで妹から兄に渡されたのかもしれない。男は暗い目でこちらを見ている。

「朝倉だな。俺たちは渋谷署の者だ。下手な抵抗はやめろ」

丸藤がそう言って前に出た。森脇がすっと聖奈の前に立った。朝倉は拳銃を所持しているのだ。一方、こちらは警棒だけだ。説得するしか方法はない。

「朝倉、わかってるな。勝本組の組長殺害の容疑だ。署まで同行願いたい」

かすかな体臭が漂っている。無理もない。二週間以上ここに潜んでいたのだろう。髭も伸び放題だ。

丸藤がさらに一歩前に出た。すると朝倉が背中に手をやった。そして右手に握った拳銃をこちらに向けてきた。

「……邪魔をするな。俺は逃げるんだ。ここから、逃げるんだ。妹がせっかく……」

左手には封筒が握られている。やはり妹から逃走資金を受けとったということか。

「朝倉さん」聖奈はそう声をかけた。「渋谷署の長島です。あなたの苦しみはわかります。だからその拳銃を下ろしてください」

「わかるわけないだろ。どけよ、そこをどけっ」

目が血走っていた。追いつめられている証拠だった。聖奈はさらに言った。

「お願いします。私の話を聞いてください。あなたにはどうしても知ってもらいたいことがあるんです」

朝倉が怪訝(けげん)そうな表情を浮かべた。聖奈は彼に向かってゆっくりと語りかける。

「伊達直人さんという名前をご存じですか。あなたが育った児童養護施設に長年寄付をしていた人物の名前です。伊達直人というのはもちろん偽名です」

昨夜、児童養護施設あおぞらで聞いた話だ。その篤志家はランドセルなどを施設に寄付するだけではなく、朝倉が高校進学を迷っているとき、金銭的援助を申し出たという。

「あなたは一度だけ伊達さんとキャッチボールをしたんですよね。それが援助する際の伊達さん側の出した条件だった。朝倉さん、あなたは伊達さんの顔を憶えていますか?」

朝倉は困惑気味の顔つきだった。拳銃をこちらに向けたまま、やや声を震わせて言った。

「お、お前、何を言い出すんだよ。そんな話、今は……」

やはりそういうことか。朝倉は何も知らなかったらしい。これを伝えるのは心が痛むが、彼は真実を知っておく必要がある。聖奈は明け方自分が見た夢を信じるつもりでいた。この前と同じだ。あの夢はきっと当たっている。そんな予感がした。

「朝倉さん、勝本豊こそがあなたを援助していた伊達直人だったんです。彼は暴力団の組長という身分を隠し、伊達直人という偽名を使っていたんです。運命とは皮肉なものです。まさか自分が援助をしていた子がヒットマンになって目の前に現れる。勝本さんも想像もしていなかったに違いありませんから」

「う、嘘だろ……」

朝倉は言葉が続かないようだった。半ば放心状態でこちらに拳銃を向けていた。


明け方のことだ。覆面パトカーの車内で仮眠をとったとき、聖奈は短い夢を見た。

場所は河川敷にある球場だった。そこでキャッチボールをしている二人の男がいた。一人は高校生くらいの体格のいい少年だった。あどけなさの残る顔つきは中学生のようでもあった。その面差しから朝倉泰輔の若い頃だと想像がついた。

もう一人は年配の男だった。角刈りの強面の男で、五十代から六十代くらいかと思われた。角刈りの男は白いマスクをしているので、その顔はよく見えなかったが、鋭い目つきをしていることだけは聖奈にもわかった。

二人はほとんど会話もなく、黙々とボールを投げていた。少年の方は綺麗なフォームで力強い球を投げている。角刈りの男はたまに大きくうなずきながら、少年の球を受けている。

やがてキャッチボールを終えた。二人は互いに近寄り、二言三言言葉を交わしていた。角刈りの男がボールとマジックペンを少年に手渡すと、少年は困惑した表情を浮かべたが、受けとったボールにマジックで何か記してから、それを角刈りの男に手渡した。

少年はぺこりと頭を下げてから、角刈りの男から離れていった。球場から出る際、少年はもう一度深く頭を下げた。そして停めてあった自転車に乗り、走り去った。その様子を見届けてから、角刈りの男も球場から出た。

河川敷沿いに一台の黒いベンツが停まっていた。ベンツの前には二人の若い男が待機していた。一見してその筋の者と見える男だ。男たちは頭を下げ、ベンツの後部座席のドアを開けた。角刈りの男がベンツに乗り込んだ。

ベンツがゆっくりと発進する。一瞬だけ後部座席に座る角刈りの男が見えた。男はマスクを外していた。その顔は聖奈にも見憶えがあるものだった。捜査資料で見た、殺された勝本組の組長だった。

そこで目が覚めたのだ。今の夢はいったい何だったのか。すぐに聖奈はそう考えた。もし今の夢を本当だと仮定するならば、勝本豊と朝倉泰輔は知り合いだったということになる。夢の中で勝本はマスクをしていた。もしかすると自分の立場を隠して、朝倉少年に会っていたのかもしれない。そして時が流れ、何の因果か、朝倉のもとに勝本組の組長殺害の仕事が回ってくる。朝倉は何も知らないまま、仕事を請け負ってしまったのだ。

「嘘だ。嘘に決まってる。あの勝本が……まさか……」

朝倉は虚ろな視線でそう言った。もう一息か。拳銃を所持しているので迂闊に近づくことはできない。聖奈は隣に立つ丸藤に向かって言った。

「丸藤さん、例のものを」

その声に反応し、丸藤が懐から何かをとり出した。手にしているのは野球のボールだった。丸藤がそれを軽く投げる。朝倉は拳銃を持っていない左手でそのボールをキャッチした。

「それは勝本豊の自宅にありました。書斎のよく見える場所に置いてあったみたいです。書かれているのはあなたのサインですね」

丸藤に勝本組の組長宅から持ってきてもらったのだ。早朝から無理な頼みをしてしまったが、組対の彼なら何とかしてくれるだろうと思っていた。そのボールには黒いマジックで朝倉の名前が書いてあった。さきほど聖奈も見たのだが、サインというより単純に名前を書いているだけだった。几帳面そうな文字だった。

「勝本組の若い衆に話を聞いたぜ」ずっと黙っていた丸藤が口を開いた。「実は勝本はお前さんのことを知っていたらしい。数ヵ月前に若い衆に調べさせたそうだ。できれば何とかして間島組から引き抜けないか。そんなことを画策していた節もある」

元々本気で極道になろうとしていた男ではない。今回の一件もそうだ。足を洗うつもりで勝本を殺害した直後、強烈な後悔に襲われたに違いない。だからこうしてここに潜(ひそ)んでいたのだ。

「朝倉さん、これが真実です。あなたは知っておくべきだと思い、私は話しました。あなたにはこの真実を受け入れるだけの強さがある。私はそう思ったんです」

「そ、そんな……」

朝倉はガクッと膝をついた。自分が殺害した暴力団の組長が、かつて自分を援助してくれたあしながおじさんだった。その事実にショックを受けたのか、朝倉は拳銃を地面に置いた。それを見て丸藤が素早い動きでその拳銃を遠くまで蹴(け)り飛ばした。

「お、俺は……どうして……」

朝倉が地面に突っ伏し、泣き始めた。森脇が真剣な面持ちで手錠片手に朝倉の背後に回り込んだ。もう抵抗するつもりは一切なさそうだ。彼の左手にはかつて恩人に渡したサイン入りのボールが握られていた。

ボイラー室の中から四人の男女が出てくるのが見えた。それを日樹は少し離れたところから見守っていた。丸藤と森脇に両脇を抱えられるように歩いていくのが、勝本を殺した犯人、朝倉泰輔だった。三人の後ろを聖奈が歩いていく。

「どうだい、組長さん。これで良かったんだろ？」

日樹は隣に立つ勝本に訊いた。勝本は淋しそうに笑って答えた。

「まあな。あいつもいつまでも逃げてるわけにもいかんからな」

勝本をここまで連れてくるのは一苦労だった。自宅の縁側から動こうとしなかったからだ。朝倉が見つかった。そう言うとようやく勝本は重い腰を上げたのだった。

「これで気分すっきりだ」勝本が両手を腰に置いて言った。「枕を高くして寝られるってなもんよ。でも刑事さん、ちょっと不思議なんだが、どうしてあの女刑事は俺と泰輔がキャッチボールをしたことを知ってたんだ？　それに組対の丸藤もそうだ。あの野郎もいつの間にか記念のボールを持っていきやがったしな」

聖奈の枕元に立ち、念を送った。それを説明するのは面倒だったので、日樹は誤魔化すように言った。

「企業秘密だよ、組長さん」

「まあ、いいだろう。できれば泰輔にいい弁護士をつけてやりてえところだが、それは難しいかもしれねえな」

朝倉は初犯のはずだ。反省の色を態度で示せば、それなりに刑も軽くなるのではないかと思われた。本人はまだ若いし、ことによると三十代のうちに出所できる可能性もある。しかし殺された本人が重い量刑を望んでいないというのが、少し笑ってしまう。

「未練はねえのかよ、組長さん。朝倉のことは置いておくとして、奴に殺人を命じたのは間島組なんだぜ」

「未練がねえって言えば嘘になるけどよ、実は俺、もともと長くはなかったんだ。誰にも言っていねえが、医者からはあと半年って言われてたんだ」

そういうことか。日樹は納得した。達観しているような雰囲気があったが、すでに覚悟を決めていたということだ。末期のガンだろうか。言われてみれば署に保管されていた写真よりもかなり痩せている。

「それにうちの組はどのみち終わりだ。二代目があんな様子じゃ、あと三年もてばいい方じゃないか」

勝本組は勝本が一代で作り上げた組だ。それを継ぐのは相当な覚悟と能力が必要とされる。二代目の娘婿には難しいと勝本は見切りをつけているようだ。

覆面パトカーが走り去っていくのが見える。それを二人で見送った。署に戻ったら取り調べが始まるはずだ。

「それで、あんたを殺した犯人は見つかったのかい？」

勝本に訊かれ、日樹は短く答えた。

「まだだ」

朝倉が犯人ではないか。せっかちな丸藤はそう考えていたようだが、その線は完全に消えた。おそらく朝倉はずっとここに潜んでいたはずだ。それに彼には日樹を殺害する動機が一切ない。

「俺が口を出すのはあれだが、刑事を殺すってのは難儀なことだ。相当な覚悟がなけりゃできねえ仕事だ」

「さすが組長さんだ。あんたが言うと迫力が違う」

「俺は冗談で言ってんじゃねえぞ。あんたが殺された事件には、深い闇がありそうに思えてならねえ」

新宿署の捜査本部で進展があったという話は聞かない。日樹もあれこれを思い出しているのだが、自分を殺害した犯人について思い当たる節はまったくなかった。殺される直前、日樹は丸藤から頼まれてジョニーとかいうチンピラに職務質問をかけた。渋谷署にいる内通者と接触を図る可能性があるという情報を丸藤から聞いたのだが、結果は空振りだった。そのジョニーという男もアリバイが成立しており、捜査対象外となったという。

「せっかく話し相手が見つかったんだ。しばらくあんたと一緒にいてもいいと思ったが、どうやら俺は長くねえようだぜ」

隣を見る。勝本が笑みを浮かべていた。驚いたことに、その右手が透明になっている。日の光を浴びたせいではない。

勝本は殺される前から病魔に冒されていたから、そもそも現世に対する未練や執着が薄いのだろう。最大の心残りだった朝倉が逮捕されるのを見て、気分が晴れたのかもしれない。

「達者でな。いや、死人に向けてそれも変か。あばよ、刑事さん」

足から胴にかけて、砂が風に飛ばされるように消えていく。最後に頭が消え去った。これが成仏というものか。

一人残された日樹は、底知れない淋しさを覚えた。自分にもいつかこうして消え去る日が訪れるということだ。今はとにかく聖奈がいる場所に帰ろう。そう思った。

すでに朝倉泰輔の取り調べは始まっていたが、担当するのはベテラン捜査員の役割で、聖奈は自分のデスクに座っていた。周囲には強行犯係の同僚が集まっている。

「それにしてもたいしたもんだ。よくわかったな。勝本と朝倉の間に接点があったなんて」

「まあ、勘というか……」

「大型ルーキーの誕生だな。前回もそうだったが、目のつけどころが斬新だ。コツみたいなものがあるのかい？」

「ええと、コツと言われましても……」

聖奈はしどろもどろな受け答えしかできなかった。隣に座る森脇は我関せずといった態度で報告書の作成に勤しんでいる。

「長島を超えたな、完全に」

「間違いないな。今思えば先代の長島、ただの熱血野郎だったもんな」

「そのへんにしておけよ。どこかで先代の長島が聞いてるかもしれねえぞ」

「馬鹿言うなって。おい、それより歓迎会の場所を決めないとな。歓迎会というより祝勝会に近いかな。なんたってうちの新エースかもしれないわけだし」

「エースなんて、そんな……」

恥ずかしくて赤面する。前回の医師の妻殺しと、今回の暴力団の組長殺害事件。どちらも夢がヒントになったなどと言える雰囲気ではなくなっている。そもそもそんなことを言っても信じてもらえないだろうが、それが事実なのだから仕方がない。

時刻は午前十一時を過ぎたところだ。聖奈は自分のデスクを見た。書類が高く積まれており、まだ手つかずのままだった。今日は一日、このデスクを片づけてもいいかもしれない。資料を分類し、整理する。兄がどんな事件を追っていたか、それを調べるのだ。この惨状を放置したままだと埋もれているノートパソコンさえも使えない。

さて、やるか。

腕まくりをして、一番手前にある書類の山に手を伸ばしたときだった。スーツを着た男たちが入ってくるのが見えた。全部で四人。男たちは真っ直ぐ聖奈のもとに向かってくる。後ろの男たちは脇に段ボールを抱えている。先頭の男が言った。

「新宿から来た。このデスクは長島日樹のもので間違いないな?」

「は、はい」

新宿署から来たということは、兄の事件を担当する捜査員たちか。先頭の男には見憶えがあった。以前捜査に加えてほしいと新宿署を訪ねたとき、冷たく断った男だ。たしか管理官と呼ばれていた。

「始めろ」

「はい」

管理官に命じられ、三人の男たちは抱えていた段ボール箱を組み立て、その中にデスクの上にある書類などをどんどんと入れていく。まさに手あたり次第という感じだった。すぐにデスクの上は綺麗に片づいてしまい、渋谷署の備品であるノートパソコンさえも没収されてしまう。引き出しも開けられ、中に入っているものは段ボール箱の中に収められていく。聖奈は啞然としてその様子を眺めていた。ほかの同僚たちも同じだった。

「おいおい、何の騒ぎだ？」

そう言いながら近づいてきたのは係長の高柳だ。朝倉の事情聴取に同席していたため、席にはいなかったはずだ。この騒ぎを聞きつけて戻ってきたのかもしれない。

「勝手に持ち出さないでください。許可はとっているんですか？」

「ご心配なく」管理官が言った。「署長の許可はとってある。新宿署の捜査本部で調べさせてもらうことに決定した」

「詳しく教えてください」

高柳が一歩前に出た。管理官の態度は渋谷署を侮辱しているようにも見受けられる。ほかの強行犯係の面々も四人の男に鋭い視線を送っている。すでにデスクの中のものもあらかた段ボール箱に移されていた。その数は三箱に及ぶ。

「渋谷署内に内通者がいる。そんな噂を耳に挟んだ」管理官が言う。「反社会的勢力に情報を流す、警察官の風上にも置けない卑劣な内通者だ。長島日樹が内通者ではないか。我々はそう考えている」

嘘だ、そんなことはない。兄が反社会的勢力に通じていたわけがない。反論しようとしたが、言葉が出なかった。今は自分のような新米が出る幕ではない。そう躊躇してしまった。

「内通者の辿る運命は悲しいものだ。使い古され、消されたのではないか。それが我々の考えだ。返却については追って連絡する。ではこれにて失礼」

管理官が歩き出すと、そのあとを段ボール箱を持った三人の男が追っていく。どこか気まずい雰囲気だった。強行犯係の面々はそれぞれ席につき、沈黙を守っている。日樹が内通者かもしれない。突如として湧いた疑惑に誰もが困惑している様子だった。

聖奈は椅子に座った。目の前のデスクは更地のように綺麗さっぱり片づいてしまった。引き出しを開けてみると、タオルや歯ブラシ、買い置きしてあるカップ麵程度しか残されていない。あとのものはすべて持ち去られている。

いったいどういうことか。あの兄が内通者であったなんて、聖奈にはにわかには信じられなかった。

「おい、食わないのか？」

目の前に座る丸藤がそう訊いてくる。場所は渋谷にある焼肉店だ。家庭的な雰囲気の店で、年老いた夫婦が二人で切り盛りしているようだった。内通者について話を聞きたい。そう考えて組織犯罪対策課の丸藤を訪ねると、ちょうど昼どきだったため、食事に連れ出されたのだ。ただし焼肉というのは正直考えてもいなかった。

「もう少し焼いた方がいいのか？」

分厚い豚肉をキッチンばさみで切り分けながら丸藤が言う。すでに二杯目の生ビールを飲んでいる。この人は休暇中なのか。いやいや、さっき署にいたではないか。

「こうして葉っぱで巻いてだな」丸藤は実演してくれる。「そしてこのネギとキムチを載せて、さらにこの秘伝のタレをつけて食べるんだ。やってみろ」

言われるがまま、肉を野菜で巻いて食べてみる。かなり美味しくて驚く。昼間からこんな美味しいものを食べてしまっていいのだろうかという罪悪感に襲われるほどだ。

「ハルちゃんもこの店の常連だった。よく二人で飲み明かしたものだ。特製の紫蘇（しそ）サワーが好きだった。飲むか？」

「飲みません。それよりさっきの話です。兄が内通者だったと言われたんです。どういうことなんですか？」

兄の私物はほとんど押収されてしまった。兄は内通者である。そう決めつけているような口振りだった。腹が立って仕方がなかったし、同時に悲しかった。組織犯罪対策課に勤務する丸藤なら何か知っているかもしれない。そう思って訪ねたのだ。

「署内に内通者がいるのではないか。そんな噂が流れたのは二年ほど前のことだ」

ある程度腹が膨れたのか、肉を焼きながら丸藤が説明を始めた。聖奈は手帳を開いた。

「発端は生活安全課が摑んだ麻薬取引の情報だった。ある反社会的勢力が麻薬の取引をおこなうという情報を摑み、近隣の署と連携して取引現場を押さえる作戦が練られた。が、直前で取引が中止になった。事前に情報を流した者がいる。そういう噂が流れたんだ」

「でも」と聖奈は疑問を口にする。「近隣の署に協力要請が出されたってことは、ほかの署から情報が洩れた可能性もあるんじゃないですか」

「なかなか鋭いな、お嬢ちゃん。でも一度じゃ終わらなかったんだよ。似たようなことが何度か続いたってわけだ。麻薬の取引だけじゃなく、闇カジノや違法デートクラブの摘発の情報まで洩れた。いつも摘発の寸前で逃げられちまうんだよ。誰かが情報を洩らしてるのは確実だ」

「だからって、うちの兄がそんなことをするとは思えません。兄は警察を裏切るような男じゃない。丸藤さんもそう思いますよね？」

丸藤は答えなかった。野菜で肉を巻き、それを口に入れた。咀嚼し、飲み込んでから丸藤は言った。

「何とも言えねえな、それは」

「丸藤さん、兄の親友じゃないんですか？」

「ハルちゃんを信じてえ気持ちはある。でもな、お嬢ちゃん。この内通者はかなりの手練れだ。親友を騙すくらいのことはやってのけるだろう。そういう意味ではハルちゃんが内通者じゃないとは言い切れねえんだよ。残念ながらな」

言いたいことはわかる。表の顔と裏の顔を使い分けているからこそ、二年間も野放しになったままの状態なのだ。

「それに実際問題、ハルちゃんは殺された。口を塞がれたという考え方もできる。ということはつまり、ハルちゃんこそが内通者だった。それが新宿の捜査本部の考えだろうな」

刑事の殺害はかなりリスクの高い犯罪だ。よほどの動機がなければ刑事を殺害しようとは普通考えない。容疑者が浮かんでこない中、新宿署の捜査本部は渋谷署内に内通者がいるとの情報を摑んだ。事件と結びつけたくなる気持ちもわからなくはない。

「俺だってハルちゃんを殺した奴を見つけ出したい。そう思ってあれこれ動いているんだが、今んところ手がかりなしだ。ハルちゃんが内通者だったとは思いたくねえが、あっちの捜査本部が動いたってことは、奴らもそれなりの根拠があるのかもしれねえ。もしくはかなり焦っているか」

「やっぱりここにいたんですね」

頭上で声が聞こえた。顔を上げると森脇が立っている。聖奈はウーロン茶を一口飲んでから言った。

「森脇さん、どうかしたんですか？」

「宮前亜里沙さんの友達が訪ねてきた。彼女が亡くなった現場を見たいって」

一瞬、誰のことなのかわからなかったが、やや遅れて思い出した。兄の手帳の最後に書かれていた女性の名前だ。

「先輩が最後に担当していた事件だし、聖奈ちゃんにも声をかけた方がいいかなと思って」

そう言って森脇が振り向いた。店の入り口に一人の女性が所在なさげに立っている。聖奈に気づいたのか、彼女が小さく頭を下げてきたので、聖奈も会釈をしながら立ち上がった。

「新しくルールに加えた方がいいんじゃないか。追加ルール、焼肉店には近づくな。なあ、亜里沙」
後ろを見ると、ついさきほどまでそこにいた亜里沙の姿がなかった。どこかに行ってしまったのか。
まあいい、それより焼肉店だ。日樹は店の入り口に目を向ける。何度となく丸藤とともに出入りした馴染みの店だ。ここのキムチが絶品で、焼いた肉と一緒に食うのが非常に旨い。丸藤はかっこつけて野菜で巻いて食べていたが、日樹は肉とキムチを一緒に食べ、ビールで流し込むのが好きだった。
丸藤と聖奈が店内に足を踏み入れたのは三十分ほど前のこと。日樹も一緒に中に入ったのだが、一分もしないうちに飛び出してきた。気分が悪くなってきたのだ。

狭い店内には肉の焼ける匂いが漂っているのだが、それがどうしても駄目だった。見るのも嫌だった。肉を焼くという行為は、すなわち火葬を連想させる。だから幽霊にとって焼肉はタブーなのかもしれない。日樹はそう勝手に判断した。

店のドアが開き、聖奈たちが出てきた。今しがた森脇が見知らぬ女性を連れてきて、店内に入っていったのだ。丸藤の姿だけはなく、まだ中で肉を食べているのだろうと想像がつく。あいつはデザートでここの杏仁豆腐(あんにんどうふ)を三人前は平らげる。

三人――聖奈と森脇と見知らぬ女性――はタクシーに乗った。三人は車内で無言だった。この女は何者だろうかと日樹は女性の容姿を観察する。スリムなジーンズにダウンジャケットという格好だ。薄めの化粧だが、目鼻立ちは整っている。年齢は二十代半ば、聖奈と同じくらいだと思われた。

五分ほどでタクシーは停車した。猿楽町だ。三人が歩いていく方向から日樹は察した。そういうことか。この女性はあの事件の関係者ということか。

「ここが宮前さんが住んでいたアパートです」

森脇がそう言って立ち止まった。日樹が殺された日の朝、ここで亜里沙の遺体と対面したのだ。女性がアパートを見上げ、それから森脇に訊いた。

「それで亜里沙はどこに？」

「そこです」と森脇は階段の下を指でさした。「そこに倒れていました。同じアパートの住人が発見しました。死因は脳挫傷。階段で足を踏み外し、そのまま転落したものと思われます」

女性はその場で両手を合わせ、目を閉じて祈り始めた。

結局、亜里沙の件は事故の線で決まりらしい。森脇が報告書を作っているようだ。決裁をとればこの一件は終了という形になるのだが、日樹はどことなく違和感を覚えていた。その理由は亡くなった亜里沙本人の態度にある。彼女が何か隠しているような気がしてならない。幽霊だって嘘はつくし、隠しごともするのである。

「ちなみにあなたと宮前さんはどういうご関係ですか？」

女性が目を開けるのを待ち、森脇が質問する。彼女は答えた。

「一年くらい前まで亜里沙と一緒に住んでました。あ、私、小塚仁美（こづかひとみ）といいます。フリーターやりながら劇団員をしています」

亜里沙の元同居人か。さきほど焼肉店にこの女性がやってきた直後、亜里沙は姿を消した。この女性はきっと何かを知っているはず。だから亜里沙は姿を消したのだ。

「宮前さんは事故で亡くなったと我々は考えております。目撃者もおらず、争った形跡もないことから、事故以外に判断しようがないとも言えます。宮前さんが生前トラブルを抱えていたとか、何かご存じありませんか？」

仁美はその質問には答えず、黙ったまま亜里沙が倒れていた付近に視線を落としていた。やがて顔を上げて彼女が言う。

「亜里沙の部屋、どうなってます？」

「今もそのままになってるそうです。彼女の実家に確認したところ、年が明けたら撤去するという話でした」

亜里沙はようやく少しずつ身の上を話し始めていた。愛知県の出身らしく、十代のうちに上京してきて、それ以降は帰省もほとんどしていないようだ。原因は家庭環境にあるらしく、母親の再婚相手と反りが合わないのだと先日彼女は話していた。

「鍵も預かってます。中をご覧になりますか?」

「お願いします」

三人は狭い階段を上っていく。日樹もあとに続いた。森脇がドアを開けると、仁美は中に足を踏み入れた。

「お邪魔します」と言って仁美は靴を脱いだ。テレビもなく、ベッドとローテーブルが置かれているだけの質素な部屋だ。収納を覗いてみると、そこは酷い有り様だった。服が散乱しているのだ。亜里沙の奴、ここに全部を押し込んでいたってわけか。

仁美は収納の中の衣類を見ても顔色一つ変えなかった。亜里沙の性格を知っている証拠だった。仁美は体を屈め、衣類の中に紛れていた写真立てを拾い上げた。

どこかのステージ上での、十人ほどの若い女の集合写真だ。ゼッケンのようなものをつけている。仁美に似た女が写っており、その隣には今より若い亜里沙の姿もあった。いったい何の写真なのか。

「小塚さん、さきほどの質問にお答えください。宮前さんがトラブルを抱えていたとか、聞いていませんか?」

「すみません、刑事さん。私、何も知らないんです。ごめんなさい、本当に何も……」

写真立てを手にしたまま、仁美は膝をつき、そのまま泣き崩れた。


「亜里沙と出会ったのは十七歳の頃です。レコード会社が主催するダンスユニットのオーディションでした。二人とも最終審査まで残ったんですけど、駄目でした。そのときに出会って意気投合して、すぐに一緒に暮らし始めました」

三人はファミレスのボックス席にいた。日樹もちゃっかりと仁美の隣に座り、彼女の話を聞いていた。仁美と亜里沙はダンサーを目指していて、それが縁となって同居していたそうだ。バイトをしながらレッスンを受け、オーディションを受ける日々。しかしデビューは狭き門だった。本格的なダンサーを募集するオーディション自体が少ないからだ。

「若い頃は楽しかったし、落ちても次に頑張ればいいやと思ってました。でも段々と年を重ねていくうちに、私たちよりも若い子が勝ち抜いていくようになって、焦りや不安を感じ始めました」

それでも二人で生活するのは楽しかった。バイトとレッスンの日々に変化が訪れたのは、去年の夏のことだった。

「私に恋人ができたんです。ダンススクールの講師です。元々は大物ミュージシャンのバックダンサーを務めていた人で、業界内でも結構有名な人でした。私、完全に舞い上がっちゃって、もしかするとコネとかでデビューできるかもって勘違いするほどでした」

付き合い始めて五ヵ月ほど経った頃だった。その日は彼のマンションに泊まったのだが、明け方に彼の寝言を聞いた。その男ははっきりと言った。ありさ、と。

「あとはお決まりのコースですよね。ありさって誰っていう話になり、亜里沙のことだと判明しました。簡単に言うと二股かけられてたんです、私たち。それがわかった時点で私はさーっと冷めました。別れようと思いました。すぐに亜里沙にも言ったんですけど、彼女の方は執着があったみたいでした。多分私よりあとから付き合い始めたと思うから、前が見えなくなる時期だったのかもしれません」

よくある話だな、と日樹は思った。一人の男を巡り、女たちが争う。そこらじゅうに転がっているようなネタではある。

「それでどうなったんですか？　あなたが身を引いたということでしょうか？」

森脇が尋ねると、仁美は答えた。

「話し合いは平行線を辿って……ていうか、亜里沙は完全に頭に血が上ってて、聞く耳も持たないっていう感じでした。去年の暮れ、彼女が部屋から出ていきました」

「それ以来、彼女とは顔を合わせていないということでしょうか？」

森脇の質問に仁美は答えなかった。逡巡（しゅんじゅん）している様子が伝わってくる。やがて意を決したように話し始める。

「今年の四月、彼女に会いました。実は私たちが住んでた部屋の家賃、亜里沙の銀行口座から引き落とされてたんです。私の手続きが遅かったせいで、亜里沙が出ていったあともしばらく彼女の口座から引かれちゃってたんです。その分のお金を返すことになって、彼女に会ったんです」

久し振りに会った亜里沙は見るからにやつれていたという。しかも覇気がなかった。あの男と別れたことは明白だった。追及すると、彼女は重い口を開いた。

「一週間前に中絶手術をした。彼女はそう言いました。詳しい話を聞こうとしたんですけど、彼女そのまま店から出ていってしまったんです。あとを追おうとしたんですけど、人混みに紛れて見失ってしまって……」

相手は二股をかけていたダンス講師だろうか。時期的にはそう考えてよさそうだ。

「それ以来、ずっと亜里沙に連絡をとり続けていました。でも何度か送ったＬＩＮＥも既読スルーされちゃって……。最近、インスタの更新が止まってたから、少し気になってました。あの子、自分の勤務先もインスタにアップしてるんです。だから昨夜お店に電話をかけてみて、それで……」

彼女の死を知ったということらしい。しかし店側も詳しい話を教えてくれないため、渋谷署まで出向いたというわけだ。

「ところで小塚さん」ずっと黙っていた聖奈が口を開く。「今は劇団員をされているようですが、どういった経緯で今のお仕事に？」

「少し前にオーディションで出会った人に誘われたんです。ダンスと演技。見無関係に見えますが、お客さんに見せるという意味では同じです。思っていた以上にうまくいってて、来月の公演にも出させてもらう予定です。貧乏なのは今も昔も変わらないですけどね」

この子はこの子なりに新しい居場所を見つけたというわけだ。問題は亜里沙の方だ。

「こんなことになるなら、もっと早く会いにいってあげればよかった。そうすれば何かできたかもしれない。本当に、私は……」

仁美はそう言って再び泣き始めてしまう。聖奈が彼女の手にハンカチを握らせているのが見えた。日樹は腕を組んだ。

ルール1、無念が晴れたら幽霊は成仏する。

亜里沙はどんな無念を抱え、幽霊として彷徨っているのだろうか。彼女が成仏する日は意外に近いのかもしれない。日樹は漠然とそう思った。

「へえ、いい部屋だ。とてもあいつが住んでた部屋とは思えないね」

午後八時、聖奈の自宅に予期せぬ訪問者が現れた。日樹の元恋人、監察医の友利京子だ。捜査を終えて帰宅し、シャワーから出てくるとインターホンの音が聞こえた。カメラの画面の中で彼女が手を振っていたのだ。こうして来られてしまうと部屋に上げないわけにもいかなかった。

「どうしたんですか？　いったい……」

「家賃高くない？　一人で住むには広過ぎないか」

「ええ、まあ……」

引っ越しは考えているが、それはまだ先になりそうだ。今は日樹を殺害した犯人を見つけ出し、さらに刑事課の仕事に慣れることを優先させたいと考えている。

「先生、今日はどうして、ここに……」

「お肉、好きかい？」

「えっ？　まあ嫌いではないですけど」

「いいサーロインを買ってきた。それから上等な赤ワインも。あんたと飲むのがいい供養になるんじゃないかと思って」

京子は持っていた紙袋をテーブルの上に置いた。中からサーロインのパックと赤ワインのボトルを出しながら言った。

「焼いてくれ。私はミディアムレアで」

「あ、はい」

「オープナーある？　それからグラスも」

「あ、はい」

京子はダイニングの椅子に座って、まずは持参したビールを飲み始めた。いつもこうなのだろうか。でもどこか好感が持てる。高校のときに所属していた剣道部にもこういう人はいた。頼り甲斐のある先輩、といったイメージだ。

肉を焼くだけでは物足りないので、つけ合わせの野菜としてアスパラガスとジャガイモを用意した。野菜は電子レンジで加熱し、その間に肉を焼くことにする。たしかに美味しそうな肉ではあるが、実は昼食も焼肉だった。丸藤といい、京子といい、どうして私にお肉を食べさせようとするのだろうか。

サーロインを焼き上げ、加熱した野菜を添えて出した。わさび醤油と塩を小皿に載せ、それも一緒に出す。「旨そうだ」と言い、京子は肉を一口食べ、満足そうにうなずいた。

「火の通り具合もちょうどいい。料理上手っていうのは本当のようだ」

「兄がそう言ってたんですか？」

「いや、私の勘だよ。日樹があんたと暮らし始めたのは知ってた。ちょうどその頃から日樹が割と真っ直ぐ家に帰るようになったからね。ほら、あんたも飲みな。美味しいワインだよ」

京子がワインをグラスに注いでくれる。一口飲んでみると、たしかに美味しかった。普段飲んでいる赤ワインよりも、一層味が濃いような気がした。

「どうした？　浮かない顔をしてるじゃないか。やっぱり刑事の仕事は大変なのか？」

今日聞いた話が気になっていた。宮前亜里沙という女性だ。兄が殺された日の朝、猿楽町で遺体となって発見された二十五歳の女性だ。彼女の友人の話によると、被害者は今年の四月頃に中絶手術を受けていたらしい。

「ああ、それなら知ってるよ」一連の出来事を話すと、京子はうなずいた。「解剖したのは私だからね。堕胎の件についても報告書には記してある。ただし死因との直接的関連はなし。事故と考えるのが妥当だと思う」

署に戻ってから王泉大附属病院から送られた報告書にも目を通した。遺体に堕胎した痕跡があることはちゃんと記入されていた。頭部の傷以外に目立った創傷もないようだった。現場の捜査に当たった鑑識課の職員にも話を聞いたが、事故でほぼ間違いないだろうと太鼓判を押していた。階段の上の方に滑った痕跡があって、その痕跡が本人が履いていた靴とも一致したという。

「彼女がどういう経緯で妊娠し、どんな事情で中絶手術を受けたのか。殺人事件でもないわけだし、それを気にする必要はないんじゃないかな」

「私もそう思うんですけど……」

兄の遺品の手帳。その最後に記されていた女性だ。しかも兄と同日に亡くなった人なのだから、ことによると一緒に三途(さんず)の川を渡るかもしれない。そう考えると気になってしまう存在だ。

「それよりかなりご活躍らしいな。私の耳に入ってくるくらいだから相当なもんじゃないか」

「いいえ、それほどでも……」

恐縮してしまう。最初に担当した医師の妻殺害も、そして今朝逮捕した暴力団の組長殺しも、どちらも決め手になったのはリアルな夢だ。まるで自分に霊視能力が備わったような気さえした。試しに聖奈は京子に訊いてみる。

「先生、夢で見たことが現実になる。いや、ちょっと違うな。夢で見たことが過去に実際に起きていた。そういうのってありますか？」

「ないよ、そんなの。どういうことだい？　そんなことがあったってことか？」

「……そうなんです。実は……」

あまり細部を説明してしまうと機密情報に触れるため、大まかに説明した。話を聞いた京子がグラスにワインを注ぎながら言った。

「随分都合のいい夢だな。でも刑事にとっては最高じゃないか。だって眠るだけで事件を解決できるってことだろう？」

「そうなんですけど……」

「霊感は強い方？　たとえば亡くなった被害者があんたに向けてメッセージを発しているんじゃないか」

こう見えて一応寺の娘だ。人の死というのは珍しいものではなかった。ただし霊感が強いと感じたことはない。むしろ鈍感な方だと思っている。

「私もあまりそっち方面には興味がないから知らないけど、その手の素質が一気に開花したとは考えられないか。何かをきっかけにして覚醒したんだよ。あんたの場合、兄貴の死がそれに該当するんだろうけどな」

日樹の死をきっかけに、今まで眠っていた力が開花した。そういうことだろうか。ただしあまりに現実離れしているため、まったく実感が湧かなかった。

「もしかすると今夜も眠れば何かわかるかもしれない。早く寝た方がいいいんじゃないか？」

「先生、やめてくださいよ」

「意外にイケるんだな。もう一本空いてしまった」

ボトルが空になってしまったらしい。すでにお互いステーキも食べ終えてしまっている。冷蔵庫に日樹が普段飲んでいたビールが入っているが、聖奈はあることを思いつき、試しにそれを提案する。

「先生、行ってみたいお店があるんですけど、一緒にどうですか？」

「今からか？　まあ別に構わないけど、ちなみにどんな店？」

聖奈は立ち上がり、空いた皿を下げながら言った。

「ガールズバーです。私、行ったことないんですよね」


その店は渋谷駅からほど近い雑居ビルの二階にあった。立地条件もよく、かなりの家賃になるだろうと思われた。店内はほぼ満席状態だった。円形のカウンターがあり、その中に七、八人の女性スタッフが立っていて、椅子に座る男性客と談笑していた。女性は皆、バニーガールの格好をしている。

ガールズバーに足を踏み入れるのは初めてだった。そのシステムすら理解していないが、店内を見ただけで仕組みは何となく理解できる。カウンター越しに女の子と話をする。それだけだろう。

「いらっしゃいませ」

そう言いながら男の店員が近づいてきた。訝しげな視線を送ってくる。女性二人という組み合わせが珍しいに違いない。聖奈は警察バッジを見せた。

「渋谷署の者です。宮前亜里沙さんのことでお話を伺いたく参りました。スタッフの中で彼女と親しかった人と話をしたいのですが」

「だったらトモリンかな。あ、奥の空いてる席に座ってください。今、呼んでくるので」

カウンターの一角に空いているスペースがあり、京子と並んでスツールに腰かけた。京子もこの手の店に来たのは初めてのようで、興味深い様子で店内を見回している。女性スタッフが注文をとりに来たので、聖奈はウーロン茶を、京子はハイボールを注文した。

「お待たせしました、私がトモリンです」

バニーガールの格好をした女性が目の前に現れた。髪を金色に染めた、なかなか長身の女の子だった。トモミとかトモコというのが本名なのかもしれない。腰のネームプレートには『トモリン』と書かれていて、ご丁寧にスリーサイズまで記されていた。

こうして目の前に立たれると、若干気後れしてしまった。横から京子が口を出す。

「こんばんは。この子は渋谷署の刑事で、私はその友達の医者。亡くなった宮前さんと仲が良かったと聞いてるけど」

「まあまあかな。たまに一緒に買い物に行く程度ですよ。亜里沙、事故じゃなかったってこと？」

「現在捜査中です」聖奈は答える。京子が先陣を切ってくれたお陰でだいぶ話し易くなった。

「生前の宮前さんですが、あなたから見て何か気になる点はありませんでしたか？」

「別に普通だったよ。亡くなった日もいつも通り仕事をして、帰りに一緒にラーメン食べて、店の前で手を振って別れた。昼に店長から電話がかかってきて、マジでビビった。警察が来るかもって聞いてたけど、それきりになってたから、もう来ないと思ってたわ」

まさか事件を担当するはずだった刑事が死んでしまったとは言えない。やはりあの件を話すしかないらしい。聖奈は声のトーンを若干落として訊いた。

「実は宮前さんですが、今年の四月頃に中絶手術を受けていたようなんです。お近くで見ていて、何か気づいたことはありませんか？」

「嘘でしょ？」

トモリンが大きく目を見開いた。

「本当です。解剖の結果、明らかになりました」

「亜里沙、解剖されちゃったんだ。可哀想」

「お相手の男性の方に心当たりはございませんか？」

「わからないなあ。でも今年の四月なんですよね。何となく憶えてる。その頃、あの子体調崩したみたいで、何日か連続してお店を休んだことがあったから。店のスタッフ全員でお花見に行ったんだけど、亜里沙だけは休んだ気がする」

それから角度を変えて質問をしてみたが、参考になるような話は出てこなかった。トモリンが別の客に呼ばれたようなので、いったん彼女を解放した。隣に座る京子が言う。

「これ以上は深入りしなくてもいいんじゃないか。彼女は事故死で決まりだ。被害者の無念を晴らしたいのはわかるけどな」

「そうですね」

聖奈はウーロン茶を口にする。そもそも事件性のない案件だ。被害者が中絶手術をしていたという新事実がわかっても、それはあくまでも故人のプライベートな問題だ。私ごときが口を挟む問題でもないのかもしれない。

「それにしても似てないな」京子が片肘をつき、聖奈の顔を見ながら言った。「同じ遺伝子を共有しているとは思えない。もしやあんたと日樹、血が繋がっていないのか？」

隠しておくような話でもなかった。それに聖奈は友利京子という女性に心を許し始めていた。こういったサバサバした感じの女性は周囲にあまりいない。

「そうです。私は養子です。生まれた直後に長島家に引きとられたと聞いてます」

「なるほど。そういうことか」

京子はしたり顔でうなずいて、グラスのハイボールを飲み干した。聖奈は京子に訊く。

「なるほど、ってどういう意味ですか？」

京子は答えず、空いたグラスを持ち上げて言った。

「おーい、トモリン。ハイボールのおかわりを持ってきてくれ」

店内ではバニーガールの格好をした女の子たちが客と談笑している。とても楽しそうだ。客も女の子もリラックスした感じで話している。トモリンが新しいハイボールのグラスを持ち、聖奈たちの前にやってきた。京子の前にグラスを置きながら彼女が言った。

「刑事さん、そういえば思い出したことがあるんです。最後に会った日、亜里沙が亡くなる直前、ラーメン食べてたときです。今思えば亜里沙、いつにも増して機嫌が良かったんですよね。ラーメン屋でビール飲みながら、彼女言ったんですよ。『ちょっといいことがあった』って。何のことか教えてくれなかったけど、あれは何を言いたかったんだろう」

ラーメン屋の前で友人と別れた数時間後、宮前亜里沙は遺体となって発見される。ちょっといいこと、とはいったい何を意味しているのだろうか。


「やっぱりここにいたのかよ」

渋谷の映画館の一番後ろの座席に、亜里沙は座っていた。上映しているのはハリウッドのアクション映画だ。今はカーチェイスの最中らしく、黒いレンジローバーがパトカーに追われていた。レンジローバーの車体には銃弾を受けた跡が無数についている。

さきほど自宅に突然京子が訪れてきた。聖奈と京子。日樹にとってはちょっと予想もつかない組み合わせに驚いた。どんな話をするのかと思っていたところ、いきなり聖奈が肉を焼き始めてしまったものだから大変だった。やはり肉が焼ける匂いは好きではなかった。二人の会話も気になったが、日樹はたまらず部屋から退散した。そして亜里沙を探してこの映画館にやってきたのだ。

日樹は亜里沙の隣に座った。映画館は空いている。客は全員で二十人ほどだろうか。本来であればポップコーンを食べたいところだったが、生憎幽霊は物を食べることができない。もちろんドリンクも。

亜里沙は何も言わず、スクリーンに目を向けていた。レンジローバーに乗る犯人一味は窓から手を出してサブマシンガンをぶっ放している。タイヤを撃たれたパトカーが横転し、後続車に激突した。運転していた警官は軽傷では済まないはずだ。日本の警察は平和だと心底思う。

「私のこと、馬鹿な女だと思ってるんでしょ」

急に亜里沙がそう言った。否定の言葉が咄嗟に出てこなかったのは、ここが映画館だからだ。映画館で普通に話をすることに抵抗がある。日樹は小声で言った。

「いや、思ってねえよ」

「聞いたんでしょ、私の話」

「まあな」

「本当馬鹿だった」亜里沙が溜め息混じりで話し始める。「私は親友よりも、男を選んでしまったの。同居してた部屋を出た私は、そのまま彼と同棲を始めるつもりだったんだけど、彼に断られてしまったんだよね。一人の時間が大事だから。彼はそう言ったけど、その時点で気づくべきだった」

猿楽町に手頃な物件を見つけ、そこに住み始めた。できるだけ時給のいいバイトを探していると、ガールズバーのチラシが目に入った。面接を受けると即採用を言い渡され、その日の夜にはバニーガールの衣装を着ていた。初めて出勤した日にたまたま帰る方向が一緒の子がいて、その子と帰りにラーメン屋に入った。店ではトモリンと呼ばれている子だった。

働き始めて三ヵ月ほど経った頃、ある変化が現れた。店で接客をしているとき、不意に気持ちが悪くなり、トイレに入って嘔吐してしまったのだ。すぐに薬局で妊娠検査薬を買って調べてみると、結果は陽性だった。念のために産婦人科でも診察を受けた。妊娠二ヵ月と診断された。

「それを彼に伝えたんだけど、それっきり一切連絡がつかなくなった。家に押しかけても入れてもらえなかった。電話やメールも無視された。しばらくしてメールが来て、時間と場所だけが書いてあった」

レンジローバーは逃げ切ったらしい。廃工場の中に逃げ込んだ悪人たちだったが、そこで仲間割れが始まってしまう。日樹はスクリーンに目を向けながら、亜里沙の話に耳を傾けていた。

「待ち合わせの場所はホテルの一室だった。そこにいたのは彼ではなく、弁護士だった。十万円渡された。これ以上欲しかったら裁判でも起こせ。そう言って弁護士は去っていこうとした。私はあとを追った。そしたらその弁護士が言ったのよ」

金をもらえただけでも有り難く思え。お前みたいな女、相手にしてる暇はないんだよ。子供堕ろしたら俺のところに来い。稼げる仕事を紹介してやるから。

「死ぬほどムカついた。でもどうにもできないし、何も反論できなかった。本当馬鹿だよね、私って。どうしようもない男のために親友と別れて、おまけに夢まで手放した。子供はどうしようか迷ったけど、産んでも経済的に育てる自信がなかったから、仕方なく手術をした。それで、挙句の果てに酔って帰って、階段で足を踏み外して死んじゃったんだよ。こんな人生ってある？　こんな悲惨な人生、聞いたことがないよ。悲し過ぎて涙も出ないよ」

かける言葉が見つからない。日樹は何も言えず、黙ってスクリーンに目を向けた。悪人たちは仲間割れをして廃工場内で撃ち合いを始めてしまったようだ。

「いつまで私、こうして彷徨ってるんだろ。別にこの世に未練なんかないし、早く消え去ってもいいと思ってる。でも消えないの。いつまで経っても消えないんだよね」

ルール1、無念が晴れたら幽霊は成仏する。

ここに一人、成仏したくても成仏できない幽霊がいる。ただし日樹自身、彼女の存在には非常に助けられている。死んだ直後、彼女がいてくれたお陰でパニックにならずに済んだし、こうして映画館に忍び込むという裏技も覚えた。彼女には返しきれないほどの恩がある。

「その元恋人って野郎に復讐してやろうぜ。俺も協力する」

「実はもうやってる」亜里沙は素っ気なく言った。「毎晩自宅に侵入して、枕元に立って悪夢を流し込んでやってるの。もう一週間になるかな。結構効果あるよ。精神科の予約入れたくらい。でも何か馬鹿馬鹿しくなってきたから、もうやめようと思ってる」

亜里沙が立ち上がる気配を感じた。彼女は席を立ち、通路を歩き始めた。

「観ないのか？」

「もう三回目だもん、この映画」

亜里沙はそう言って通路を歩いていった。実は日樹も二回目だ。幽霊の暇潰しも楽ではない。


翌日の昼前、日樹は下北沢を歩いていた。隣には亜里沙の姿がある。日差しが強いため、亜里沙はあまり元気がない。日樹も同じく本調子ではない。日差しは幽霊から気力を奪うのだ。

「ねえ、ハルさん。まだ着かないの？」

「もうすぐじゃないか？　我慢しろ」

日樹の目の前には聖奈の背中が見える。朝から何やら署で調べものをしたあと、聖奈は電車に乗って下北沢までやってきたのだ。今日は森脇と一緒ではなく、聖奈は一人で行動している。

聖奈が足を止め、雑居ビルの中に入っていった。向かった先は地下にある広めのダンススタジオだった。そこには二十人ほどの男女がいた。芝居の稽古をしている最中らしい。

「ハルさん、ここって……」

亜里沙が戸惑ったようにスタジオを見ている。ちょうど日樹たちの目の前では三人ほどの男女が演技をしていた。それ以外の者は座って演技を見守っている。パイプ椅子に座った男だけはジャージ姿ではない。あの男が演出家だろうか。

「はい、次」

演出家の声にメンバーが入れ替わる。別のシーンの稽古に入ったようだった。今度は六人の男女が立ち上がり、演技を始めるようだった。そのうちの一人の女性に視線が吸い寄せられた。亜里沙も口を覆い、彼女に目を向けていた。

「仁美……」

亜里沙の元ルームメイトである小塚仁美だ。今、おこなわれているのは仁美が所属する劇団の稽古だった。仁美が自分の台詞を口にしたあと、その場に倒れた。そういう演技をしているようだ。日樹は亜里沙に説明する。

「知り合いから紹介されて、最近ではダンスではなく、芝居に力を入れてるようだ。多分この劇団に所属しているんだろうな」

メンバーを入れ替えつつ、稽古は続行された。たまに演出家の指導が入ると、劇団員たちは自分の台本にペンを走らせる。ヨーロッパの中世を舞台にした劇らしい。日樹は舞台など観たことがないが、もしかすると有名な演劇なのかもしれない。

「じゃあ十分間休憩だ」

演出家の声が聞こえた。劇団員たちはそれぞれペットボトルを持ち、台本に目を落としている。聖奈が仁美に近づいていき、背後から声をかけた。

「稽古中にすみません。少しよろしいですか」

「刑事さん……何でしょうか？」

二人は劇団員たちの輪から離れ、壁際まで歩いてくる。聖奈が口を開いた。

「実は昨日、宮前さんの働いていたガールズバーを訪れました。彼女が親しくしていた女性スタッフから話を聞くことができたんです」

昨夜、日樹が映画館から自宅に戻ったとき、聖奈の姿はなかった。亜里沙が勤務していたガールズバーに行っていたらしい。きっと京子も一緒だったはずだ。

「刑事さん、休憩はすぐに終わります。できればまたの機会に……」

「三分で済みます」と聖奈は早口で話した。「宮前さんが亡くなる直前、その同僚とラーメン屋に入ったそうです。宮前さんは珍しく機嫌がよく、同僚の方に言ったそうです。『ちょっといいことがあった』と。いったい何があったのか、気になったので調べてみました」

聖奈がバッグの中からスマートフォンを出した。証拠保存用のビニール袋に入れられている。今は署で保管しているが、そろそろ遺族に返却されるはずだ。

「宮前さんのスマホです。メールアプリを確認したところ、亡くなる前日にクレジットカードの会社から決済完了のメールが届いてました。購入したのはチケットです」

聖奈が仁美に向かって画面を見せる。購入したチケットの詳細が記されている。来月下北沢の劇場で公演されるはずの舞台の前売り券だ。画面を見た仁美が口を覆った。

「これって、うちの劇団の……」

「そうです。あなたが出演する舞台のチケットです。どういう経緯か定かではないですが、宮前さんはあなたがお芝居を始めたことを知ったんでしょう。かつての親友であるあなたが新しい道を歩み始めたことを知って、それを喜んでいたんです。そしてこのチケットを購入した。同僚に語ったちょっといいこととは、このチケットを買ったことだったんです。だから彼女は上機嫌だったのかもしれません」

日樹は亜里沙を見た。何も言わず、やや下を向いている。否定をしないということは、聖奈の言葉は真実を言い当てているのだろう。

「どうしてもこれだけは伝えておきたいと思いました。お時間をいただき申し訳ありませんでした」

聖奈は一礼した。はっきり言って今回の聖奈の行動は、刑事の業務の範疇を超えている。いわば余計なお世話に近い。それでも日樹は聖奈のとった行動を褒め称えたい気分だった。徳を積む、とはこのことだ。さすが寺の娘だけのことはある。

「刑事さん」と仁美が聖奈に向かって声をかけた。「教えてくださってありがとうございました。亜里沙も観ていると思って、次の公演頑張ります。もしよかったら刑事さんも観にきてください」

「わかりました。時間があれば是非」

そう言って聖奈は歩き去っていく。仁美はペットボトル片手に仲間たちのもとに駆けていく。休憩が終わり、稽古が再開されるらしい。亜里沙は元ルームメイトの姿を目で追いながら言った。

「あの子が芝居をやってるのは、共通の友達のインスタで知ったの。嬉しかった。私がダンスを辞めたみたいにあの子も辞めてないか心配してたから。しかも来月に公演があるって知って、その前売りチケットを買った。公演のときには差し入れ持参で楽屋を訪ねて、ちゃんと謝ろうと思ってた」

しかしその願いは叶わずに終わる。あろうことか亜里沙は階段で足を滑らせ、命を落としてしまったのだ。

「聖奈ちゃんに感謝してる。私が伝えたかったこと、代わりに言ってくれたような気がしたから。ハルさん、私、これで成仏できそうだよ」

まさか――。日樹は隣を見る。亜里沙は右手を前に出し、その手を見つめている。消えるのか。このまま亜里沙は成仏してしまうのか。勝本組長を見送ったので大体わかる。体が砂のようになり、そのまま風に流されるように消え去るのだ。

日樹は息を飲んで亜里沙の右手を見守った。しかしどれだけ待っても亜里沙の体に異変は起きなかった。彼女があっけらかんとした口調で言う。

「駄目だ。まだ成仏しないみたい」

「しないのかよ」

思わず突っ込んでいたが、日樹は安堵していた。いずれ別れる日が来るとはわかっていても、今はこの女ともうしばらく一緒にいたいと思った。

「私、仁美の稽古をしばらく見てる。ハルさんは？」

「俺は聖奈を追う。またあとでな、亜里沙」

日樹はスタジオから出て、階段を駆け上った。通路で立ち止まっている聖奈の背中が見えた。スマートフォンを耳に当てている。近づいていくと彼女の声が聞こえてきた。

「……そんなはずはありません。何かの間違いだと思います」

日樹は聖奈のスマートフォンに耳を押し当てる。森脇の声が聞こえてきた。

「本当なんだよ、聖奈ちゃん。僕だって信じられないよ。朝倉が事情聴取でそう証言したみたいだ」

続く森脇の言葉を聞き、日樹は言葉を失った。

「俺が長島日樹を殺害した。朝倉はそう言ってるみたいなんだよ」

聖奈は署に戻った。すぐに強行犯係に向かい、そこにいた係長の高柳に詰め寄った。

「係長、どういうことですか？　朝倉が兄を殺したって本当ですか。ねえ、係長。黙ってないで答えてくださいって」

「俺も驚いてるところなんだよ」

「冗談じゃありませんよ。私は朝倉と話したからわかります。彼が兄を殺したなら、あのとき打ち明けてくれてたはずです。彼は根っからの悪人じゃありません」

朝倉を逮捕したのは昨日の朝だ。素直に事情聴取に応じていると聞いていた。

「でも本人が自供したって話だぞ。それより長島、お前、やっぱり兄貴に似てるな。こうして俺に食ってかかってくるところなんて、そっくりだぞ」

「とにかく私は信じませんので」

自分のデスクに行き、バッグを置いた。隣の森脇が小声で話しかけてくる。

「実は僕も詳しい話は聞いてない。さっき内線電話で丸藤さんが教えてくれたんだ。丸藤さんも出先で聞いたみたいで、詳しいことは知らない様子だった。もしかすると戻ってきているかもしれないよ」

すぐに森脇とともに組織犯罪対策課に向かうことにした。朝倉の取り調べは組織犯罪対策課がおこなっていた。殺害されたのは暴力団の組長であるからだ。

丸藤は自分のデスクにいた。足をデスクの上に載せ、肉まんを食べている。聖奈は丸藤に近づいて本題を切り出した。

「丸藤さん、どういうことですか？　朝倉が兄を殺したって本当ですか？」

「俺も帰ってきたばかりで詳しいことは知らねえが、そううたったらしいぜ」

うたう、というのは自供するという意味だ。丸藤が肉まんを食べながら説明する。

「昨日の時点で朝倉は全面的に罪を認めていた。自分が勝本を殺害したとな。ただし間島組との関わりについては一切を否定した。あくまでも自分の意思で勝本を殺害した。その一点張りだった」

罪を償ったあとは裏の社会から足を洗い、やり直したい。彼はそう考えているはずだ。だとしたら素直に間島組の幹部から命令されて殺害したと自供してもよさそうだが、そう簡単な話ではないらしい。もしそれをしようものなら、間島組から報復される恐れがあるからだ。

「奴の単独犯という形で俺たちも送検する方向で動いていた。ところがだ。今日になっていきなりハルちゃんの事件への関与を言い出したらしい。長島という刑事を殺したのは俺だ。そう証言したようだ」

肉まんを食べ終えた丸藤は紙パックのコーヒー牛乳を喉を鳴らして飲んだ。一リットル入りのコーヒー牛乳をラッパ飲みだ。まるで牛みたいだな。そんなことを思いつつも聖奈は丸藤に訊いた。

「なぜ兄を殺害したのか。動機については何と話してるんですか?」

「このままだと居場所が見つかってしまうから。そう証言しているようだ。たしかにハルちゃんが朝倉に目をつけていたのは事実だが、そこまで本格的に捜査をしていたわけじゃねえ。俺も最初は疑っていたが、それは早とちりだったと反省してる」

勝本組長を殺害したのち、自首する決意が鈍った朝倉は、妹が勤務する病院のボイラー室に潜伏していた。捜査状況などを知り得る立場ではないし、その方法すらない。

「おかしいですよ」と聖奈も丸藤の意見に同調する。「無理があります。朝倉は何らかの意図があり、兄殺害の罪を被ろうとしているんですよ。そうじゃなかったら昨日の時点で自白しているはずですから」

「鋭いな、お嬢ちゃん、実は昨日の夜、朝倉と面会した者がいた。そして今日になって新証言を出してきた。臭うよな」

　一瞬、美紀という妹の顔が頭に浮かんだが、いくら家族といってもそう簡単に面会できるわけはないと思い直す。ずっと黙っていた森脇が口を挟んだ。

「弁護士あたりじゃないですか」

「坊や、正解だ。担当する弁護士が面会を申し出たんだよ。そうなるとこっちも断ることはできねえ。言っちゃ悪いが、朝倉を弁護しても一文の得にもなりゃしねえし、そもそも朝倉に弁護士を雇う金なんてねえはずだ」

　そこまで説明してもらえれば聖奈にも察しがついた。聖奈は言った。

「間島組の息がかかった弁護士ですね」

「大方そんなところだろう。朝倉はおそらく間島組の弁護士に言わされているだけだ。でもな、お嬢ちゃん。一つだけ嫌な点がある。もしもハルちゃんが間島組の意向で始末されたと考えるなら、あの話もあながち間違いじゃねえってことになるんだよ」

　そういうことか。聖奈は丸藤の言わんとしていることに気がついた。その気持ちを森脇が代弁してくれる。

「先輩は内通者だった。しかし何らかの理由により、間島組にとって邪魔な存在となった。そういう考え方もできるってことですね」

「そういうことだ」と丸藤がうなずいた。「内通者の存在が署内で囁かれ始めたのが二年ほど前だ。間島組が勢いを増し始めたのも、ちょうどその頃だ。情報が洩れたとされる案件はいずれも間島組、もしくは間島組の息のかかったグループの犯罪だった」

内通者は間島組と太いパイプで結ばれていたということか。しかし両者の間に亀裂が走り、内通者は消されたというわけだ。しかし聖奈はそもそも日樹を信じている。兄が暴力団に情報を流していたなんて有り得ない。どんな証拠が出てこようが、自分だけは最後まで兄を信じるつもりでいた。

「展開の予想がつかん。朝倉がハルちゃん殺しをうたっている以上、俺たちも無視はできねえからな。それに朝倉も結構細かいところまで証言していて、あとは物証さえあれば奴を犯人と断定せざるを得ない状況らしい」

「お願いです、丸藤さん。朝倉と話をさせてください。彼は嘘をついているんです。私が吐かせてみせますから」

「そいつは無理な相談だ。一応奴の身柄は組対で押さえてんだ。強行犯係の出る幕はねえ。それにどの口が言ってんだよ。お前は刑事になりたてホヤホヤの一年生じゃねえか。取り調べなんてできっこないだろうが」

「そこを何とか」と聖奈が頭を目一杯下げた。しかし返ってきた返事はつれないものだった。

「駄目だ。だがな、お嬢ちゃん。俺だってハルちゃんをやった野郎はどうにかして捕まえたい。そのために何ができるか、俺なりに考えてみるつもりだ」

兄を殺した真犯人を捕まえる。そのために私はここに来た。今の私にできることとは何だろうか。

「……本当です。俺がやりました。間違いありません」

「じゃあ当日の行動を詳しく説明してみろ」

「隠れてた中野の潜伏先を出てから、中央線に乗って新宿に行きました。駅に着いたのは午後六時くらいだったと思います。そこから徒歩で現場に向かいました」

日樹の目の前では朝倉泰輔に対する事情聴取がおこなわれている。取り調べをおこなっている二名の刑事はいずれも渋谷署の組織犯罪対策課の者だ。

「……コンビニがあったので、その向かいの雑居ビルの非常階段で時間を潰しました。午後八時くらいだったと思いますが、長島がやってきました。長島はコンビニに入り、そこで買い物を済ませて、店から出てきたんです」

割としっかりした供述だ。刺される前、たしかに日樹はコンビニに入り、そこで缶のハイボールやつまみを買った。

「電話がかかってきたみたいで、奴はスマホで話してました。すぐに通話は終わったらしく、そのまま細い路地に入っていきました。俺は奴を追いました。上着の中に隠していた包丁を出し、体ごと背中にぶつかるように刺しました」

「凶器はどうした？」

「すみません。何も憶えてないんです」

なぜ朝倉が日樹を殺そうと思ったのか。その説明はこうだ。中野の潜伏先に隠れていたところ、昔の仲間から連絡があり、渋谷署の長島という刑事が自分を捜していると教えられた。見つかる前に先に始末をしなければ。そう思い、犯行に及んだ。

細部は甘いが、全否定できる話でもないから厄介だった。それに日樹は実は内通者であり、邪魔になって口を塞がれたという、とんでもない仮説さえも囁かれている。しかし神に誓って反社会的勢力に情報を流したことは一度もない。

日樹は壁をすり抜けて、隣の部屋に移動した。こういうとき幽霊は便利だ。隣の部屋には四人の男がいた。マジックミラー越しに取り調べの様子を眺めている。スピーカーから音声も聞こえてくる。

四人のうち、二人は新宿署の捜査本部から来ている捜査員だ。日樹殺害の事件は厳密に言えば渋谷署の管轄ではないのだ。

「殺された長島ですが、勤務態度はどうでしたか？」

男が言った。先日日樹のデスクから私物を押収していった際、威張っていた男だ。捜査一課の管理官らしい。捜査を指揮する立場の人間だ。

「悪くありません」質問に答えたのは組対の係長だった。何度か飲んだことのある旧知の仲だ。「刑事としても優秀な部類に入ると思います」

「渋谷署には反社に通じている内通者がいると言われていたそうですね。長島が内通者だった可能性はありませんか？」

「それは何とも……」

係長が言葉を濁した。否定したい気持ちはあるのだが、絶対にないとは言い切れない。そんな口振りだった。管理官が続けた。

「長島は反社に通じており、それが理由で命を狙われた。それが現在、うちの捜査本部で描いている事件の図です。朝倉は間島組の命を受け、長島の殺害に及んだのでしょう。昨日面会に来た弁護士は誰でしたか？」

「羽佐間（はざま）という男です」組対の係長が答える。「間島組の顧問弁護士ではないようですが、何らかの繋がりがあると考えています。五年ほど前に詐欺の疑いで逮捕されていますが、証拠不十分で不起訴処分になっています。いずれにしても悪徳弁護士と考えてよさそうですね」

金のためならどんな依頼でも引き受ける弁護士ということだ。世の中に悪人がいる以上、そういう弁護士も少数ではあるが存在する。

「恵比寿（えびす）にあるマンションの一室が自宅兼事務所になっているようです。現在、うちの者が見張っています」

組対の係長がコピー用紙を出した。そこには弁護士の名刺のコピーが見えた。羽佐間慎二（しんじ）という名前だった。日樹はその住所を頭に刻み込む。

「引き続き取り調べをお願いします。我々は新宿署に戻ります。できれば近日中に朝倉の身柄を新宿署に移したうえ、長島日樹殺害の容疑で逮捕したいと考えています」

管理官は部下を連れて部屋から出ていった。すると組対の若い捜査員が係長に向かって言った。

「係長、本当にこのままでいいんですか？　このままだと朝倉がハルさん殺しの犯人にされてしまいますよ」

「仕方ないだろ。朝倉が自供しちまっているんだから」

「俺、信じられないっすよ。あのハルさんが内通者だったなんて」

この若手刑事とも何度か一緒に飲みにいったことがある。丸藤が連れてきたのだ。

「俺だって信じられん。だがな、案外そういうものかもしれない。二面性ってやつだな。長島の野郎が間島組に通じてたなんて、誰も想像してなかっただろ」

「そうかもしれませんけど……」

俺じゃねえよ。神に誓ってな。

日樹はそう叫びたい気持ちだったが、その声が二人に届くわけがないので黙っていることにした。時間はそれほど残されていない。どうにかして自分が内通者でないことを立証しなければならない。だが、そんなことが今の俺にできるのだろうか。

一時間後、日樹は恵比寿にある十五階建てのマンションにいた。朝倉に入れ知恵をしたとされる弁護士、羽佐間慎二の自宅兼事務所を訪ねたのだ。訪ねるといっても幽霊にはインターホンを鳴らすこともできないし、エレベーターのボタンも押せない。ドアをすり抜けて中に入るのが幽霊のやり方だ。完全に不法侵入だ。

広い部屋だった。刑事の安月給ではとても住めない物件だ。壁は全面が白い塗り壁で、家具は黒で統一されていた。大きな水槽の中で無数の熱帯魚が泳いでいる。

リビングのソファに一人の男が座っていた。部屋中を隈なく見て回ったのだが、部屋にいるのはこの男だけだった。年齢は四十歳前後。彫りの深い顔立ちをしている。チャラそうな男で、金の匂いがプンプンする。

羽佐間は膝の上に置いたタブレット端末を眺めていた。仕事の資料でも見ているのかと思ったら、画面に映っていたのは韓国ドラマだった。幽霊が辛いのは、こういうときに何もできないところだ。書斎にあったパソコンを操作することもできないし、キャビネットの書類を出して調べることもできない。ただただ傍観者であり続けること。それが幽霊だ。

仕方ないので、日樹はリビングの壁際で待っていることにした。ぼうっとしていると意識が遠のいていく。インターホンの音で日樹は我に返った。現在の時刻は午後九時になろうとしている。三時間も気を失っていたようだ。

羽佐間が立ち上がり、ボタンを操作してオートロックを解除した。しばらく待っているとインターホンが鳴り、羽佐間は玄関に向かって歩いていく。開けたドアの向こうに立っているのは宅配便の制服を着た男だった。羽佐間は段ボールを受けとり、部屋の中に戻っていく。妙なのは宅配便の男だ。その場から動こうとしないのだ。

リビングに戻った羽佐間は段ボールを開けた。中から羽佐間は衣服をとり出した。それを見て、日樹はからくりを理解した。段ボールに入っていた衣服は宅配便の制服だ。

羽佐間は宅配便の制服に着替える。そしてみずからの着替えを段ボールの中に入れ、ガムテープで封をした。そして段ボール片手に部屋から出ていく。宅配便の男は玄関の外に突っ立ったままだ。

「悪いね。あとはよろしく」

羽佐間はそう言い残して、通路を歩いていく。宅配便の男は偽者だ。外を警察に見張られていることを考慮し、羽佐間に手を貸したのだ。

エレベーターに乗り、一階まで降りた。羽佐間は堂々とエントランスから外に出ていった。マンションの向かい側に黒い覆面パトカーが停まっているが、中に乗った刑事はまったく注意を払っていない。お前たち、ちゃんと仕事しろよ。日樹はそう声をかけたが、もし自分が彼らと同じ立場だったとしても、まさか羽佐間が宅配便の配達員に扮してマンションから出てくるとは想像もしないはずだ。

羽佐間は段ボール片手に歩いていく。角を曲がり、近くにあったコンビニの店内に入った。トイレの中で着替えるのだろう。店の前で待っていると背後から「ハルさん」と声をかけられた。振り返ると亜里沙が立っている。

「何してんの？」

「ちょっとな」

この半日で起きた大きな動きを話す。それを聞いた亜里沙が目を見開いた。

「有り得ないって。朝倉君って元野球少年だった子でしょ。あの子がハルさんを殺した犯人のわけないじゃん」

「しょうがねえだろ。奴が自供しちまったんだから」

コンビニから羽佐間が出てきた。顔を隠すためか、マスクをして帽子まで被っている。羽佐間がタクシーに乗ったので、日樹たちも同乗する。

五分ほど走ってタクシーは停車した。見たことのある建物の前だ。コンクリ造りの三階建てのビルは、若者が集うことで有名な、渋谷で三本の指に入るクラブだ。日樹も何度か聞き込みで訪れたことがある。

タクシーから降りた羽佐間は入り口から中に入っていく。その背中を日樹は追いかけた。店内に入ると騒々しい音楽が聴こえてくる。フロアの中央はダンスをする場所になっていて、若い男女が踊っている。三階まで吹き抜けの構造になっており、二階と三階のフロアはドーナツ状だった。階段を上っていく羽佐間の姿が見える。ちょうど羽佐間は二階から三階へと上っていくところだった。たしか三階のＶＩＰルームは許可がないと立ち入れないのではなかったか。亜里沙がややテンション高めの声で言う。

「ここ、初めて」

「そうか。意外だな」

「こう見えて結構真面目だったからね。見てて」

亜里沙がフロアに出た。そしておもむろにステップを踏み、踊り始めた。徐々にそのダンスは激しくなっていく。まったくダンスに無知な日樹から見ても、一目でただ者ではないとわかる動きだった。今、フロアで踊っている誰よりも上手い。しかも段違いとも言える上手さで、ほかの客たちに見せてあげられないのが惜しいほどだ。

「おいおい、凄えな」

日樹は拍手をして亜里沙を称えた。亜里沙はいったん踊りをやめて言った。

「このくらいは朝飯前。でも幽霊っていいよ。どれだけ踊っても疲れないし、息も上がらないもん」

再び亜里沙は踊り出した。楽しそうで何よりだ。彼女も彼女なりにいろいろあったあとなので、こうして踊って息抜きができることは良いことなのかもしれない。羽佐間の様子が気になったため、日樹は三階に向かうことにした。

「亜里沙、先に行ってるぞ」

「うん、わかった」

階段で二階に向かう。二階から三階へ向かう階段にはドアがあり、ガードマンの許可がなければ入れないようになっていた。ドアをすり抜け、階段を上って三階に向かう。

一番奥の広い部屋だった。低いテーブルがあり、それを囲むようにソファが置かれている。十人ほどの男女が交互に座っており、グラス片手に談笑していた。マスクを外した羽佐間の姿も見えた。隣に座る女からグラスを受けとっていた。中身はシャンパンらしい。

女たちはキャバクラ嬢あたりか。問題は男たちだ。どの男もスーツにノーネクタイという格好で、年齢は三十代くらいが多い。ＩＴ企業の飲み会といった雰囲気でもあるが、それにしては不穏な気配が漂っている。

しばらく様子を観察していると、一人の男が立ち上がるのが見えた。スマートフォン片手に部屋から出ていき、通路で話し始めた。男に近づいて聞き耳を立てる。

「……羽佐間先生がお見えになりました。特に問題なさそうです。マンション前にサツが張っていたそうですが、例の作戦で気づかれていません」

間島組だろうな。日樹はそう結論づける。ＩＴ企業の会社員が警察のことをサツと呼んだりしない。男は通話を終えて部屋の中に戻っていく。

しばらく見守っていたが、特にビジネスの話になるわけでもなく、楽しげに飲んでいるだけだった。いわゆる接待の場なのかもしれない。羽佐間は朝倉と面会し、彼が偽証をするように仕向けた。それが成功を収めたため、羽佐間の労をねぎらっているのだ。

「ハルさん、こんなところにいたんだ」振り返ると亜里沙が部屋に入ってきた。「さすが流行ってる店だけあって混んでるね。あ、ドンペリじゃない。豪勢だね。こういう人たちって実在してるんだね。セレブっていうか……」

亜里沙が突然、黙りこくった。その視線の先には羽佐間の姿がある。羽佐間は今、電子タバコを吸っていた。

「おい、亜里沙、どうしたんだ？」

亜里沙は羽佐間の方を指でさし、震える声で言った。

「ハルさん、こいつだ。こいつなんだよ……」

「いったい何の話だ？」

「昨夜言ったでしょ。元カレの使いでやってきた弁護士だよ。この男が私に暴言を吐いたんだ。この面だけは絶対に忘れないよ」

亜里沙がそう言って、険しい目つきで羽佐間を睨みつけた。

午後十一時少し前、聖奈は渋谷にある居酒屋にいた。森脇も一緒だった。残業を終えて遅い夕食を食べることになったのだ。

今日の午後は報告書の作成に追われていた。刑事も意外に書類仕事が多いんだぜ。生前、兄が言っていたことがわかったような気がした。

「聖奈ちゃん、本当に刑事に向いてるよね」

「そうですか？　ただ闇雲に動き回ってるだけですけど」

まだ一週間も経っていないのだが、体内時計の感覚ではもっと多くの時間が経過したような気がする。それだけ濃密だったということだろう。森脇は少し酔っているのか、頬のあたりが赤い。ジョッキ片手に森脇が言う。

「その動き回るってことが難しいんだよ。普通の人だったらそんなに動けないって。先輩の妹なんだなって実感するよ」

「森脇さんはどうだったんですか？」

彼は今年の四月の人事異動から刑事になったと聞いている。強行犯係では聖奈の次に経験の浅い刑事だった。

「席で固まってたよ。お地蔵さんみたいにね。実は最初に組まされたのは先輩じゃなくて、別の人だったんだよ。その人から最初に渡されたのは分厚い報告書のファイルだった。これを読んで勉強しろという意味だね」

現場に連れていかれることはなく、ずっとデスクで書類に目を通していた。そんな日々が一週間も続いた頃だった。朝、出勤すると、いきなり日樹が森脇の席にやってきたらしい。そして森脇の世話係の刑事に向かって日樹は言った。ちょっとこいつ、借りていいっすか。

「署を出て、喫茶店に連れていかれた。ほら、丸藤さんがよく行くあの店だよ。そこで事件の概要を説明された。円山町で発生した強盗事件で、目撃者の協力で作られた似顔絵だけが頼りだった。その似顔絵を渡されて、一人で聞き込みをしてこいって言われたんだよね」

今度はいきなり大海に投げ出されたような気分になったという。それでもやるしかなかった。森脇は一人で街に出て、通行人に対して聞き込みを開始した。半日も経つと要領がわかってきた。

「三日くらいやったのかな。結局先輩が摑んできた情報で犯人が特定できた。その後、僕は先輩と正式にコンビを組むことになったんだよ。僕にとっては恩人だよ」

日樹のやりそうなことだ。無神経のように見えて、意外に気の回るところがあるのだ。無骨な優しさとでも言えばいいのだろうか。

「だから聖奈ちゃんと組むことが決まったとき、恩返しじゃないけど、いろいろとリードしてあげたいと思った。でも聖奈ちゃんの活躍を目の当たりにして、やっぱり僕はここでもサポート役に徹するべきだなと思ったよ」

「サポート役なんて、そんな……」

「いやいや、本当だよ。そのくらい聖奈ちゃんは新人離れしてる。医師の妻が殺された事件で、捜査本部で推理を披露しただろ。あのとき思ったんだよね。この子は別格だって」

すべては夢のお陰だ、と言えないのが心苦しい。どうして正夢のような夢を見るのか、ずっと疑問に思っている。友利京子に言われたように、霊感的な能力が一気に覚醒したと考えるべきなのか。そうでも考えないと説明のつかない現象だ。

「そろそろ出ようか。あ、ここは僕が払っておくから心配しないで」

「いいですよ、森脇さん。割り勘にしましょう」

「ここは払わせてよ。プチ歓迎会ってことで」

森脇の言葉に甘えることにした。森脇はバスで帰宅するようなので、店の前で別れた。駅に向かって歩きながら、スマートフォンをチェックした。同期の岡田彩美からメッセージが届いていた。聖奈のことを心配する内容だ。メッセージを打つよりも電話の方が早いと思い、電話をかけてみた。すぐに通話は繋がった。

「ごめんね、彩美。心配かけちゃって」

「大丈夫？　刑事はやっぱり大変なんでしょ？」

一応、刑事になったことは同期の数人には伝えてある。伝えなくても噂になって広まっていることは確実だ。彩美もかなり驚いたらしく、最初に知らせたあとは矢継ぎ早にメッセージが届いたものだ。兄が死んだ穴を埋めたいと立候補したら希望が叶ってしまった。表面上はそう説明している。

「大変だけど何とかやってる」

「牛みたいなおじさんと組まされてるんじゃないの。鼻クソほじってるような悪趣味なおじさん刑事と」

一瞬だけ丸藤の顔が脳裏をよぎったが、聖奈は笑って否定した。

「その点は大丈夫。森脇さんって知ってるかな。兄と組んでた人。その人と組んでるのよ」

「知ってるわよ。見たこともあるもん。可愛らしい感じのイケメンでしょ。何かちょっと羨ましいんだけど」

今までそういう目で見たことはなかったが、たしかに森脇はイケメンだ。少し頼りないところはあるものの、それが逆に世の女性の母性本能をくすぐるのかもしれない。

「ねえ、聖奈。今度森脇さん紹介してよ。飲み会やれば聖奈の気晴らしにもなるだろうし」

「別にいいけど……」

そう言ったが、内心は何となく気が引けた。森脇を彩美に紹介するのは気乗りしなかったのだ。それに彼女は以前、兄を紹介してくれと言っていた。乗り換えるのが早過ぎだ。

「あ、でも」聖奈はスマートフォンを反対側の耳に持ちかえて言った。「森脇さん、彼女いるようなこと言ってた気がする。多分だけどね」

「やっぱりそうだよね。かっこいい人って大体そうなんだよね」

「ごめん、彩美。駅に着いたから」

「わかった。じゃあそのうちまた女子会やろう」

通話を切って、駅の構内に入る。嘘をついたことに少しだけ罪悪感を覚えつつ、聖奈は駅の構内に続く階段を上った。


翌日の朝のことだった。駅に向かって歩き始めたところ、自宅マンションから一番近いコンビニの前にスーツを着た男たちの姿を見つけた。一度は通り過ぎた聖奈だったが、物々しい雰囲気に気づいて足を止めた。路上に停まっている二台の車は覆面パトカーではないだろうか。しばらく見守っていると、男たちの中に見知った顔を見つけた。聖奈はその男のもとに駆け寄った。

「おはようございます」

「これは長島さんじゃないですか」

男が驚いたように聖奈を見た。彼は荒木といい、新宿署の刑事だ。兄の事件を担当する刑事の一人であり、最初に霊安室まで案内してくれた刑事でもある。

「渋谷署に配属になったそうで」

「そうなんです。兄の穴埋め要員ですね」

兄を殺した犯人を捕まえる。そう決意して渋谷署の刑事課に配属されたまではよかったが、別の事件に翻弄されて、兄の事件を捜査している暇などないに等しい。それに内通者問題も絡み、聖奈の手には負えない事態に発展していた。

「何かあったんですか？　兄の事件絡みですよね」

ワンボックスカーが停車して、その中から刑事らしき男たちが降りてくるのが見えた。誰もが軍手を嵌め、上はお揃いのジャンパーを羽織っている。

「あなたは刑事ですし、差し支えないでしょう」そう前置きしてから荒木は説明した。「さきほど渋谷署から連絡があり、勾留中の朝倉から新たな証言が出たそうです。朝食を配膳した際、思い出したことがあるから話をさせてくれと申し出があったようですね」

「それで彼は何と？」

「現場近くの側溝の中に凶器を捨てた。そう証言したそうです。コンビニの看板が見えたような気がする、とも言っているとのことです。そこで朝から側溝の蓋を開けてみようという話になったんです」

聖奈は納得した。だから全員が軍手をしているのか。中にはスコップを担いでいる者もいた。歩道の脇に側溝があり、コンクリの蓋がされていた。蓋と蓋の間の継ぎ目の部分には穴が空いていて、そこから凶器をねじ込んだということか。コンビニ前の一ブロックだけでも、側溝の長さは三百メートルほどだろうか。

「お願いします。私にも手伝わせてください」

「いや、それは難しいでしょう」

「そこを何とかお願いします。お邪魔にはなりませんから。こう見えて体力には自信があるんです」

頭を下げた。しばらくその姿勢を維持する。「参ったな」という声が聞こえたので、さらに深く頭を下げる。やがて荒木が口を開いた。

「あなたが勝手に手伝った。そういうことなら私も目を瞑ります。あとで怒られても知りませんよ」

「ありがとうございます」

荒木から軍手を借り、こっそりと作業に加わった。

コンクリの蓋は重いが、梃子の要領で持ち上げることは可能だった。近くにいた男性の捜査員が手伝ってくれた。蓋を持ち上げ、中を確認してまた戻す。延々とその作業の繰り返しだ。ゴミや煙草の吸い殻などで側溝内は汚れているが、ここ最近は雨が降っていないせいか、中は乾いた状態だった。

「おい、ちょっと集まってくれ」

三十分ほど作業を続けたときだった。聖奈がいる場所から十メートルほど離れた場所で声が聞こえた。いったん作業を中断し、そちらに向かった。周囲には続々と捜査員たちが集まってくる。

彼らをかき分けるように前に進む。側溝の中にそれは落ちていた。まずは現況写真を撮るらしく、すでに一眼レフのカメラを持った鑑識課の男が上から写真を撮っていた。

側溝の中に落ちていたのは包丁だった。刃の部分がやや黒く汚れているが、もしかしたら血液が付着しているのかもしれなかった。撮影を終え、鑑識課の男が慎重な手つきで包丁をとり、それを証拠保存袋に入れた。

「どうだ？」と荒木が訊くと、鑑識課の男が答えた。

「血痕とみて間違いないでしょう。すぐに署に戻って詳しい分析に入ります」

「頼む。みんな、聞いてくれ」と荒木は周囲の捜査員に向かって言った。「念のために残りの側溝も開けて調べてしまおう。もうひと踏ん張りだ」

「はい」

再び作業に戻る。鑑識課の男が捜査車両に乗り込んでいくのが見える。もしあの包丁に付着している血痕のＤＮＡが日樹のものと一致したら、朝倉が犯人である確率がさらに高まることになる。

このままだと本当に朝倉が兄殺害の犯人にされてしまい、同時に兄に内通者の汚名が着せられることになる。どうにもできない自分が腹立たしい。何か私にできることはないだろうか。

日樹の目の前には丸藤が立っている。渋谷の路上だ。さほど人通りは多くない。

今朝、日樹の自宅近くの側溝で凶器と思われる包丁が発見された。朝倉がそこに捨てたと証言したらしい。外堀が埋められていくような感じだった。いや、外堀どころか、すでに本丸である朝倉が自供している以上、逮捕も時間の問題だ。今日か明日中には朝倉の身柄は新宿署に移されることだろう。朝倉の逮捕は、イコール日樹が内通者であると決めつけられてしまうことなのだ。

署内の廊下で丸藤を見かけたので、日樹は一緒についていくことに決めた。丸藤も朝倉が日樹殺害の犯人ではないと信じている人間の一人であり、しかもこう見えて鼻の利く刑事だ。

午後一時を過ぎたところだ。丸藤はカレーパンを食べながら、少し離れたところにある雑居ビルに目を向けている。いくつかの飲食店がテナントとして入っているビルだった。三十分ほど見張っていると、一台のベンツが走ってきて、ビルの前に停車した。運転席から降りた男が、後部座席のドアを開けた。一人の男がビルから出てくる。羽佐間だった。

羽佐間には警察の尾行がついているはずだが、ほかの捜査員の影は見えなかった。完全にその動きを見失ってしまっていると想像できた。そんな羽佐間の居場所を突き止めるあたりに、丸藤の刑事としての資質の高さが表れている。

ベンツが発進する。丸藤も見かけに似合わず機敏な動きで覆面パトカーに乗り込み、二つ目のカレーパンを食べながら尾行を開始した。ベンツを運転しているのは間島組の息のかかった者と見ていいだろう。

ベンツは六本木（ろっぽんぎ）方面に向かい、外資系ホテルの地下駐車場に入っていった。車から降りた羽佐間はエレベーターに乗った。しばらく時間を置いてから、丸藤も同じようにエレベーターに乗り、二階のロビーに向かった。

広めのラウンジがある。商談をしているビジネスマン風の客が多く見えた。丸藤はラウンジの中に入らず、外から観察するつもりらしい。賢明な判断だ。その巨体は否が応でも目立ってしまう。

ダイちゃん、ここは俺に任せておけ。

日樹は丸藤の肩を叩く素振りをしてから、ラウンジの中に入った。壁一面がガラス張りになっていて、開放的な造りになっていた。羽佐間は奥のテーブル席に座っており、メニューを広げている。近くでは外国人の客が優雅にコーヒーを飲んでいた。日樹は羽佐間の真向かいに座った。

羽佐間は脇に挟んでいた雑誌を手にとった。そして何気ない仕草で雑誌を自分が座っているソファの下に置いてから、水を運んできたウェイターに言った。

「悪いが所用ができた。これで失礼するよ」

そう言って羽佐間が立ち去っていく。ウェイターが恭（うやうや）しく一礼した。羽佐間と入れ替わるように別の男がやってきた。

「ここ、いいですか？」

「いらっしゃいませ。どうぞおかけください」

「ホットコーヒーをください」

日樹の目の前に男が座る。四十代くらいの痩せた男だ。黒いフレームの眼鏡をかけている。どう見ても堅気であり、とても間島組の関係者には見えなかった。どういう素性の男なのだろうか。

黒縁眼鏡の男は周囲を見回したあと、座っているソファの下から雑誌をとり、それを自分のバッグの中に入れた。何かの受け渡しがおこなわれたのだ。金か、それとも別の何かか。

日樹はいったんラウンジを出た。そこに丸藤の姿はなかった。羽佐間を尾行し、地下駐車場に降りたのだろう。さすがの丸藤もあの受け渡しには気づかなかったに違いない。

迷った末、日樹はラウンジ内に戻った。黒縁眼鏡の男はコーヒーを飲みながら、タブレット端末を眺めている。メールの文書を作成しているらしいが、その内容を読んでも意味がわからない。シンポジウム、赤坂（あかさか）、先生、といった単語の数々が見えた。医者だろうか。

しばらくして男がスマートフォンを耳に当てた。男の声が聞こえてくる。

「いつもお世話になっております。……すみません、年内はすでに予約が埋まっているんですよ。……そうですね、先生はお忙しい方ですので。実は一月もほぼ予約が埋まっている状態で、最短で二月上旬のご案内となります。……わかりました。お待ちしております」

医者の秘書あたりか。しかしこれほど予約が埋まる医者というのも少し解せない。人気のマッサージ師という線も考えられる。

さて、どうするべきか。この男が羽佐間と何かの取引をしたことは疑いようのない事実だが、それが一連の事件に関係しているかどうかは不明だ。まったく関係がない可能性もあるが、せめてこの男の素性だけは知っておきたい。その方法を思案していると、ラウンジの入り口に立っている男の姿が目に入った。待ち合わせの相手を捜すように周囲を見回している。日樹は目を疑った。

どうして、ここに……。

黒縁眼鏡の男が手を上げると、ようやく男も気づいたようだった。真っ直ぐこちらに向かって歩いてくる。剃り上げた頭と鋭い目つきが剣呑な印象を与えている。

「遅れて申し訳ありません」

日樹の父、長島日昇はそう言って頭を下げた。

「あの車だろうね。中から見張っているに違いないよ」

運転席に座る森脇が言った。聖奈は前方に停まっているワンボックスカーに目を向けた。一時間ほど観察しているのだが、車は動く気配がない。たまに男が降りてきて、煙草を吸ってからまた車内に戻っていく。

中野に来ていた。朝倉泰輔の妹、美紀の自宅アパートのすぐ近くだ。今、自分にできることは何なのか。それを森脇とともに徹底的に考えたのだ。その結果、朝倉の妹の安否を確認しようという結論に達した。

日樹殺害の犯人は別にいる。そういう前提に立てば朝倉が偽証しているのは確実だ。なぜ彼はやってもいない犯罪を自供したのか。弁護士を通じて間島組から脅されただけではなく、もっと具体的な弱みを握られているとしたら、それは何か。そう考えたときに急浮上したのは、彼のたった一人の肉親、妹の美紀だった。

しかし美紀は一般人、間島組が手を出すことはないと思っていたが、こうして彼女の自宅前には見張りの車が停まっている。出てきたら尾行するように指示が出ているに違いない。彼女は間島組の監視下に置かれているというわけだ。

「森脇さん、考えがあります。彼女をここから連れ出して、別の場所に連れていきたいんです」

「安全な場所に心当たりがあるんだね」

聖奈がうなずくと、森脇が「わかった」と言ってから続けた。

「奴らに職質をかける。十分くらいは時間が稼げるかもしれない。その間に君は彼女を連れ出して、この覆面パトカーで逃げるんだ。僕のことは心配しなくていい。あとでどこかで落ち合おう」

「わかりました。お願いします」

森脇は覆面パトカーのエンジンをかけ、車を発進させた。前方のワンボックスカーを追い越してから、アパートの正面につけて停車した。

「聖奈ちゃん、急いで」

「はい」

森脇から車のキーを渡された。聖奈はそれを手にとってからアパートの外階段を上り始めた。振り向くとワンボックスカーに向かって歩いていく森脇の姿が見えた。腕時計で時間を確認する。森脇は十分間と言っていたが、早いに越したことはない。

二階の一番奥の部屋だ。インターホンを鳴らすと、ドアの向こうから声が聞こえた。

「どちら様ですか？」

「渋谷署の長島です」

ドアが開いた。スウェット姿の朝倉美紀が立っている。先日も顔を合わせているので面識はある。聖奈は「失礼します」と強引に室内に入り、後ろ手でドアを閉めながら彼女に向かって言った。

「時間があまりありませんので手短に説明します。表に停まっているワンボックスカーがあなたを見張っています。ご存じでしたか？」

「いえ」と美紀は首を横に振ったが、思い直したように言った。「あ、でもさっきコンビニに行ったとき、その車に乗った男がチラチラとこちらを見ていたような気がします」

彼女は看護師だ。この時間帯に自宅にいるということは、今日は非番と考えていいだろう。聖奈は早口で言う。

「お兄さんの件で、連中はあなたを見張っています。今からあなたを安全な場所にお連れします。二分で準備をしてください。持ち物はスマホや財布など、必要最低限のものだけにしてください」

「刑事さん、いったい兄は……」

「今は説明している時間はありません。一刻も早くここから逃げる必要があります。準備を急いでください」

聖奈の様子から事態の深刻性に気づいたらしく、美紀は「わかりました」と返事をして、部屋の中に引き返していった。聖奈はドアを薄く開けて外を見る。ワンボックスカーの前で森脇と二人の男がやりとりをしている。果たして森脇はいつまで時間を稼げるのだろうか。幸いなことに二人はまだ聖奈の存在に気づいていない。

「準備できました」

振り返ると美紀が立っている。ジーンズに穿き替え、ショルダーバッグを肩にかけている。看護師をしているだけのことはあり、非常時にも冷静に対処できるようだ。

「行きましょう」

通路を走り、階段を駆け下りた。後部座席のドアを開け、美紀を先に乗せる。ワンボックスカーの方から声が聞こえた。間島組の男たちに気づかれたらしい。慌てて運転席に乗り込み、エンジンをかけた。

覆面パトカーを発進させる。間島組の男も強引に車に乗り込んだようだが、森脇が車にしがみつくように発進を妨げている。

聖奈はアクセルを踏み、車を加速させた。

いったいどうして親父がこんなところにいるのだろうか。目の前にいるのは、紛れもなく父の日昇だった。

「お待ちしておりました。どうぞおかけください」

黒縁眼鏡の男に言われ、日昇は椅子に座ろうとする。日樹が座っている椅子だったので、慌てて日樹は腰を上げた。親父と重なるのは心理的にちょっときつい。

黒縁眼鏡の男がウェイターを呼び止め、日昇の分のドリンクを注文した。日昇は滅多に着ないスーツを身にまとっている。正直あまり似合っていない。娘の結婚式で地方から上京した父親のような雰囲気だ。

「例の件ですが、お考えいただいていますか?」

黒縁眼鏡の男にそう訊かれ、父は首を横に振った。

「いえ、まだ娘に話しておりません」

「そうですか。先生はできるだけ早いうちの養子縁組を望んでおります。できれば早急に娘さんにお話しいただきたいものですね」

「わかりました」

思い当たる節があった。あれは三ヵ月ほど前のことだった。いきなり父から電話がかかってきて、相談があると言われたのだ。仕事の合間を縫い、調布の実家に戻った。そこで父はいきなり言ったのだ。

聖奈を引きとりたいという申し出があった。どうするべきか悩んでいる。長男としてお前はどう考えるか。

聖奈を引きとりたいと考えている人物。言われなくても察しがついた。今さら何を言っているんだ。それが日樹の偽らざる心境だった。何十年もほったらかしにしておいて、急に引きとりたいなんて虫が良すぎるというものだ。

親父、俺は絶対に反対だ。どんなに金を積まれても嫌だね。聖奈は俺のたった一人の妹だ。これから先もずっとな。

そう言い残して日樹は実家を出た。

「お待たせいたしました」

ウェイターがドリンクを運んできた。二人ともホットコーヒーだった。ウェイターが去ってから黒縁眼鏡の男は懐から封筒を出し、それをテーブルの上に置いた。

「息子さんの訃報は聞きました。先生もとても心を痛めておいででした。これは先生からのお気持ちでございます」

香典袋だった。それを見て日昇が困惑気味に言った。

「いや、これを受けとるわけには……」

「先生のお気持ちでございますので、是非」

こうして出されてしまったものを受けとらないのはマナーに反する行為とされている。日昇は両手を合わせ、頭を下げた。

「それではありがたく頂戴いたします」

「ところで長島さん、娘さんですが、刑事になられたようですね」

日昇は返答に窮していた。日樹は状況を察して舌打ちをする。聖奈の奴、親父に言っていなかったのか。おそらく父に心配をかけたくなかったので、内緒にしておくと決めたのだろう。気持ちもわからなくもない。

「非常に美しい女性に成長しているそうですね」

黒縁眼鏡の男がそう言って、自分のバッグの中に手を伸ばした。中から出したのは封筒だった。それを見て日樹は気がついた。さきほど羽佐間の手からこの男に何かが渡った。その正体はこれではないか。

「聖奈さんの顔を拝見したい。先生がそうおっしゃられたものですから」

黒縁眼鏡の男が封筒から数枚の写真を出し、それらをテーブルの上に並べていく。隠し撮りされた聖奈の写真だ。どれも渋谷署に配属になってから撮られたもので、ここ数日以内の写真だった。

「先生はお忙しい方です。ただしついさきほど明日の予約にキャンセルが出ました。明日の夜七時から時間をとれます。できれば娘さんと話をしたい。それが先生の意向です。どうか前向きにご検討ください」

写真を封筒に入れ、黒縁眼鏡の男は席を立った。コーヒーには口がつけられておらず、写真が一枚だけ残されていた。忘れていたという感じではなく、敢えてその一枚だけを残していったようだった。お前の娘を監視するのは容易なんだぞ。そういうメッセージにも受けとれる。

日昇が写真に手を伸ばし、それを眺めた。スマートフォンを耳に当てた聖奈が写っている。そしてコーヒーを一口飲んでから顔をしかめた。コーヒーの苦さにではなく、もっと別のものに対して顔をしかめているようだった。

日樹は黒縁眼鏡の男を尾行する。ホテルのエントランスから出た男は、そのままタクシーに乗り込んだ。行き先は赤坂だった。

タクシーの車内でも男はタブレット端末を膝の上で広げ、たまにスマートフォンを見たりしている。忙しい男のようだ。

赤坂でタクシーは停まった。エントランスにコンシェルジュが立っているような高級マンションの前だった。男はコンシェルジュの会釈に鷹揚にうなずいてからエレベーターに向かって歩いていく。

エレベーターに乗る。降りたのは三十階だった。高いところに上るのは少し緊張する。そのまま天に召されてしまいそうな気分になるからだ。幸いなことに地上三十階の高さでも日樹の体は存在していた。男はカードキーで部屋の中に入っていく。

白を基調とした部屋で、あまり生活感のない空間が広がっている。男はリビングの壁際にあるデスクに向かい、手にしていたタブレット端末に電源プラグを差し込んだ。それからデスクに座り、別のパソコンで仕事を始めた。

日樹は室内を見回した。人が暮らしている部屋にも見えないし、かと言ってオフィスのようでもない。お香の匂いが漂ってくる。慣れ親しんだ線香の匂いとは若干違い、もっと上等な匂いだ。ジャスミンとかカモミールとか、多分そんな感じだ。

足音が聞こえた。さらに奥に部屋があるらしい。そちらから歩いてきたのは初老の男性だ。黒縁眼鏡の男が立ち上がり、初老の男を出迎えた。

「これは社長。いつもありがとうございます」

「礼を言うのは私の方だ。いつも先生にはお世話になっているからね。それより佐藤さん、実は私の友人で是非先生に会いたいと言っている人がいるんだが、会ってもらえるだろうか」

「少々お待ちください」黒縁眼鏡の男はパソコンの画面に目を落とした。この男の名前は佐藤というらしい。「最短で二月上旬のご案内となります。その方の電話番号を教えていただければ、私から直接連絡いたします」

初老の男はスマートフォンを出し、それを操作しながら言った。

「相変わらず先生の人気は凄いね。あ、この番号だ。某製薬会社の社長さんだ」

「控えさせていただきます」

日樹は廊下を奥に進んだ。奥に一枚のドアがある。お香の匂いが強まった。ドアをすり抜けると、そこは十畳ほどの部屋だった。

真っ白な部屋だ。窓にも白いカーテンが下ろされている。中央にテーブルと椅子が置かれていて、そこに女性が座っていた。四十代くらいだろうか。目を閉じて何かを呟いている。祈りの言葉でも唱えているようだ。

女の向かい側には椅子があるが、今は誰も座っていない。テーブルの上には野球のボールほどの大きさの水晶玉が置かれていて、それを見て日樹は察する。占い師だ。この女は占い師に違いない。

ドアをノックする音が聞こえた。同時に声が聞こえてくる。

「先生、佐藤です。ただいま戻りました」

女が祈りを唱えるのをやめ、低い声で言った。

「どうぞ」

「失礼します」

ドアが開いて佐藤が中に入ってくる。彼が言った。

「長島日昇と会いました。それほど進展している感じはありません。一応強めに念を押しておいたので、反応があると思います」

「わかりました」

女が目を開けた。化粧がそうさせているのかもしれないが、どこか妖しい魅力を備えた女だ。女が部屋を見回し、それからある一点に視線を据え置いた。日樹が立っている位置だ。目が合ってしまい、日樹はその場で固まった。生きている人間と視線が合う。こんなことは初めてだ。日樹は何とか体を動かし、女の視線から逃れる。

「先生、どうかされました？」

「いえ、何でもありません。何かがいたような気がしたものですから」

なるほど、と日樹は納得する。霊感が強い人間というのはいるのだ。ただしはっきりと見えているわけではなく、漠然と感じる程度なのだろう。それでも迂闊には近づかない方がよさそうだ。

「次の依頼人は」佐藤がタブレット端末に目を落として言った。「初めての方です。パリコレにも出たことのあるモデルさんです。ドラマに進出したようですが、演技面で評価されず、最近は伸び悩んでいるとのこと。プロ野球選手と交際しているみたいですね。詳細資料は先生の端末に転送済みです」

「ありがとう。目を通しておきます」

佐藤が去っていく。女はテーブルの上に置かれたペットボトルの炭酸水を一口飲んでから、引き出しから出したタブレット端末を眺め始める。

部屋の隅から彼女の様子を観察する。できればもっと近づきたいのだが、あまり近づいてしまうと彼女に気づかれてしまいそうな怖さがある。

やはり似ている。日樹はそう感じた。この女が聖奈の実の母親なのだ。

「本当なんだな。本当に朝倉から新証言を引き出せるんだな」

「断言はできませんが、少しは風向きを変えられるんじゃないかと思います」

聖奈は渋谷署に戻っていた。森脇とともに係長の高柳のもとに向かい、取り調べを受けている朝倉への面会をお願いした。かれこれ五分以上もこうして立ちっぱなしで訴えている。ようやく高柳は聖奈たちの思いを汲んでくれたのか、腰を上げた。

「わかった。組対にかけ合ってみる。あまり期待するんじゃないぞ」

「ありがとうございます」

高柳が立ち去るのを見送ってから、聖奈たちは自分の席に戻った。時刻は午後四時を回っている。

朝倉美紀を連れ出したあと、中野駅で合流した森脇と向かった先は調布市にある実家だ。まさか敵も寺に美紀が匿われているとは思わないだろう。そう考えたのだ。

住職である父の日昇は不在だった。美紀を客間に案内し、父にメールを送ってから、また渋谷署に戻ってきたのだ。

「聖奈ちゃん、これ飲んで」

「あ、すみません」

森脇から紙コップを渡される。コーヒーだった。一口飲んで、聖奈は息をついた。朝から側溝の蓋を持ち上げた疲れが今になって出てきたようだ。特に腕が重たい気がする。

「聖奈ちゃん、大丈夫？　疲れてるみたいだけど」

「大丈夫です。それより朝倉に面会できますかね」

「できるよ、きっと。こういうときは楽観的に考える方がいい。先輩もそうだったよ」

「たしかにそうですね」

あまり悲観的なことを言わず、細かいことは気にせずにいつも笑っているような男だった。それは豪快というより、能天気に近いものがあったが、その明るさに救われることも多かった。森脇や丸藤、それから友利京子などの話を聞く限り、ここ渋谷署でも兄は聖奈のよく知る兄のままだったようで、それが何よりも嬉しかった。

「森脇、長島、こっちに来い」顔を向けると高柳が手招きしている。「組対と話をつけた。五分間だけ時間をくれるそうだ。行くぞ」

森脇を見ると、ほらねと言わんばかりにうなずいている。二人で立ち上がり、高柳のあとを追った。

向かった先は取調室だった。まだ刑事になって日が浅いため、聖奈は本格的な取り調べをやったことがないし、そもそも同席すらしたこともない。森脇とともに室内に入ると、手錠を嵌められた朝倉が座っていた。朝倉が顔を上げてちらりと聖奈を見たが、すぐに顔を逸らすようにうつむいてしまう。全体的に覇気がなかった。

森脇に肩を押され、聖奈は朝倉の正面に座った。森脇は壁にもたれて腕を組んだ。マジックミラーがあり、隣室からこちらの様子が見えているはずだ。天井の隅には集音マイクが設置されていた。

「強行犯係の長島です。その節はどうも」

聖奈はペコリと頭を下げた。初対面ではない。彼を捕まえたのは聖奈たちだ。そのときに比べてかなりやつれているが、顔色はそれほど悪くはない。

「私は長島日樹の妹です。兄を殺害した。あなたがそう自供したと聞きましたが、私にはどうしても信じることができません。供述通りの場所で凶器も発見されましたし、そこから検出される血液も多分兄のＤＮＡと一致するでしょう。でも私はあなたが兄を刺したとは思えないんです。本当にあなたは兄を殺害したんですか？」

朝倉は答えない。黙って机の一点に視線を落としている。

「ついさきほど、あなたの妹さんが住むアパートに行ってきました。アパートの前には黒いワンボックスカーが停まってました。明らかにガラの悪い男がたまに外に出て、煙草を吸ってましたよ。昨今の風潮で反社の車も禁煙になったんでしょうか」

わずかだったが反応が見られた。朝倉が一瞬だけ顔を上げ、またすぐに下を向いた。妹という単語に反応したのは間違いなかった。

「あなたが兄を殺害したと供述した前日の夜、弁護士と面会したそうですね。そこであなたは吹き込まれたのではないですか？　長島日樹を殺害したと自供しろ。さもないとお前の妹が大変な目に遭うぞ、と」

「違う」朝倉が初めて口を開いた。「弁護士には着替えを差し入れしてもらっただけだ。俺はそんな指図を受けていない。俺がやったんだよ。だから頼むからこのまま……」

「妹さんのことならお気になさらずに。安全な場所にお連れしましたので」

「えっ」

そう言ったきり、朝倉は口をつぐんでしまう。聖奈はさらに続けて言った。

「ですから心配する必要はありません。妹さんの安全は確保されました。信じていただけないのであれば、これをご覧ください」

聖奈は自分のスマートフォンを出し、ある画像を表示させてから机の上に置いた。そこには聖奈と美紀が並んで写っている。寺の客間で撮った写真だ。それを見た朝倉が半ば放心したように声を出した。

「み、美紀……」

「そうです。あなたの妹さんは無事です。どうです？　話していただける気になりましたか？」

朝倉は下を向いて、両手で膝を強く握っている。真実を話すか、それとも黙っておくべきか。葛藤している心模様が伝わってくるようだった。

言葉は尽くしたように思う。あとは彼自身が翻意してくれるのを待つしかない。聖奈は最後に朝倉に言った。

「よく考えてみてください。そして真実を話す気持ちが固まったら、それを捜査員に告げてください。それまで妹さんは責任を持ってお預かりいたしますので」

聖奈は立ち上がり、取調室を出た。スマートフォンを見ると、父から着信が入っていることに気がついた。美紀の存在に気づき、連絡してきたのかもしれない。そのまま折り返すと通話はすぐに繋がった。

「ごめん、お父さん。仕事中だったから。メールにも書いたけど、その女性を少し預かってもらいたいのよ」

「承知した。それより聖奈、今晩帰ってきてくれないか。お前に大事な話がある」

「まあ、いいけど。それじゃ今夜ね」

通話を切る。いずれにしても美紀の様子をみるために実家に戻るつもりだった。それより父の様子が気になった。いつにも増して父の声が真剣だった気がする。大事な話とはいったい何だろうか。

残業を終え、電車に飛び乗った。調布に着いたのは午後九時過ぎのことだった。日輪寺の境内は真っ暗だ。裏手にある庫裏に向かい、玄関から中に入った。

「ただいま」

まずは客間にいる朝倉美紀の様子を見にいった。客間は本堂に併設された建物内にある。渡り廊下を歩き、客間に向かった。「こんばんは」と声をかけてから中を覗くと、朝倉美紀が顔を上げた。

「あ、こんばんは。さきほどお父さんからお弁当の差し入れをいただきました」

「そうですか」

美紀は文庫本を持っている。それをこちらに見せながら彼女は言った。

「この本もお借りしました。静かでいいですね、このあたり。何か人生の断捨離(だんしゃり)をしてる気分になります」

「ご不便をおかけします。何かあったら父に言ってください。大抵のものは用意してくれると思うので」

「ありがとうございます」

聖奈は客間をあとにした。兄のお骨が安置してある部屋に向かい、そこで線香を上げた。両手を合わせて目を閉じる。背後に気配を感じ、振り返ると父の日昇の姿がある。いつもと同じく普段着である紺の作務衣を身にまとっていた。日昇も聖奈の隣に座り、線香を一本上げてからお経を唱え始めた。聖奈も父の声に合わせて読経する。

三、四歳の頃の記憶だと思う。それは聖奈にとって一番古い記憶だった。幼い聖奈は本堂の柱の陰から声が聞こえる方を覗いていた。そこでは父と、それから兄の日樹がお経を唱えていた。二人は真剣な顔をしており、いつものように遊んでもらえる雰囲気ではなかった。自分だけとり残されてしまったような疎外感を覚え、少し淋しかった。そのとき足元で音が聞こえた。手に持っていたアニメキャラの玩具を落としてしまったのだ。その音は本堂内に響き渡り、それに気づいた兄の日樹がこちらに向かって歩いてきた。日樹に手を繋がれ、父が座るもとに向かう。兄が敷いてくれた座布団に座り、聖奈は父の真似をして両手を合わせた。再び読経が始まる。何て言ったらいいのかわからなかったが、仲間として認めてもらえたような気がして、聖奈は嬉しかった。

「聖奈、居間に来なさい」

父の声で現実に引き戻される。聖奈は蠟燭の火を消してから立ち上がり、父のあとを追って居間に向かう。

リビングというより、居間という言葉が似つかわしい部屋だ。父はすでに座っている。聖奈は父の斜め前に座った。

「で、話って何？」

「刑事になったらしいな」

その話か。聖奈は父の呼び出しの意図を知った。刑事になったことは父に伝えていなかった。話せば必ず反対されるとわかっていたからだ。そもそも父は聖奈が警察官になることにそれほど賛成してはいなかった。それでも父が許可してくれたのは、兄の日樹がいるからだった。日樹がしっかりと聖奈のことを守ってくれるはず。そういう淡い期待が父にあったのではないか。

「うん、そう。お兄の代わりよ。渋谷署で空きが出たからね。立候補したら即異動になった」

「お前はまだ警察官になって経験が浅い。まだ刑事は早いんじゃないか。それにお前が刑事を志望していたなんて初耳だ。まさか聖奈、日樹の仇を討とうと考えているんじゃないだろうな」


その通りだ。やはり父には隠しごとはできないらしい。開き直って聖奈は言った。

「そうよ。私が捕まえるの。お兄を殺した犯人を」

「無茶を言うな。お前に何ができるというんだ」

「もう少し自分の娘を信じてよ。こう見えても役に立ってるんだから、私だって」


妙な夢を見て、その夢のお陰で事件を解決してしまう。そんな珍現象を父に説明しても信じてもらえないだろう。


日輪寺では月に一度、説法会というものがある。本堂に集まった人々に向け、父が仏教の教えをわかり易く伝えるのだ。そこで父は霊魂や極楽浄土という言葉を口にするが、それはあくまでも説法だった。超能力や宇宙人、幽霊といった非科学的なものは一切信じない男だ。

「なってしまったものは仕方がない。今さら戻してくれとは言えんだろう。あまり足を引っ張らんようにな」


足を引っ張ってなどいない。むしろ先陣を走っている気さえした。自分が意外に刑事に向いていると日々実感しているが、それを父に告げても今は不毛な議論になってしまうと感じた。

「わかった。皆さんの邪魔にならないようにする。話はそれだけ？　私、まだ今から……」

バッグを持ち、立ち上がろうとした聖奈だったが、それを日昇が制した。

「待ちなさい。まだ話は終わっていない」

父がそう言いながら、古びた籠をテーブルの上に置いた。銭湯の脱衣所あたりに置いてありそうな四角い籠だ。

「お父さん、これは何？」

籠には何も入っていない。ただの籠だ。父が重々しい口調で言った。

「これから大事な話をする。お前の出生にまつわる話だ」

聖奈は長島家の養子だ。生まれて間もない頃、交通事故に巻き込まれ、聖奈だけが助かったと聞いている。境内には両親の墓もあるが、聖奈にとっては長島家こそが本当の家族だった。物心ついたときからそうだった。

「今から二十五年前のクリスマスイブの夜だ。この籠が寺の前に置いてあったんだ。籠の中にはな、毛布にくるまれた生まれたばかりの赤ん坊が入っていた。聖奈、心して聞いてくれ。その赤ん坊というのがお前なんだよ」

聖奈は頭の中が真っ白になった。お父さん、何言ってんの。そう言おうとしたが、言葉にならなかった。

つまり、私は捨て子だったという意味なのか。

サンタクロースは実在するか否か。小学生なら誰しもが直面する問題だ。もちろん日樹も例外ではなかった。

当時、日樹は小学四年生だった。サンタクロースの正体は父親である。そんな噂はかねてから耳にしていたが、日樹にはまだ確証が得られていなかった。大好きな刑事ドラマの用語を借りるなら、ウラがとれていないのだ。だからその年のクリスマスイブの夜、日樹は一大決心をする。名づけて「プレゼントが届くまで起きていよう作戦」だ。

「へえ、ハルさんも昔は純情だったんだね」

「俺は今も昔も変わらず純情だぜ」

日樹は亜里沙と話している。場所は調布の日輪寺の前だ。周囲は静まり返っている。

ルール5、寺と鏡には近づくな（焼肉も追加予定）。

気を抜くと境内に引き込まれそうになるので、少し離れた場所から寺の門を眺めている。おそらく今、中では父が聖奈に彼女の出生の秘密を語っているに違いない。

「俺はベッドの中で耳を澄ましていた。いつ親父が入ってきてもいいようにな。でも向こうも俺の計画を知ってか知らずか、なかなか現れる気配がない。そうこうしているうちに俺も眠たくなってきた。で、うつらうつらとしてきたときだ。遠くから赤ん坊の泣き声が聞こえたんだよ」

　最初は空耳かと思った。それでもたしかに声は聞こえてきた。眠い目をこすりながらベッドから抜け出し、窓を開けてみた。やはり遠くからその声は聞こえてくる。

「俺は部屋の窓から木を伝って下に降りた。そんなことは朝飯前だった。声は門の方から聞こえてきたから、俺は境内を駆け抜けて、ちょうどそのあたりだな」日樹は門の前を指で差して言った。「籠が置かれてたんだ。中から泣き声が聞こえてきた。おぎゃあおぎゃあとな。俺は恐る恐る籠の中を覗き込んだ。毛布にくるまれた赤ん坊が中に入ってた。俺と目が合った途端、その赤ん坊は一瞬だけ泣き止んだ」

「まさかその赤ちゃんって……」

「そうだ。聖奈だよ」

　赤ん坊を見つけた日樹はすぐさま籠ごと持ち上げ、境内を走って庫裏に急いだ。玄関のドアを叩いて大声で両親を呼んだ。何事か。そんな顔つきでドアを開けた父の脇には、クリスマスプレゼントの箱が挟まれていた。やっぱり父ちゃんがサンタクロースだったんだな。そんなことを言っている場合ではなく、日樹は父親に赤ん坊を見せた。

「すぐに親父も状況を理解した。そのまま車で救急病院に搬送した。赤ん坊に異常はなかった。元気な赤ちゃんだと先生にも太鼓判を押されたらしい」

「そうなんだ。それでハルさんの家で育てることになったんだね」

「紆余曲折(うよきょくせつ)はあったけどな」

日昇は警察に届け出をし、市役所にも相談した。寺の前に乳児が置き去りにされる。全国ニュースになるほどの騒ぎだったが、年が明けても母親やその他の家族が名乗り出ることはなかった。

「普通だったら児童養護施設に預けられるのが一般的だ。あの朝倉兄妹がそうだったようにな。聖奈に関しても——まだ命名されていなかったが、戸籍を与えられ次第、乳児院に引きとられる流れになっていた。でも俺はどうしてもそれが嫌だったんだよ」

聖奈が発見されて以来、日樹は毎日のように病院に出向き、保育器の中で眠る赤ん坊を見守った。自分が見つけた赤ん坊なので、どこか責任めいたものを感じていた。

「それで俺は両親に提案したんだ。どうにかしてあの子をうちで引きとれないかってな」

「へえ、やるじゃん、ハルさん。ちょっと見直した」

警察や市役所とも協議を重ねたうえ、赤ん坊を引きとることになった。当時は母が存命中だったので育児もスムーズにできたのが大きかった。聖奈という名前をつけたのは父だった。クリスマスイブは聖なる夜だ。いい名前だと日樹も思った。

「そういうわけで、聖奈は俺の妹になった。家の中が一気に明るくなったような気がしたよ」

「自分が捨て子ってこと、聖奈ちゃんには言ってなかったんだね」

「ああ。棄児（きじ）っていうみたいだけどな。あまりに可哀想だから、別のストーリーをこしらえて聖奈には説明した。両親は交通事故で亡くなったことになってる」

「なるほど。そっちの方がまだマシか」

聖奈は俺の妹であり、長島家の一員だ。日樹自身もそう思っていたし、聖奈もそれを疑っている素振りを見せなかった。ただし十代の頃の日樹はある不安を抱えて生きていた。もし聖奈の実の親が名乗り出てきたら。それを考えると不安だった。

もうすぐ聖奈も二十五歳になる。今さら実の親が口を出してくることもないだろう。日樹も内心そう思っていた。ところが三ヵ月前、予期せぬ話が舞い込んできた。その実の母親が聖奈を引きとりたいと日昇に接触してきたというのだった。

「虫のいい話だよね」と亜里沙が言う。「二十五年も放っておいて、今さら引きとりたいなんてさ。どう考えてもおかしいよ」

「だろ。俺もそう思ったよ。だから親父にも言ってやったんだよ。どこのどいつか知らねえが、俺は絶対に聖奈を渡さねえってな」

結局生きてるうちに聖奈の本当の母親の顔を拝めなかった。できれば面と向かって言ってやりたい。お前なんかに聖奈は渡さない、と。聖奈は長島家の一員であり、聖奈自身もそう思っているはずだという強烈な自信がある。

「ていうか、ハルさん。本当に聖奈ちゃんラブだね」

「だってほら、妹だろうが」

日樹は鼻をこすりながら寺の境内に目を向ける。鬱蒼（うっそう）とした闇の中に本堂のシルエットが浮かび上がっている。あの向こうにある庫裏の中で、聖奈は今頃みずからの出生の秘密を明かされているはずだ。

聖奈は果たして、冷静にそれを受け止めているだろうか。

「……いつかお前には真実を告げなくてはならない。ずっとそう思っていたが、怖くてできなかったんだ。もしお前が真実を知ってしまったら、この家から出ていってしまうのではないか。言葉に出して確認したことはなかったが、俺も日樹も母さんも心のどこかでそんな心配をしていたんだ」

二十五年前、私は日輪寺の前に置き去りにされた捨て子だった。最初に聞いたときは驚きで言葉が出なかったが、父の話を聞いているうちに聖奈は冷静な自分をとり戻していた。

「一応ご近所の方々には、捨て子だったことは伏せておいてほしいと伝えてあった。万が一お前の耳にその噂が入った場合、すぐに俺は真実を明かすつもりだった。しかし幸いにも二十五年もの間、お前の耳には入らなかったようだな」

今考えると思い当たる節はある。子供の頃、近くの公園などで遊んでいると、近所の主婦たちが遠巻きにこちらを眺め、何やらヒソヒソ話をしていたものだ。あれはもしかすると私の本当の境遇を語り合っていたのかもしれない。

「聖奈、本当にすまなかった」

日昇が頭を下げた。テーブルに額がつきそうになるまで下げ、そのままの姿勢で言った。

「俺と母さんと日樹は今までお前を騙してきたんだ。どうかこの通りだ。俺たちを許してくれ。すべてはお前を思ってやったことだ」

実感が湧かない。それ以前に自分の出生の秘密など、そもそも聖奈にとっては些末な問題だった。両親は幼い頃に亡くなり、長島家に引きとられた。ずっとそう思っていたので、それが今になって捨て子だったと言われても、どこかピンと来ないのだ。一言で言うと、何を今さら、という感じだ。

「お父さん、頭を上げて。私、全然怒ってないし、気にしてもいないから。だって私は長島聖奈だし、お父さんのことを本当のお父さんだと思ってる。それは絶対に変わりがないから」

むしろ有り難いことだと思う。寺の前に捨てられていた赤ん坊を、長島家でわざわざ引きとって育ててくれたのだから。特に兄の日樹には感謝の気持ちしかない。もし長島家に引きとられていなかったら、自分はどんな人生を歩んでいたのか。それを考えると少し怖い。

頭を上げた父に対して、聖奈はふと感じた疑問をぶつけてみる。

「どうして？　どうして今になって私にこの話を打ち明けようと思ったの？」

今までも、そしてこれからも自分が長島家の一員であることは変わりようのない事実なわけだし、日樹を失った今、その気持ちは一層強まっている。私が住職になって日輪寺を継ぐ、とまでは言わないが、たとえばどこかのお坊さんをお婿さんに迎えて、なんていう空想をしたこともあるくらいだ。

「三ヵ月ほど前のことだ」父が話し出す。いつ見ても父は姿勢がいい。「俺のところに客が訪れた。佐藤という男だ。てっきり不動産会社あたりのセールスマンかと思って追い返そうとしたんだが、男は思ってもみないことを言い出したんだ」

私はある方からの依頼を受けて動いています。その依頼というのは長島聖奈さんに関することです。

「ある方っていうのは、いったい……」

「お前の実の母親に当たる女性らしい」

そういうことか。聖奈は腑に落ちる気がした。もうかれこれ二十五年前の話なのだ。それを今になって父が掘り起こすということには、それ相応の理由が必要だ。実の母親が接触してきたのであれば、父も耳を傾けないわけにはいかない。

「できればお前を引きとりたい。それが先方の希望らしい」

「何言ってんのよ、今さら。私は長島家から出ていくつもりはないわ」

「そう言ってくれるのは俺も嬉しい。実はその話をされてすぐ、俺は日樹に相談した。奴は言ったよ」

親父、俺は絶対に反対だ。どんなに金を積まれても嫌だね。聖奈は俺のたった一人の妹だ。これから先もずっとな。

兄らしい言葉だと思った。もし兄が私の泣き声に気づいてくれなかったら、私はここに存在していない可能性すらあるのだ。そういう意味では命の恩人でもある。

「お父さん、お兄の気持ち、私もわかる。私はこれからもずっと……」

「聖奈、聞きなさい。たしかにお前や日樹の気持ちも理解できる。しかしな、聖奈。お前を産んだ女性がどこかで生きていて、お前との面会を望んでいるのも事実なんだ。俺だって今さらお前を実の母親にくれてやるつもりは毛頭ない」

「だったらこのまま……」

「まずは謝罪させてほしい。それがあちらさんのご希望だ。お前を置き去りにしてしまったことを詫びたいそうだ」

実の母親が私に会いたがっている。その話は自分でも意外なくらいに聖奈を動揺させていた。自分が捨て子だったという話も十分に衝撃的だったが、所詮は過去に起きたこと、そう割り切れば心の整理はついた。しかし実の母親が今もどこかに存在していて、その人が私のことを引きとりたがっている。それには多少は心が揺らぐ。

「ちなみにその人って、どこで何をやってる人なの？」

父は懐に手を入れて、一枚の名刺を出してテーブルの上に置いた。手にとってそれを眺めてみる。光沢のある銀色の名刺だった。水商売の人たちが使っていそうな名刺だが、それほど華美な感じはしない。名刺の中央には『ＳＡＥＫＯ』と書かれているだけだ。サエコという名前なのだろうか。裏面には赤坂の住所が記されている。電話番号やメールアドレスなどは一切書かれていない。

「奈良(なら)さえ子。それがお前の母親の名前だ。占い師をやってるらしい。かなり有名な占い師のようだ。俺は知らなかったけどな」

「私のお母さんは死んだお母さんだけだから」

「子供みたいなことを言うな。生物学上の母親、という意味だ。彼女はお前に会いたがっている。実は今日、奈良さんの秘書の方と会った。明日の夜七時、時間をとってくださるそうだ。そこのマンションに行けば、彼女が待っているわけだ」

「ちょっと待って、急にそんなこと言われても……。私だって仕事があるんだし」

「決めるのはお前だ。気持ちの整理がつかないなら、無理に行くことはないぞ。ただしな、聖奈」そこでいったん言葉を区切り、咳払いをしてから父は続けた。「産んだばかりの子供を置き去りにする。あちらにも事情があったんだと思う。謝りたいという気持ちも痛いほどわかる。顔を見せるくらいはいいんじゃないか。仏の道にも反すまい」

日昇が立ち上がり、居間から出ていった。一人残された聖奈は手元の名刺を見る。二十五年前、私を置き去りにした実の母親。今さらどんな顔をして会えばいいのか、正直聖奈にはわからなかった。


聖奈がキッチンで朝食を作っている。今は玉子焼きを作っているようだ。その背中はどことなく元気がないように見える。

「おはよう、ハルさん」

「おう、亜里沙。おはよう」

我が家に帰ってきたかのように亜里沙が部屋に入ってきて、日樹の隣の椅子に座った。テレビでは朝の情報番組が流れている。今は女のレポーターがコンビニのスイーツを食べ比べている。それを見て亜里沙が言った。

「うわあ、このモンブラン、美味しそう」

「俺たちは食えないだろうが」

「いいじゃん。食べたいと思う気持ちが大事なんだよ」

聖奈がダイニングのテーブルに朝食を運んできた。一人前しかない。ご飯と味噌汁と納豆、それから玉子焼きだ。亜里沙が言った。

「もうハルさんの分は作ってくれないんだ」

「とっくに初七日が過ぎたからな」

少しだけ淋しい気がするが、こればかりは仕方がない。聖奈には聖奈の生活があり、彼女は前に進まなければならないのだ。朝食を食べ始める聖奈を見て、亜里沙が言った。

「やっぱり元気ないね、聖奈ちゃん」

「そりゃ昨日の今日だからな」

昨夜遅く、聖奈は日輪寺の門から出てきた。思いつめたような顔つきだった。多分父から自分の出生の秘密を打ち明けられたに違いなかった。自宅に帰ってきたのは日付が変わった午前一時過ぎだった。あまり寝られなかったようで、見ていて不憫(ふびん)になるほどだった。

「でも、その女も自分勝手だよね。二十五年間も実の娘を放っておいたわけでしょ。もう赤の他人だよ」

日樹だってそう思う。しかし聖奈当人の気持ちというものがある。今になって実の母親の存在が明らかになり、しかも先方は娘に会いたがっている。おそらく聖奈の気持ちは揺れているはずだ。

赤坂のタワーマンションで見た女占い師を思い出す。明らかに聖奈に似た顔立ちをしていた。それにあの暮らし振りを見ても、彼女が成功者であることは明らかだった。少なくとも刑事である自分や、小さな寺の住職である父よりも、ビジネス面で成功しているのは確実だ。ただし彼女は二十五年前に我が子を置き去りにしている。その一点だけに限って言えば、彼女の犯した行為は許されるものではない。今になって贖罪（しょくざい）の念が湧いてきたとでもいうのだろうか。だとしたら虫がいい話だ。

「ご馳走様でした」

聖奈がそう言って食器を片づけ始める。洗い物を終えた聖奈はテーブルに戻ってきて、椅子に座った。そしてスマートフォンを出し、革ケースのポケットから一枚の名刺を出した。昨夜から聖奈は何度もこの名刺を見ている。『ＳＡＥＫＯ』と書かれているだけのキラキラした名刺だ。

「サエコって、あのサエコかな」

名刺を上から覗き見て亜里沙が言う。日樹はすかさず訊いた。

「知ってるのか？」

「有名な占い師だよ」

「詳しく教えてくれ」

「私だってそれほど詳しくないんだけどね。お店の女の子の間で話題になったことがあるの。よく当たる占い師で、政治家とか芸能人とか企業の社長さんとか、そういう人たちがよく利用するんだって」

　たしかにそんな雰囲気は漂っていた。昨日、日樹が部屋に入った際、客と思われる初老の男がいた。あの客もどこぞの大企業の社長だったのか。

「紹介がないと占ってくれないみたい。ネットで調べてもあまり情報が載ってないの。だから余計に神秘的っていうかね」

　敢えてネットに情報を出さないことにより、希少性を高めるという戦略なのかもしれない。

「でも待って。どうして聖奈ちゃんがサエコの名刺を持っているの？　あれ、もしかしてそういうこと？　聖奈ちゃんのお母さんってサエコなの？」

　日樹は答えずに腕を組んだ。そこまで噂になっているということは、彼女の占い師としての腕前は相当なものなのだろう。ただ俺たちにとってはあの女は厄介だ。こちらの存在を見抜くとまでは言わないが、それなりに何かを感じているような気配があった。

「ねえ、ハルさん。何とか言ってよ。聖奈ちゃんって、あのサエコの娘なの？」

「そうらしいな。まあ俺には関係ないけどな」

それに彼女の秘書である佐藤という男は、悪徳弁護士の羽佐間と面識があるようだった。佐藤は羽佐間から聖奈の盗撮写真を受けとっていた。その手の汚れ仕事を羽佐間に依頼しているのは確実だった。

目の前にいる聖奈を見る。娘である聖奈には、その霊能力的な資質は受け継がれてはいないらしい。こうして二人の幽霊が目の前にいるというのに、彼女は何も気づかずにいるのだから。

「私たちもサエコに占ってもらえばよかったね。そしたら死を回避できたかもしれないし」

「無理だろ。刑事やガールズバーの店員なんか相手にしてくれねえよ」

「それはそうかもしれないけど……」

聖奈が立ち上がり、自分の部屋に入っていった。そろそろ出勤時刻が迫っている。佐藤という男が父に話した内容を思い出す。今夜、サエコは娘との面会を望んでいるらしい。

一つだけたしかなことは、聖奈に決断の時が迫っているということだ。

「長島、やったな。朝一番の取り調べで朝倉が証言を撤回したぞ」

朝、聖奈が出勤すると、係長の高柳が開口一番そう言ってきた。聖奈はバッグをデスクに置きながら言う。

「本当ですか？」

「ああ。さっき証言した。勝本組長を殺害したのは間違いないが、長島を殺害したのは自分ではない。たしかにそう証言した。長島、やったな」

「どうして虚偽の証言をしたのか。そのあたりについては何て言ってるんです？」

「羽佐間だ。あの弁護士に脅されたと言ってる。今、羽佐間のもとに組対の連中が向かってる。奴は裏の世界では有名な悪徳弁護士だそうだ。頼まれたことは何でもやるのが身上だそうだ。しかし奴も下手すればバッジのとり上げだな」

兄を殺した真犯人が捕まったわけではないので、スタート地点に戻ったと言った方が正解かもしれない。いまだに兄を殺した犯人の手がかりはゼロだ。朝倉以外に容疑者がいるという話は新宿署からも聞こえてこない状況だし、兄が内通者である疑いが晴れたわけでもない。まだまだ問題は山積みされている。

「妹を襲う。そう言って朝倉は羽佐間から脅されたらしい。長島、朝倉の妹の様子に変わりはないか？」

「ええ。彼女は無事です」

署に来る前に電話で確認した。彼女は日輪寺で一晩を過ごした。しかしいつまでも聖奈の実家に匿っておくわけにもいかないので、今夜からは渋谷署で手配したビジネスホテルに移ってもらう予定になっている。

「朝倉は勝本殺害の容疑で送検されるだろう。それは組対に任せて、俺たちは俺たちでやるべきことをやらんとな」

管内で大きな事件は起きていないが、酔っ払い同士の喧嘩などの小さな事件は年がら年中起きている。それが渋谷という街だ。

「聖奈ちゃん」隣の席の森脇から声をかけられた。「この報告書、直してほしい場所に付箋をつけておいた。修正したら印刷してくれるかな？」

「わかりました」

席に座り、ノートパソコンを起動させた。パスワードを入力して、作業を始めようと思っていたときだった。廊下の方が騒がしくなった。何事だろうか。そう思って顔を向けると、いつか見た捜査一課の管理官――エリート然としたいけ好かない男――が部下を従えて立っている。話している相手は組織犯罪対策課の課長だった。

「もうそちらの取り調べは十分でしょう。至急朝倉の身柄をこちらに引き渡してください」

「だからさきほども説明したじゃないですか。朝倉は長島殺害への関与を否定したんです。彼は犯人ではありません」

「それはあくまでもそちらの判断であって、うちはうちで判断させてもらいます。これ以上こちらで朝倉を拘束しておくのは問題ですよ、課長。まさか彼を庇(かば)う気ですか？」

「そんなつもりはないですって。勘弁してくださいよ、管理官」

「だったらすぐに朝倉の身柄を寄越してください」

「うちだって取り調べの最中なんです」

しばらくやりとりが続いたが、最終的には組対の課長が折れる形となった。今日の昼過ぎ、朝倉の身柄が新宿署に移送されることが決定した。

納得できる話ではない。朝倉は自供を撤回しているのだ。聖奈は思わず管理官のもとへと駆け寄っていた。

「ちょっとお待ちください。朝倉は……」

「君か」管理官は冷たい目で聖奈を見て言った。「朝倉は自供し、そして彼が示した場所から包丁が発見された。包丁から検出された血痕は長島日樹のDNAと一致した。朝倉は暴力団の組長を殺害するほどの危険な男だ。現時点でもっとも疑わしい容疑者の一人であることに変わりはない」

「彼は嵌められたんです。弁護士に自供を強要されただけなんです」

「その件も耳にしている。その弁護士についても捜査対象に上がっている。当然、そちらの優秀な捜査員が彼の身柄を確保してくれることを祈っているんだが」

ちょうど廊下の向こうから若い刑事が走ってきて、組対の課長のもとに駆け寄った。若い刑事に耳打ちされ、組対の課長の顔色が変わった。

「どうされました？　課長」

「申し訳ございません」組対の課長が管理官に向かって頭を下げる。「羽佐間の身柄を拘束できませんでした。自宅兼事務所になっているマンションの部屋はもぬけの殻(から)だったそうです」

多くの刑事たちが遠巻きにやりとりを注目している。その中に丸藤の姿も見える。丸藤は

「仕方ねえ」とでも言うように首を振り、廊下を一人で歩き去った。

「まったくお粗末なものだな。弁護士一人確保できないとは聞いて呆れる。それに身内に潜む内通者を特定できず、挙句の果てに殺されてしまう。いったい渋谷署はどうなっているんですか？」

兄が内通者と決まったわけではない。しかしそうではないと反論する根拠がないのも事実だった。聖奈は拳を固く握って黙り込んだ。管理官が懐から書類を出し、それを聖奈の鼻先に突きつけて言った。

「君の方から来てくれて助かった。君は長島日樹と同居していたんだろ。自宅の家宅捜索の令状だ。今すぐ案内してくれると助かるんだが」

「何なの、こいつら。勝手に人の部屋に上がり込んで」
亜里沙が仁王立ちで腕を組み、捜査員たちを睨みつけている。しかし幽霊の存在などお構いなしで、家宅捜索は進行していた。三人の捜査員が日樹の自宅マンションを訪れている。今、二人の捜査員が日樹の部屋を、もう一人の捜査員は共用部であるダイニングとキッチンの捜索をおこなっていた。さすがに聖奈の部屋に立ち入るような真似はしていないが、成果が上がらなければ平気で聖奈の部屋に入っていきそうな勢いだった。

あの偉そうな管理官の姿はない。三人は黙々と捜索している。三十分ほど経過しているが、まだ収穫はないようだ。

「何か腹立つね。聖奈ちゃんが可哀想だよ」

聖奈はダイニングの椅子に座り、家宅捜索に立ち会っている。日樹は自分の部屋を覗いてみた。一人はパソコンを熱心に確認していて、もう一人は衣装ケースの中を漁っている。どれだけ調べても無駄だ。

ただし状況は思わしくない。今朝になって朝倉が供述を翻(ひるがえ)したそうだが、すでに凶器という物証が出てしまっている以上、朝倉が容疑者であることに変わりはない。羽佐間という弁護士に逃げられてしまったのは痛かった。せめて羽佐間を追及できれば、間島組の偽証工作を立証できたかもしれなかった。

「ハルさん、大丈夫？　もしかして聖奈ちゃんの部屋まで捜索されちゃうかもよ。そしたら聖奈ちゃんのセクシーな下着とか見られちゃうんだよ」

「その場合は女性警察官が立ち会うはずだ。亜里沙、落ち着けよ。お前の部屋じゃないんだから」

「だってさ、何かこいつら、ムカつくんだよね」

彼らも同じ警察官である。彼らにしても上司の命令で動いているのであり、責めることはできない。

「そう怒るなよ。こいつらだって好きでやってるんじゃないんだぜ」

とは言っても自分の部屋を荒らし回られるのは見ていて気持ちのいいものではない。日樹はダイニングに戻って聖奈の前に座った。

「お待たせしました」

そう言いながら部屋に入ってきたのは森脇だった。手にした袋をテーブルの上に置きながら、家宅捜索中の捜査員たちに声をかけた。

「コーヒー買ってきました。あとドーナツも。よかったら食べてください」

気の回る男だ。それを見て亜里沙が言った。

「やっぱり気遣いのできる男はいいわね。ちょっとやり過ぎな感じもするけど」

捜査員は森脇を無視して、捜索を続けていた。いまだに何も発見できず、苛立ちが募っているようにも見えた。何も見つからないのは当然だ。俺は内通者ではないのだから。

「ちょっと来てください」

玄関の方から声が聞こえた。さきほどまでキッチンを調べていた捜査員が、玄関の方に移動していたのだ。その捜査員は備え付けの下駄箱の前に立っている。捜査員の手には折り畳み式の携帯電話があった。いわゆるガラケーだ。

「下駄箱の一番上の段に、隠すように置いてありました」

別の捜査員が聖奈に向かって訊いた。

「長島さん、この電話に見憶えはありますか？」

「い、いいえ。知りません」

捜査員たちがダイニングに戻っていく。亜里沙が訊いてくる。

「ハルさん、あのガラケー、知ってる？」

「知らねえよ」

捜査員の一人が問題の携帯電話を開いた。電源は入っていないようだ。ボタンを押して電源を入れる。しばらくして画面に携帯電話会社のロゴが浮かんだ。中身のデータをチェックしながら捜査員が言った。

「発着信履歴、メール等もすべて削除されています。電話帳には三件登録されていますが、いずれもイニシャルしかわかりません」

「連絡用に隠し持っていたんだろうな」別の捜査員が言った。「至急本部に持っていって、解析作業をおこなってくれ。俺たちは引き続き捜索をおこなう」

「わかりました」

携帯電話を大事そうに証拠保管袋に入れ、さらにバッグにしまって捜査員が部屋から出ていく。日樹は肌寒さを感じていた。実際に寒いのではなく、連中のやり方に悪寒を覚えたのだ。

誰かが自分を内通者に仕立て上げようとしている。それはこれまでの出来事からも承知していたことだ。しかしここまで徹底しているとは正直思ってもいなかった。室内の下駄箱から見憶えのない携帯電話が見つかる――。何者かが部屋に侵入したことを意味しているのだ。

聖奈が不安げな顔つきで立ち尽くしている。そんな彼女に声をかけてやることもできず、日樹はただただ唇を噛んだ。

聖奈は渋谷署の自分のデスクにいた。午前中の家宅捜索に立ち会ったあと、署に戻ってきた。席で待機するように言われていた。森脇の姿はない。先輩刑事の聞き込みに付き合わされているのだ。

「高柳、ちょっといいか」

刑事課長の声に高柳が腰を上げ、課長席に向かって歩いていく。二人は何やら真剣な顔つきで話し始めた。さきほど課長は電話で誰かと話していた。

「長島、こっちに来い」

やはりな。高柳の声に立ち上がり、課長席に向かう。「何でしょうか」と課長の前に立つと、その隣で高柳が説明した。

「今、新宿の捜査本部から課長のもとに連絡があったそうだ。お前の部屋から押収された携帯電話だが、中の電話帳には三件の登録データがあり、いずれもイニシャルのみで登録されていた。番号を調べた結果、三件とも間島組の幹部のものだと判明したらしい。指紋は出ていないが、長島の所持品だろうというのがあちらさんの判断だ」

その意味するところは聖奈にもわかった。

「待ってください。兄は何者かに嵌められたんです。そうに決まってます」

「お前の気持ちはわかる。だが状況が悪過ぎる。庇い切れる段階にはない」

「百歩譲ってですよ、譲りたくはないんですけど、仮に兄があの携帯電話を所持していたとします。でも本当に内通者であったのならあんな場所に携帯を隠しておくような間抜けなことはしません。もっと見つからないような場所に隠すのが筋だと思います」

「でも見つかったもんは仕方ないだろ。長島が内通者だった。そう考えるのがシンプルだ」

「そうかもしれませんけど……」

聖奈は言葉に詰まる。反論できないのが悔しかった。兄は内通者ではない。そう信じたい気持ちはあるのだが、それを実証できないのだ。死人に口なし。兄の口から真実が語られる機会はもう訪れないのだから。

「すでに朝倉の身柄も新宿署に移送された。あとは向こうで取り調べをするだろう。それについては俺たちは口出しできる立場ではない。そのくらいはお前にもわかるだろ」

朝倉は証言を撤回したが、見つかった凶器を無効にすることはできない。偽証を強要したとされる羽佐間の供述をとらない限り、朝倉にかけられた嫌疑は晴れることはないのだ。

「長島君」

ずっと黙っていた課長が顔を上げた。聖奈は背筋を伸ばして答える。

「何でしょうか」

「君にはしばらく休んでもらおうと思ってる。今日から当面の間、自宅で待機しているように」

「ちょっと待ってください、課長。どうして私が……」

「なぜ君がうちの課に配属になったのか。穿った見方をすれば、君はお兄さんからある仕事を受け継いだのではないか。そう疑う者も少なからずいるはずだ。そのため君を通常業務に当たらせるわけにはいかないのだよ。管理者としてね」

私が内通者の仕事を受け継いだ。そういう意味だ。聖奈は口を挟もうとしたが、先に高柳が言った。

「いいから今日は帰れ。今後のことについてはまた連絡する」

聖奈は仕方なく自分の席に戻った。

パソコンの画面には作りかけの報告書が映っている。保存してから電源を落とした。強行犯係は半分ほどの刑事が自分のデスクで仕事をしているが、どこか微妙な空気が流れている。聖奈のことを気にしているのだが、話しかけていいかどうかわからない。そんな雰囲気だ。完全に自分が腫れ物になってしまったという自覚もあった。

兄の背中を追うようにして警察官になった。兄がいる組織であれば、きっと何とかなる。そんな甘い見込みで飛び込んだ警察社会だったが、思っていた以上に働き易い環境で驚いた。聖奈が女性という理由もあるのかもしれないが、誰もが優しく接してくれた。警察官になってよかった。ずっとそう思っていた。

ところがである。慕っていた兄は勝手に死んでしまい、しかもあろうことか内通者という汚名まで着せられようとしていた。そのとばっちりを受けて、聖奈にまで疑惑の目が向けられている状況だ。これほどまでの居心地の悪さを感じたのは、警察官になって以来、初めての経験だった。

「なあ、昨日の窃盗事件の指紋、どうなってる?」

「さっき鑑識に問い合わせた。あと一時間待ってくれってさ」

ほかの捜査員たちの声が聖奈の頭上を飛び交っている。彼らに責任はないが、どこか疎外感を覚えてしまった。聖奈はバッグ片手に立ち上がり、「お疲れ様でした」と小声で言ったが、反応が返ってくることはなかった。

果たして私はこのまま仕事を続けられるのだろうか。私の居場所などもはや残されていないのかもしれない。

「お客さん、終わりましたよ。後日郵送で請求書をお送りしますんで、届いたら銀行振り込みでお支払いをお願いします。これが鍵になりますので」
「ご苦労様でした」
日樹は自分の部屋の玄関先にいた。今から四十分ほど前、聖奈が手配した錠前屋が部屋を訪れた。見憶えのない携帯電話が下駄箱から見つかったということは、犯人が外部から侵入したことを意味している。念のために鍵を付け替えようという聖奈の判断は間違ったものではなかった。

錠前屋を見送ったあと、聖奈は新しい鍵を開け閉めして出来栄えを確かめてから、部屋の中に戻っていった。スペアキーをクローゼットの奥にしまい、新しい鍵を自分のキーホルダーにつけた。それから自分の部屋に入ってベッドの上にごろりと横になった。

「やっぱり落ち込んでるみたいだね、聖奈ちゃん」

「まあな。いきなり自宅謹慎だもんな。落ち込まない方がどうかしてるだろ」

午前中の家宅捜索で見つかった携帯電話が決定打だったらしい。日樹が内通者であるかのような推測が署内でも独り歩きしているようだ。否定したくても、生憎日樹の声は誰の耳にも届かないし、否定できるだけの材料がないのも事実だった。

時刻は午後六時になろうとしている。聖奈は午後のほとんどの時間をベッドの上で過ごしている。こういう姿の聖奈は初めてだ。

「ハルさん、どうにかならないの？　このままだとハルさんが内通者にされちゃうんだよ。悔しくないの？」

「悔しいさ、俺だって。でもな……」

やはり鍵を握っているのは弁護士の羽佐間だ。奴が朝倉に偽証をさせたことを認めれば、そこから芋づる式に真実に辿り着けるかもしれない。実はさきほど、日樹は恵比寿にある羽佐間の自宅を訪ねてみたが、そこには誰もいなかった。その足で渋谷にある間島組の事務所――表向きはリゾートマンションの開発会社――に侵入したが、羽佐間が匿われているような形跡はなかった。

日樹は聖奈の部屋を覗いてみた。ベッドに横になった聖奈は、手にした名刺を眺めている。女占い師であり、聖奈の実の母親であるサエコという女性の名刺だ。彼女が指定してきた時刻は今日の午後七時、あと一時間を切っている。聖奈は迷っているのだろう。実の母親に会うべきか、それとも会わないべきか。

いつかこういう日が訪れるのではないか。日樹は幼い頃はそういう不安を抱えて生きてきた。特に聖奈が長島家に引きとられてから数年間は、たとえば寺の電話が鳴るたびに、もしかして聖奈を捨てた親が改心してかけてきたのではないかと、余計な心配をしたものだった。

二十五年という月日が流れた。聖奈はすっかり長島聖奈として完成している。それを今になって引きとりたいなど、あまりに自分勝手ではないか。しかし向こうが何を考えているのかわからないが、日樹には根拠のない自信があった。きっと聖奈は長島聖奈のままでいてくれるだろうという、そんな自信だ。

ただしタイミングの悪さを日樹は感じていた。目の前の聖奈は明らかに落ち込んでいる。殺された兄に内通者の烙印（らくいん）が押され、彼女自身は自宅謹慎を言い渡された。これは日樹の推測だが、おそらく聖奈は自分の進退までを考えている。このまま警察官を続けるべきか、否か。

そんなとき、実の母親が会いたいと言っている。しかも高名な占い師らしい。一本の藁にすがるかのように、もしかしたら聖奈は――。

「聖奈ちゃん、どっか出かけるみたいね」

亜里沙の声で我に返る。しばらくすると聖奈がスーツ姿で部屋から出てきた。そのまま鏡の前で化粧を整え始めた。実の母親に会うのだ。

日樹は思った。幽霊になってしまった今、俺はもう聖奈の生き方に口を出すことはできない。せめて彼女の決断を見届けよう。今の俺にはそのくらいしかできることがないのだから。

赤坂にあるタワーマンションの三十階。聖奈がインターホンを押す前にドアは開いた。中から四十代くらいの男性が顔を覗かせる。男性は恭しく頭を下げた。

「ようこそお越しくださいました。私は秘書の佐藤と申します。先生がお待ちかねです。どうぞお上がりください」

中に案内される。白を基調としたシンプルな室内だった。

奈良さえ子。サエコという名前で占い師をしているらしい。ネットで事前に調べてみたところ、かなり高名な占い師のようだった。

「こちらでございます」

佐藤という男性に導かれ、奥の部屋に向かう。中に入ると、そこは十畳ほどの広めの部屋だった。やはりここも真っ白だ。中央には白いテーブルと二脚の椅子が見える。ここで占いがおこなわれるのだろう。その証拠にテーブルの上には水晶玉のようなものが置かれている。

しかし問題はそんなことではなかった。一人の女性が土下座をして、頭を床につけているのが見えたのだ。白い服を着ているので、遠目では床の色と同化しているように見える。黒い髪がやけに目立った。

聖奈は恐る恐る、足を前に踏み出した。そして女性のもとに向かう。聖奈が近づいていくと、彼女はようやく顔を上げた。そして言った。

「長島聖奈さん、初めまして。私は奈良さえ子です。あなたの母親です。と言ってもあなたを捨てた私に母親を名乗る資格はありません。二十五年前、私が犯した罪をお許しください」

さえ子は再び頭を下げた。聖奈は一歩前に出て言う。

「頭を上げてください。謝罪の言葉を聞きたくてここに足を運んだわけではありません。二十五年前、私はどうして日輪寺の前に置き去りにされたのか。その理由を聞きたくて伺った次第です」

さえ子が頭を上げ、それからゆっくりと立ち上がった。白いローブにも似た衣装だ。背丈はちょうど聖奈と同じくらい。驚くべきはその若さだ。まだ三十代くらいに見える。しかしそれ以上に驚くのは、やはりその顔立ちだ。どことなく見憶えがあるのは、毎日自分の顔を鏡で見ているせいだ。この人が私の母親なんだ。一目見ただけで聖奈は実感した。

「本当に申し訳ありませんでした」

「謝られても困ります。事情を説明していただかないと」

「わかりました。どうぞおかけください」

テーブルを挟んで向かい合う形で座った。どこか現実感がない。白い部屋のせいかもしれなかった。しかしそれは不快な気分ではなかった。お香の香りがほのかに漂っている。

「まずは簡単に私の生い立ちから説明させてください」そう言ってさえ子は話し始める。「私は岩手(いわて)県で生まれました。両親とはあまりうまくいってなくて、半ば家出のような形で上京したのが十八歳の時でした。中学時代の友人が調布市に住んでいたので、最初はその子と一緒に暮らしました。若葉町(わかばちょう)というところにあった定食屋さんで働きました。〈キッチンわかば〉という名前でした」

その友人に恋人ができたことがきっかけで、同居は解消することになり、さえ子は一人で暮らすようになったという。キッチンわかばは夫婦で経営するこぢんまりとした店で、揚げ物が人気の店だった。昼夜問わず近所のサラリーマンや家族連れで店は賑わった。

「二十歳のとき、恋人ができました。店に出入りしていた酒屋の人です。私にとっては初めての男性でした。天にも昇る気持ちというのはあのことを言うのでしょうね。この人と結婚するんだ。そう思っていました」

交際を始めて一年後、妊娠がわかった。さえ子がそのことを彼に告げたとき、彼の顔色が変わった。そして衝撃的な事実を突きつけられたのだ。ごめん、さえちゃん。俺、実は結婚してるんだよね。

「驚きました。でもあとになって考えると、いろいろと思い当たる節もありました。会うのは大抵私の部屋だったし、土日や休日はほとんど会えなかったりとか。でも彼は言ってくれたんです。今の女房とは必ず別れて、君と一緒になるつもりだ。だから今回だけは子供を諦めてくれ、と」

あのガールズバーの店員、亜里沙と少しだけ状況が似ていた。子供を産めるのは女性の特権でもあるが、それが理由で傷つくのも女性の方なのだ。

「馬鹿な女だと思われても仕方ないですね。でも当時は若かったし、彼の言葉を信じるしかなかった。でも赤ちゃんだけは諦めたくなかった。彼の言葉をのらりくらりとかわしているうちに、もう中絶は無理な段階までに胎児は成長していたんです。多分赤ちゃんが生まれたら、彼は奥さんと別れて私のもとに来てくれるはず。そう思い込んでいたんです」

よくある話だ。聖奈はそんな感想を抱いたが、そうではないと思い直した。これは私の話なのだ。生まれてくる赤ちゃんは私であり、妻帯者のくせして若い女を騙しているのは、私の父親に当たる男なのだ。

「生まれたのは女の子でした。珠（たま）のように可愛い。その表現がぴったりでした。私はあなたを――生まれた赤ん坊を抱いて、病院から若葉町のアパートに戻りました。この子の顔さえ見れば、あの人も喜んでくれるはず。そう信じて疑わなかった」

しかしそうはならない。彼女の思い描く未来であったなら、私にも違う未来が訪れていたはずだから。一つだけわかったことは、さえ子の年齢だ。およそ二十二歳くらいで出産したということなので、今は四十七、八歳くらいになるはずだ。

「彼に連絡しようにも当時はポケベルしかなかったから待つしかなかった。アパートの部屋にはあなたと私の二人きりだった。そのときになってようやく私は現実を思い知ったってわけです。生まれたばかりの赤ん坊を抱きながら途方に暮れることしかできなかった」

さえ子は淡々と話している。声質も自分に近いのかもしれないと聖奈は思った。彼女の言葉は抵抗なく耳に入ってくる。

「どうしようか。私は悩みました。一人で養っていけるほどの蓄えもないし、かといってこの子を置いて働きに出るわけにもいかない。頼れる人は東京にはいなかったし。ちょうどその頃キッチンわかばのご主人も倒れてしまっていて……。そんなときに私が思い出したのは日輪寺の住職さんでした」

キッチンわかばが檀家ということもあり、お盆の時期には日輪寺の住職が店を訪れることがあったという。岩手から出てきた田舎娘を気にかけてくれ、さえ子にとっては数少ない、頼れそうな男だった。キッチンわかばの夫婦に連れられ、日輪寺での説法会に参加したこともあるらしい。説法会とは月に一度開催される日輪寺の恒例行事で、境内で炊き出しなどもおこなわれる。聖奈も何度も手伝ったことがある。

「寒い夜でした。あの子を抱いて、日輪寺に向かいました。まだ名前も決めていない我が子を置き去りにする。自分は鬼だと思いました。でもこうでもしないと私もこの子も生きていけない。そのときはそんな思いに支配されていたような気がします。門の前にあの子を置いて、しばらく隠れて見守っていました。このまま気づかれなかったらどうなってしまうのだろう。そんな心配があったんです。お寺に電話をした方がいいだろうか。そんな風に思っていたところ、門から人影が出てきました。小学生くらいの男の子でした」

兄の日樹だ。昨夜、父から聞いたばかりなので聖奈も知っている。

「男の子があなたを入れた籠を抱えて、寺の境内に入っていきました。それで私は安心して、その場をあとにしました。自分が捨てたあの子のことは――いえ、長島聖奈さん、あなたのことは一日たりとも忘れたことはありません。謝らせてください。本当に、本当に申し訳ありませんでした」

さえ子は頭を下げた。すでにその目からは涙が零れ落ちている。どういうわけかわからないが、許してもいいような気持ちになっていた。この人の話には同情の余地などないが、単純に生まれた娘を育てていく自信がなかっただけなのだ。

「謝罪の言葉は結構です」聖奈は毅然とした口調で言った。「私はあなたの娘かもしれませんが、それは生物学上のことであって、私は長島聖奈としてこれまで生きてきました。これからもそれは変わりありません」

聖奈は目の前に座る女性を見た。私の実の母親に当たる女性だ。見た目も似ているが、ただそれだけだ。

「恨んでなどいません。むしろ感謝しているくらいです。私を日輪寺の前に置いてくれてありがとうございました。そのお陰で私は長島聖奈になることができました」

そう言って聖奈は深々と頭を下げた。

「聖奈ちゃん、偉いね。何かこっちまで泣けてきちゃうよ」

亜里沙が涙を拭いている。日樹にも込み上げるものがあり、照れを隠すように言った。

「お前が泣いてどうすんだよ」

「だってさ、聖奈ちゃんの気持ちもわかるし、お母さんの気持ちもわかるから」

聖奈とさえ子の二人は、部屋の中央にあるテーブルを挟んで向かい合わせで座っている。赤坂にあるタワーマンションの一室だ。二人は今、無言のまま向かい合っている。

「長島さん、一つ質問があるんですけど、いいですか?」

沈黙を破ったのはさえ子だった。それに応じて聖奈が言う。

「どうぞ。それから下の名前で呼んでいただいて構いませんし、敬語でなくても結構です」

「そうですか。わかりました。では聖奈さん。あなたには霊感があるのかしら?」

「霊感、ですか。まったくないですね。自分にそういうものがあると思ったことは一度もありません」

「そう……」

さえ子がいきなり日樹の方に目を向けた。視線が合ったような気がして、飛び上がってしまうほどに驚いた。さえ子が日樹の方を指でさして言う。

「そのあたりに強い霊気を感じるのよ。あなたが部屋に入ってきたときから、ずっとね」

「霊気ですか」

首を傾げながら聖奈もこちらを振り返る。怪訝そうな顔つきだった。日樹は亜里沙の手を引っ張るようにして壁際まで後退する。そして亜里沙に向かって言った。

「お前、霊気なんて出してんじゃねえよ」

「出してないって。ハルさんじゃないの？」

自然に出てしまうものなのかもしれない。やはりあの女、ただ者ではなさそうだ。最初にここで会ったときも何かを感じとったような気配を見せていたことを思い出す。

「いわゆる霊感が強いってやつね」亜里沙がわかったように言う。「たまに噂では聞くよ。中には霊感の強い人もいて、私たち幽霊の存在を感じとることができるみたい。やっぱり凄い人なんだね、このおばさん」

日樹は壁に背中を当てて息を殺している。隣の亜里沙も同じような体勢だ。幽霊の存在を感じとる人間に会ったのは初めてだ。

「私の場合」さえ子が説明する。「あなたを産んでから、急にそういう存在を感じるようになった。何かのきっかけが必要みたい。私の母の場合は、交通事故だった。交通事故に巻き込まれたの。軽い怪我で済んだんだけど、それ以来感覚が研ぎ澄まされたって聞いたわ」

いわゆる霊能力者というやつだ。そういう家系ということか。

「祖母の姉はイタコだったとも聞いてる。これは男性よりも女性の方に濃く能力が受け継がれるの。だからあなたにも可能性はあるはずよ」

聖奈は神妙な顔をして話に聞き入っていた。思い当たる節がある。そういう顔をしている。おそらく聖奈の頭にあるのは最近見る妙な夢のことだ。日樹は心の中で叫んだ。おい、聖奈。それはお前の能力じゃなくて、俺がやってることなんだぞ。

「教えてほしいことがあります」聖奈から質問するのは初めてだった。「占い師として活躍されているそうですが、やはり霊感のお陰ということでしょうか?」

「それもあるけど、占いに必要なのは霊感よりも、調査能力ね」小さく笑って彼女は続けた。「さっき会った秘書の佐藤だけど、かつては大手探偵事務所に所属していた敏腕調査員なの。今でもかつてのコネを利用して、いろいろな情報を集めてくれるってわけ。それを小出しにしつつ、依頼人にアドバイスを与えるのが私の仕事。幻滅させてしまったらごめんなさい」

しかもあの佐藤という男は悪徳弁護士の羽佐間とも面識がある。そういう意味では裏の世界とも繋がりがあるのだ。

「幻滅なんて、そんな……」

「あなたを置き去りにしてから、私は水商売を転々としたの。歌舞伎町（かぶきちょう）の一角で占いをしているおばさんがいて、その人と仲良くなった。でもその人、肺を患っていてね。引退すると決めたとき、その場所を私に譲ってくれたのよ。それが私の第二のスタート地点ね」

探偵事務所の力を最大限に利用する。さきほどそう言っていたが、そもそも実力があったのだろう。そうでなければここまでの成功は収められないはずだ。

「聖奈さん、本当に今日は来てくれてありがとう。これで私の罪が晴れたとは言わないけど、少しだけ気持ちが楽になった気がします。あなたが立派な女性に成長してくれたことが何よりも嬉しい」

それを聞いた亜里沙が隣で言った。

「ちょっと図々しいよね、あのおばさん。偉いのは聖奈ちゃんなのに」

「だな。俺もそう思う」

聖奈を捨てたのはこの女のエゴである。満足げに語っているが、この女が我が子を置き去りにしたのは紛れもない事実なのだ。

「もう一つ教えてください」聖奈が口を開いた。「父から聞きました。あなたが私を引きとりたいと言っていると。それはどういう意味なんでしょうか」

小さく笑ってから彼女は答えた。

「実は現在、交際している男性がいるんだけど、私たちはもうこの年だし、子供を授かることは事実上は難しい。でもその方は自分の仕事を受け継いでくれる人材を探していて、是非あなたにという話になったのね。でもこの話は忘れてください。あなたはあなたの道を進むべきよ。きっとその方がいい」

どこか芝居めいたものを感じた。胡散臭さ(うさんくさ)とでも言えばいいのだろうか。さきほどから会話も嚙み合っているとは言い難く、この女が自分の主張を垂れ流しているだけだ。しかし聖奈は真剣な顔で彼女の話に聞き入っている。

「手を貸して」そう言ってさえ子は娘の右手をとった。そして手の平を見て言った。「やはりね。重大な局面を迎える線が見えます。多分あなたはお兄さんの遺志を受け継ぎ、立派な刑事になる。そういう覚悟を決める時期なのかもしれません」

さえ子は手を離した。聖奈は自分の手の平に視線を落としている。それから顔を上げて言った。

「あのう、また話を聞きに来ていいですか?」

「もちろん大歓迎よ。あなたからお代をいただくような真似はしないから。今日は来てくれてありがとう」

「失礼します」

「あ、言い忘れてた。誕生日おめでとう」

明日はクリスマスイブ。聖奈の誕生日である。しかし二十日前後が本当の誕生日なのかもしれない。

「ありがとうございます」

聖奈が立ち上がり、部屋から出ていった。それを見送ったさえ子は懐に入れていたスマートフォンを出し、操作をしてから耳に当てた。やがて彼女の声が聞こえてくる。

「……私よ。今、聖奈は帰ったわ。……まあまあの反応ね。心配ない。計画は順調に進んでるわよ」

この女、何か企んでいる。せめて通話の相手さえわかればいいのだが。そう思って足を前に踏み出そうとしたとき、突然さえ子がこちらを見た。まるでこちらの存在が見えているかのようだ。隣では亜里沙も立ち尽くしている。

「ハルさん、ヤバいって、これ以上は……」

亜里沙の言う通りだった。日樹は渋々退散するしかなかった。一つだけわかったことがある。聖奈の実の母親は、ある意味で本物だ。

ウラをとる。知り得た情報がたしかなものか、それを確認する作業だ。

二十五歳の誕生日であるクリスマスイブの当日。聖奈はこっそりと自宅を出た。自宅謹慎を言い渡されているが、見張りがついているわけではない。向かった先は調布市の若葉町だ。

昨夜、実の母親であるという、奈良さえ子という女性に会った。思っていた以上に抵抗はなく、彼女の話を受け入れている自分に驚くほどだった。

しかし全面的に信じるわけにはいかない。まだ日は浅いが、私も刑事の端くれだ。そう思って自分の足で行動してみることに決めたのである。

若葉町はごく普通の住宅街といった感じの街並みだった。一応、商店街めいたものがあったが、多くの店がシャッターを下ろしている。まだ時間が早いせいかもしれなかった。

ようやくシャッターの開いている店舗を発見する。クリーニング店だった。足を踏み入れると、中年女性が奥から顔を出した。

「いらっしゃいませ」

「すみません。私、こういう者ですが」バッジを見せてから聖奈は続ける。「このあたりに昔あったキッチンわかばという店を探しているんですが、心当たりはございませんか？」

「ちょっとわかりませんね。私、パートで通っているものですから」

空振りだった。そんな感じで聞き込みを続けていると、三軒目に入った不動産屋の主人が憶えていた。二十年ほど前に店を閉めているが、奥さんは存命で同じ場所に住んでいるという。ご主人は閉店した数年後に亡くなったそうだ。

教えられた場所に向かうと、シャッターを下ろした二階建ての建物があった。看板は白いペンキが塗られているが、よく見るとかつての店名である〈キッチンわかば〉の黒い文字が下から浮かび上がっている。

店の裏手に回り、玄関のインターホンを押した。何年も乗っていないような自転車が置かれている。「どちら様？」という声とともに、ドアの向こうに人が立つ気配があった。聖奈は声を発した。

「警察の者です。少々お話を聞かせてもらうことは可能でしょうか？」

ドアが開き、ベージュのセーターを着た女性が姿を見せた。七十は超えているだろう。

「こちらでは以前、定食屋さんを営業していたと聞きました。キッチンわかばを経営されていた方ですか？」

「経営なんて大層なものじゃないけどね」奥さんは笑みを浮かべて言う。「もう店を閉めて二十年くらいになるかしら。主人が体調を崩して、店を続けるのが難しかったのよ」

「ご苦労されたんですね。実はキッチンわかばで働いていたという女性を探しています。奈良さえ子という女性です。二十五年ほど前に働いていたということなんですけど、憶えていらっしゃいますか？」

「さえちゃんね。もちろん憶えてるわよ。器量が良かったからね、あの子は。ちょっとお待ちになって」

奥さんはそう言って部屋の奥に入っていく。しばらくして戻ってきた彼女は古いアルバムを手にしていた。それをめくり、あるページを開いて言った。

「毎年、お世話になった人を集めて新年会をやるのが恒例だったの。そして最後に集合写真を撮るの。呼ぶのは業者の人とか、常連さんとか、そういう人たちね」

キッチンわかばの座敷だろうか。十五、六人の男女が写っている。女性の数は少ないので、一際目を引いた。中央に座るのが奥さんと亡くなった店主だろう。奥さんの隣に若い女性がはにかむように笑っている。間違いない、若かりし頃の奈良さえ子だ。

「どうして刑事さんはさえちゃんのことを調べてるの？　あの子、元気にしてるのかしら？」

「ある事件の関係で、彼女の証言が必要になったんです。奈良さえ子さんですが、ここで働いていた期間はどのくらいでしょうか？」

「二、三年くらいかしら。あの子、お腹が大きくなっちゃってね。結局最後まで相手は教えてくれずじまいだった。可愛い女の子が生まれたのは知ってる。でも出産直後だったかな。突然姿を消してしまったの」

昨夜さえ子から聞いた話と一致する。嘘を語ってはいないらしい。ただ一点、気になることがあった。それを聖奈は奥さんに質問した。

「二十五年前、調布の日輪寺というお寺の前に、一人の女の赤ん坊が置き去りにされた事件はご存じですか。ちょうど奈良さんが姿を消した直後の出来事です」

当時は大騒ぎになったと父の日昇も話していた。ニュースでも報道されたことだろう。なぜキッチンわかばの夫婦は、赤子置き去り事件と奈良さえ子の失踪を関連づけて考えなかったのか。そんな疑問を抱いたのだ。

「二十五年前でしょ」奥さんが遠い目をして言う。「亡くなった主人が一回目の脳梗塞で倒れたのがその頃だったはず。たしか十二月二十四日の朝だったと思う。入院や何やで大忙しで、ニュース見てる暇はなかったんだと思うわ。もっとも一回目のときは年が明けてすぐに退院してきたんだけどね。えっ、ちょっと待って、刑事さん。じゃあさえちゃんが赤ん坊を日輪寺の前に置き去りにしたってこと？　日輪寺はうちも昔からお世話になってるお寺さんよ」

「そこは何とも……」

曖昧に誤魔化しつつ、手元にあるアルバムの写真に目を向ける。奈良さえ子が写っている写真は二枚だけだ。そのうちの一枚に写っている男性に目が吸い寄せられた。一番端に立っている長身の男だ。

「奥さん、この男性はどなたですか？」

聖奈が写真を指でさすと、奥さんは答えた。

「取引してた酒屋さんの息子さん。狛江（こまえ）にある前田（まえだ）酒店の次男坊ね。普段は長男がうちに出入りしてたんだけど、たまたまこの年は次男が参加したんだと思うわ」

あくまでも直感だ。女の勘、いや、娘としての勘と言った方がいいかもしれない。この男が奈良さえ子の相手、つまり私の父親ではないか。そんな勘が働いたのだ。どこか面影が自分に似ているような気がした。

「でも交通事故で亡くなったはず。多分さえちゃんがいなくなった頃のことじゃなかったかしら。もう年ね、私も。記憶が曖昧になっちゃって。あら？」と奥さんは聖奈の顔をまじまじと見て言った。「そういえばあなた、以前どこかで私と会ったことない？」

ドキリとする。キッチンわかばは日輪寺の檀家であったので、何かの行事で聖奈と顔を合わせている可能性もある。込み入った事情を説明するのも面倒なので、聖奈は平静を装って言った。

「初対面だと思いますが。それよりこの写真、お借りできますか？」

「差し上げますよ。どうぞお持ちください」

保護フィルムを剝がし、奥さんは写真を寄越してきた。奈良さえ子が暮らしていたアパートが今も近くに現存しているというので、場所を教えてもらった。奥さんに礼を述べてから、そちらに向かった。

狭い路地の突き当たりに、その木造アパートはあった。ユーハイム若葉というのがアパート名で、二階の二〇一号室に奈良さえ子は住んでいたという。外階段を上り、二〇一号室の前に立つ。今は別の住人が入っているようだ。曇りガラスの向こうにカーテンが見えた。

かつて、この部屋で奈良さえ子は暮らしていた。つまり私もこの部屋に入ったことがあるという意味だ。

ウラはとれた。彼女が嘘を言っていないことは判明した。父親の正体は気になったが、交通事故で亡くなっているようだし、今さら詳細を追及するのは難しいような気がする。

昨夜、さえ子は聖奈の手相を見てこう言った。重大な局面を迎える線が見える、と。あのときだけは彼女は占い師の顔になっていた。兄の遺志を受け継ぎ、立派な刑事になる覚悟を決めるのではないか。それが彼女の意見だが、そこには同調できない部分がある。

本当に自分は刑事として、警察官としてやっていけるかどうか。兄が内通者であるとの汚名を着せられている今、警察社会における自分の立ち位置が、かなり微妙なものになっているのは聖奈も実感していた。正直今のままでは警察官を続けていく自信がない。やはり私は――。

考えごとをしていたのがいけなかったのかもしれない。階段を降りている途中、バランスを崩した。今日履いているのは三センチほどのヒールのパンプスだ。折れたな、と思った次の瞬間、聖奈の体は宙に浮いていた。

臀部（でんぶ）に強烈な痛みを感じ、聖奈の意識はそこで途絶えた。

「おい、こう見えて私だって仕事中なんだからな」

「うるせえ、黙ってろ。お前だってこのままハルちゃんが悪者になったら気分悪いだろうが」

日樹は覆面パトカーの後部座席にいた。前には珍しいコンビが座っている。運転席には丸藤、助手席には監察医の友利京子だ。

「私は別に構わない。日樹が内通者だったとしても、所詮は昔の男だし」

「薄情な女だな、お前は。情ってもんがねえのかよ」

美女と野獣という表現がこれほどピッタリ合うコンビもそうそうない。こうして第三者的な立場から見ていると、意外に相性はいいのではないかと思えてしまうから不思議だった。夫婦(めおと)漫才を見せられているようでもある。

「情？　私は医者だ。そんなの必要ない」

「最悪だな。お前みたいな女に診られる患者が可哀想だ」

「ふん、そうかな。監察医の仕事を減らして、もっと外来を診てほしい。院長に直々にそう言われたばかりなんだけどな。代官山の高級フレンチで」

「ヤな女。だからハルちゃんに捨てられたんだぜ、きっと」

信じるべきは親友。日樹はそういう結論に達し、朝から丸藤の行動を追っている。今、覆面パトカーは渋谷区内のマンションの前に停まっている。自宅謹慎中の聖奈は朝は大人しく自宅にいたが、今はどこで何をしているか日樹は知らない。念のために様子を見るよう、亜里沙に頼んである。

「お、出てきたぞ。あの男だ」

丸藤が真顔で言った。マンションのエントランスから一人の男が出てくるのが見える。ほどなくしてマンションの前に一台のレクサスが横づけされた。男を乗せたレクリスが走り出すと、丸藤は尾行を開始した。

丸藤の狙いは羽佐間のはずだ。現在、事件のキーマンである羽佐間はどこかに潜伏しており、その隠れ家を提供しているのは間島組の可能性が高い。

「あいつの名前は嶋村」丸藤がハンドルを操りながら説明する。「間島組の若手の中でも、やり手として知られている。ここぞというとき、幹部は必ず嶋村を使う。今回もそうじゃねえかと俺は睨んでる」

羽佐間もそう長い間、潜伏しているわけにはいかない。高飛びというのが有力な線だった。海外に渡航し、ほとぼりが冷めるのを待つのだ。段取りをつけるのは当然、間島組の仕事だった。どこかで羽佐間と間島組は接触する。そのタイミングを丸藤は狙っているのだ。

車が減速したのを感じる。レクサスが停まったのは広尾だった。後部座席から降りた嶋村はコートをはためかせて明治通り沿いにある洒落た美容室に入っていく。一面ガラス張りの店で、奥の席に嶋村が案内されるのが見えた。髪を切りにきたビジネスマンといった風貌で、とても暴力団の構成員には見えなかった。

「出番だぞ、京子」

「面倒臭いわね。あんたがずっと尾行してればいいじゃないの」

「俺の風貌を見ろよ。一日中付け回していたら確実にバレちまうだろうが」

「わかったから貸しなさい」

丸藤の手から何かを奪うようにとり、京子は助手席から降りて、そのまま徒歩で問題の美容室の中に入った。髪を切る席は四つあるが、今はすべてが埋まっている。

「いらっしゃいませ」

「予約していないんですけど、カットをお願いします」

「ではこちらにご記入ください」

京子は手渡された用紙に名前などの必要事項を記入していた。その様子を受付の女性が見守っている。嶋村は女性スタッフと談笑しながら、鏡に映る自分の髪をチェックしていた。

「書けました」

「三十分ほどでご案内できると思います。あちらでおかけになってお待ちください」

応接セットがあり、そこが待合スペースになっているようだ。京子はそこに座り、雑誌を手にとった。ページをめくっているが、その意識は受付に向けられているのがわかる。

五分ほど経った頃、店の電話が鳴り始めた。受付の子が受話器をとり、何やら話し始めた。京子はその様子を上目遣いで観察している。受付の子がカットをしている美容師の方に向かって歩き出した。予約のことで相談でもするのかもしれない。

京子はその隙を見逃さなかった。立ち上がって受付の方に向かう。客の脱いだコートがかかっているスタンドがあり、その中の一枚のコート——嶋村が着ていた黒のトレンチ——の襟のあたりにUSBメモリーほどの大きさの何かを忍ばせて、京子は元の応接セットに戻った。素早い動きだった。

受付の子が戻ってきたタイミングを見計らい、京子は立ち上がる。受付に近づきながら申し訳なさそうに言った。

「ごめんなさい。急に会社に呼び出されたので、キャンセルさせてください。また必ず来るので」

「そうですか。またお待ちしております」

京子は美容室から出た。横断歩道を渡り、反対車線の路肩に停車している覆面パトカーに乗り込んだ。すぐに車は発進する。丸藤が言った。

「どうだ？　うまくいったか？」

「コートの襟の内側に忍ばせた」

多分GPSの小型発信器だろう。丸藤が上司の許可を得ているはずがなく、独断でやっていることだ。バレたら叱責だけでは済まされないが、この男はこういう強引な捜査方法を好んで使う。

「悪かったな、京子。この借りは必ず返す」

「返さなくていい。とにかく日樹の濡れ衣を晴らせ」

「任せておけ。落ち着いたら肉でも食いに行こうや」

「考えとく」

親友と元カノの会話というのは、どこか聞いていて恥ずかしい。日樹はシートに深く腰を沈めた。

赤ん坊の泣き声が聞こえる。

聖奈は目を覚ました。ここはどこだろう。古びたアパートの一室だ。箱型のテレビが壁際に置かれている。ブラウン管テレビではないだろうか。

これは夢だ。聖奈は瞬時にそう察した。自分は夢を見ているのだ。

聖奈はうつ伏せになっている。やや肌寒かった。起き上がって床にあったカーディガンを羽織る。部屋の隅で赤ん坊が泣いていた。

その子はタオルケットにくるまれ、竹製の籠に入れられている。顔を真っ赤にして泣いていた。涙をポロポロと零している。聖奈は仕方なくその子を抱き上げた。体を揺すり、「よしよし」と声に出して宥（なだ）めてみるが、赤ん坊は泣き止む気配はない。赤ん坊が小さな手で聖奈の胸のあたりに手を伸ばしている。もしかして、この子は——。

セーターをたくし上げると、赤子は当然のように聖奈の胸に吸いついてきた。少しくすぐったいような気がするが、感じたことのない満足感を覚えた。この子がたまらなく愛おしい。これが母親の子への愛情というやつだろう。そして多分、この子は、私だ。

赤子は無我夢中で母乳を飲んでいる。やがてお腹が膨れたのか、聖奈の胸から離れていった。口についた母乳を拭（ぬぐ）ってあげる。赤子は眠そうに欠伸（あくび）をした。聖奈は小さく笑う。お腹が膨れて眠たくなったのか、この子。

赤子を籠に戻した。そしてサンダルをつっかけて、外に出る。廊下の向こうに階段がある。間違いない、ここはユーハイム若葉だ。二十五年前、奈良さえ子が住んでいたアパートだ。さきほど目にした木造アパートだ。

寒いので室内に戻る。赤子は眠っていた。冷蔵庫を開けてみたが、調味料以外は何も入っていなかった。

聖奈は籠の中で眠る赤子を見た。どう見ても生まれて間もない赤ん坊だ。この子がここにいるということは、今は二十五年前なのだろう。聖奈は洗面所に向かい、鏡を覗いた。若い奈良さえ子がそこには映っている。やはり母子だけあって、聖奈と面差しが似ている。産後のためか、やや顔がむくんでいるようにも見えた。

そのときインターホンが鳴った。それからドアが開く。男が一人、入ってくる。三十代後半くらいの男だ。膝までの作業用エプロンを巻いている。男が言った。

「鍵くらい閉めとけよ、物騒だろ」

「ごめん、シュウちゃん」

言葉が出ていた。自分の意思ではなく、口が勝手に動いているような感じだった。男が赤子に目を向けて言った。

「この子が、そうなのかよ」

「そうよ。私とシュウちゃんの子」

そう言って聖奈は赤子を籠から持ち上げ、男に手渡した。男は両手で赤子を抱き、ちょっと戸惑ったような顔つきで我が子を眺めた。

「女の子よ。名前、まだ決めてないんだ。一緒に考えようと思って。上がってよ」

「悪いけど、配達の途中なんだよ。戻らないと怪しまれる」

あの写真の男だ。キッチンわかばの奥さんから渡された写真に写っていた男だ。狛江にある酒屋の次男坊という説明だった。彼がきっとさえ子の恋人だった男に違いない。

「じゃあ名前どうする？　私一人じゃ決められないわ。こういうのはパパが一緒に考えてくれないと……」

「落ち着けよ、さえ子」シュウが遮るように言った。「俺だって大変なんだよ。離婚してお前と一緒になりたいけど、今すぐにってわけにはいかない。でも本当に俺はお前と結婚したいと思ってるし、この子だって可愛いと思う。それだけは信じてくれ」

「だったら、名前くらい……」

「今は無理だ。仕事に戻らないと」

シュウは赤子をこちらに押しつけ、そのまま部屋から出ていった。聖奈の中に、いや正確にはさえ子の中で疑問が大きくなっていく。本当にあの人は私と一緒になってくれるのだろうか。その気持ちがあるのだったら、もっと優しくしてくれるのではないか。やはり私はこのまま見捨てられてしまうのかもしれない。そんなのは嫌だ。絶対に耐えられない。

怒りが沸々と高まっていく。シュウに対する怒りだった。しかし冷静な聖奈にはその怒りがややヒステリックなものだとわかった。子供を産んだ直後ということもあり、不安定な精神状態にあるのだ。

階段を下りると、アパートの前に一台の車が停まっていた。配達用の軽ワゴン車だった。シュウは運転席に乗ろうとしていた。こちらに顔を向け、怪訝そうな目つきで見てくる。

その目は何だ？　どうして私をそんな目で見るのだ。私のことを愛しているんじゃなかったのか。

「また明日、寄れたら寄るから」

寄れたら寄る。寄れない場合もあるってことか。馬鹿にしないでほしい。こっちは一人で子供を育てなきゃならないのに――。

気づくと地面に落ちていた何かを手に握っていた。それを持ったままシュウに向かって突進する。ゴツンという嫌な感触があった。シュウはそのまま車の横に倒れ込んだ。右手を見ると、割れたレンガがあった。聖奈はそれを地面に落とした。

シュウは動かない。まさか死んでしまったのか。呆然と見下ろすことしかできなかった。肩のあたりが上下に動くのを見て、死んではいないようだと安堵する。

「シュウちゃん……」

やがてシュウはゆっくりと起き上がった。側頭部のあたりを押さえている。わずかに血が滲んでいた。

「痛えよ、さえ子。何すんだよ」

「ごめん、シュウちゃん。私、気がついたら……。あ、血が出てる。消毒しないと……」

「たいしたことない。配達の途中だから」

シュウはそう言って側頭部を押さえながら運転席に乗り込んだ。エンジンをかけ、軽ワゴンは走り去った。


場面が変わる。ユーハイム若葉の室内に戻っていた。あれからどれだけ時間が流れたのか、わからなかった。まだ夢は続いているらしい、と頭の隅で聖奈は思った。すでに聖奈は完全にさえ子になり替わったかのようだ。どこまでが自分で、どこから先がさえ子なのか、その境界が曖昧になってしまっている。

籠の中で赤子は眠っているようだ。絞った音量でテレビが点いている。今はテレビコマーシャルが映っている。今や大御所になってしまった男性アイドルがカレーのＣＭに出ていた。ツンツンした髪型に時代を感じる。

電話が鳴っていた。床の上に置かれた固定電話だった。聖奈は慌てて受話器を持ち上げる。

赤子が目を覚ました様子はない。ほっと息を吐いてから、受話器を耳に当てた。

「もしもし？　さえちゃん？」

どこかで聞いたことのある声だった。公衆電話からかけているらしい。聖奈は答えた。

「ああ、どうも、おかみさん。連絡しようと思っていたんですが」

「いいのよ、さえちゃん。子供はどう？　元気にしてるの？」

「ええ、元気です。泣いてばかりいるけど」

キッチンわかばの奥さんだ、と聖奈は察した。出産したばかりのさえ子のことを気遣い、電話をかけてきたのかもしれない。

「実はね、さえちゃん」と奥さんは言う。「今朝のことなんだけど、うちの旦那、頭が痛いとか言い出して、すぐに病院に連れていったの。そしたら脳梗塞だったのよ。しばらく入院することになって、私も今は病院にいるの」

「マスター、大丈夫なんですか？」

「発見が早かったみたいで、手術しないで薬で溶かすことができたのよ。お陰でそんなに長く入院しないで済みそう。本当によかったって胸を撫で下ろしてるの。だからさえちゃんも心配しないで」

キッチンわかばの奥さんとはさきほど話したばかりだ。たしか二十五年前のクリスマスイブの朝、キッチンわかばの主人は脳梗塞で倒れたと話していた。ということは今日はクリスマスイブということになる。今夜遅く、聖奈は日輪寺の前に置き去りにされるというわけだ。しかし今のところはその兆候はない。

「ところでさえちゃん、聞いたかい？」

「何をですか？」

「前田酒店の次男坊、事故で亡くなったらしいんだよ」

頭の中が真っ白になる。聖奈に同化したさえ子が心の中で言う。シュウちゃんが、死んだ？どういうことだろうか。電話の向こうで奥さんが続ける。

「昨日、配達中に事故を起こしたんだって。ふらふらとセンターラインから出て、対向車線を走ってきた車にぶつかったらしいよ。相手の車の運転手は軽傷で済んだみたいだけど、次男坊は駄目だったって。居眠り運転をしてたんじゃないかって噂だね」

アパートの前でレンガで殴ってしまったことを思い出す。あのときの嫌な感触は手の平に残っていた。もしかして、という最悪の想像が頭をよぎる。あのとき実は脳に何らかのダメージを負っていたのではないか。きっとそうだ。そして配達中、そのダメージが形になって現れたのだ。

「……まだ若いのに可哀想にね。奥さんはいたけど、まだ子供はいなかったはず。それだけが幸いね。子供がいたら可哀想だもの。あ、さえちゃん、長々とごめんなさい。お見舞いは来なくて大丈夫だから心配しないで。赤ちゃんによろしくね」

通話が切れた。さえ子はしばらくその場で呆然としていた。シュウちゃんが死んだ。その現実を受け入れることができなかった。

受話器からツーという長い音が聞こえてきた。受話器を戻し、さえ子は畳の上を這って籠の方に向かう。何も知らない娘は穏やかな寝息を立てている。この子を産めば、シュウちゃんが私のところに来てくれると思っていた。それなのに、どうして――。これではこの子を産んだ意味がないではないか。この子を一人で育てていく自信などない。どうして、どうして――。

さえ子は呆然と我が子の寝顔を見下ろしていた。

「レイちゃん、食いたいもんあるか。焼き肉でも何でも奢ってやるぞ」

そう言って男が肩に手を回してくる。夢はまだ続いていた。今、聖奈は――さえ子はネオンの眩しい夜の街を歩いている。歌舞伎町のようだ。

「ありがと、部長さん」とさえ子は甘えた声を出す。「お寿司食べたいかも。でも部長さん、早く帰らないと奥さんに怒られるんじゃなかったっけ?」

「いいんだよ、放っておけば。俺の金で食わせてやってんだからな。それよりレイちゃん、お寿司のあとはホテル行こうな。たっぷり可愛がってやるから」

「部長さんのエッチ」

男がさえ子の胸のあたりに手を伸ばしてきたので、さえ子は笑ってそれを振り払った。深夜の歌舞伎町は多くの人が行き交っている。

シャッターの下りたパチンコ屋の前で、一人の女性が小さなテーブルの後ろにちょこんと座っているのが見えた。新顔だな、とさえ子は思った。少なくとも昨日まではあの場所にはラーメンの屋台が出ていたはずだ。

「何だ、レイちゃん。占いに興味あるのか。よし、一丁占ってもらうか」

特に興味はなかったが、男に腕を引かれて占い師のもとに連れていかれる。椅子は一つしかないので、まずは男が先に占うことになった。手相を見てもらい、それから生年月日を告げる。女占い師は言った。

「仕事面は順調ですね。二年先まで順調に進みますね。問題は健康面です」

「やっぱりそうか。健康診断の結果、あまり良くないんだよね、最近」

男はうなずいている。さえ子が働くキャバクラ店の客だ。どこかのメーカーで部長をしているらしいが、詳しいことは知らない。店に金を落としてくれればそれでいい。

さえ子の番が回ってきた。パイプ椅子に座り、手相を見てもらう。しばらくして女占い師は顔を上げ、真剣な顔つきで言った。

「あなた、大事なものを捨てたことがありますね」

さえ子は答えることができなかった。思い当たる節があったからだ。三年前、生まれたばかりの娘をあるお寺の前に置き去りにした。それから逃げるようにアパートを出て、こうしてキャバクラ店で働くようになった。

「大きな転機が訪れようとしています。それも近い将来です。……なるほど。そういうことなのですね」

そこで女占い師は咳込んだ。かなり苦しそうだった。咳が鎮まってから女占い師が言う。

「あなたは霊の存在を信じますか。たとえば霊を見たりとか、それに近い存在を感じたりとか、そういうことはありませんか？」

実はたまにある。三年前、出産を機にそういうことが起こるようになった。はっきりと何かが見えるわけではないが、漠然と感じるのだ。岩手の実家にいた頃から母に言われていた。あんたにはそういう血が流れているのだ、と。

「霊？　ダジャレのつもりか、おばさん。この子の名前はレイって言うんだぜ」

男が背後からそう言った。レイというのは源氏名だ。さえ子は男の野次を聞き流し、真剣な顔でうなずいた。さえ子の様子から何かを感じとったらしく、女占い師が言った。

「こうしてあなたとここで出会ったのも何かの縁かもしれませんね。あなたには才能があるようです。私などが足元にも及ばない才能です。それを活かさない手はありません。あなたが望むのであれば、私はすべてをあなたにお教えします」

「おばさん、意味わからないこと言ってんじゃないよ」

男に腕を摑まれた。そのまま男に引き摺られるように歩き出す。振り返ると女占い師がこちらをずっと見ていた。吸い込まれてしまうような視線だった。私はきっとまた、この女占い師のもとを訪れるだろう。そんな確信を胸に抱きつつ、さえ子は煙草の臭いが染みついた男の腕に抱かれ、喧噪の中を歩いた。

「おい、聖奈。大丈夫か。おい、森脇。どうなってんだよ。聖奈は無事なんだろうな」

日樹は病室に入るなり、森脇に詰め寄った。しかし幽霊の言葉が聞こえるはずがなく、森脇は黙ってベッドの上で眠る聖奈に目を向けているだけだ。背後で亜里沙が言う。

「ハルさん、落ち着いて。大丈夫だと思うよ。だってここは一般病棟だしね」

「そうは言ってもだな……」

一時間ほど前、日樹のもとに亜里沙がやってきた。聖奈が倒れて病院に搬送されたと聞き、驚いて駆けつけたのだ。自宅謹慎中だったはずの聖奈は調布に足を運んでいて、あるアパートの階段で足を踏み外したという。そこはかつて聖奈の実の母親である、奈良さえ子が住んでいたアパートだった。聖奈はさえ子の語っていた話のウラをとるため、調布に足を運んだようだ。さえ子が働いていた定食屋のおかみからも話を聞いたらしい。

ずっと亜里沙が見張っていたため、その内容は日樹も聞いた。やはりさえ子の語っていたことは概ね間違いないらしい。

人の気配を感じた。振り返ると若い看護師が病室に入ってきた。森脇が立ち上がり、小さく頭を下げた。看護師が言う。

「さきほど先生に確認したところ、目が覚めたら帰宅してもいいとのことでした」

「そうですか。ありがとうございます」

「お大事にどうぞ」

看護師が立ち去っていく。帰ってもいいというのは、検査の結果は異常なしということだ。

日樹が胸を撫で下ろしたとき、ベッドの上で動きがあった。聖奈が目を覚ましたようだ。

「あれ？　どうして森脇さんが……」

「署に電話がかかってきた。病院の人が聖奈ちゃんの警察手帳を見て、署に連絡をくれたんだ。何があったか、憶えてるかい？」

「ええ。階段から落ちてしまいました。ヒールが折れてしまったみたいで」

「通りかかった近所の住人が救急車を呼んでくれたらしい。検査の結果は異常なかったようだ。多少はぶつけた部分が痛むだろうけど、軽い打撲だから心配要らないって」

「ご迷惑をおかけしてすみません」

「気にしないで。それより顔色が悪いけど、大丈夫？」

それは日樹も気づいたことだ。聖奈は顔色が蒼白だった。どこか怯えたような表情にも見える。聖奈が答えた。

「夢を見てたんです。あまりにリアルな夢だったというか……」

「そうなんだ。もう少し休んでた方がいいかもしれないね」

「大丈夫です。そろそろ行かないと」

聖奈がベッドから足を下ろした。病院のスリッパに足を入れ、それから立ち上がった。数歩歩いたところでバランスを崩した。

日樹は思わず駆け寄っていたが、聖奈の体を支えたのは森脇だった。

「あ、すみません」

「気にしないで」

二人はそのままの姿勢で見つめ合っている。おいおい、これはどうなってんだ。思わず日樹は口に出していた。

「おいおい、お前たち。いつまでくっついてんだよ」

「ハルさん、言っても無駄だよ、聞こえてないから」

「おい、森脇。いい加減に聖奈から離れろ。さもないと呪い殺すぞ」

日樹の声が耳に届いたはずはないが、ようやく二人が体を離した。蒼白だった聖奈の顔がわずかに赤く染まっている。変な間を補うかのように森脇が咳払いをして言った。

「靴、買わないとね。あの靴は履いていけないから」

「そ、そうですね。どこかで買わないといけませんね」

二人の視線の先にはヒールの折れてしまった聖奈の靴が置かれている。背後で亜里沙が言った。

「いい感じだね、この二人。聖奈ちゃんって意外に猪突猛進(ちょとつもうしん)型だから、森脇君みたいなしっかり者の方がいいのかもしれないね」

「あのなあ、亜里沙。聖奈は俺の妹だぞ。森脇なんかに……」

「幽霊は人間の恋愛に手出しをできない。これ、私が作った新しいルール」

反論の余地もない。たしかに幽霊になってしまった今、日樹には聖奈の恋愛に口を出すことすらできないのだ。このまま淋しく成仏していくだけだ。

「だからハルさん、いい加減に聖奈ちゃんのことは諦めた方がいいって」

「別に俺は聖奈のことなど何とも思っちゃいねえよ」

「強がっちゃって。あ、私、仁美の稽古を見学してくるから。じゃあね、ハルさん」

手をヒラヒラと振りながら、亜里沙が去っていく。病室の中では聖奈が身支度を整えていた。ハンガーにかかっていたコートを森脇がとり、それを聖奈に向かって広げてあげた。「どうも」と聖奈が照れたように頭を下げ、コートの袖に腕を通した。

まったく聖奈の奴、すっかり色気づきやがって。そんなことしている暇があるんだったら、俺の無実を証明してくれ。このままだと俺、内通者にされちまうんだぞ。


聖奈の様子がおかしい。

時刻は午後八時を回っている。調布にある病院から戻ってきてから、聖奈は思いつめたような顔をして、ずっと考え込んでいるのだ。

もう数時間も自分の部屋に閉じ籠もっている。日樹は一人、ダイニングで聖奈の身を案じていた。暇だがほかにやることもない。

ようやく聖奈が自分の部屋から出てきた。自宅でよく着ているスウェット姿だ。聖奈は冷蔵庫から牛乳の紙パックを出した。コップに注いだ牛乳を一口飲んでから、ヤカンで湯を沸かし始めた。

聖奈が戸棚を開け、中からカップ麺を出すのが見えた。聖奈がカップ麺を食べるのは珍しい。あのカレー味のカップ麺は日樹が買い置きしていたものだ。醬油味、シーフード味、カレー味の三種類を必ず常備しておくのが日樹の習慣だった。

「へえ、聖奈ちゃんもカップ麺なんか食べるんだ」

そう言いながら亜里沙が部屋に入ってくる。派手な衣装を身にまとっていた。どこかのアイドルが着るようなドレスだ。両腕には長い手袋をつけ、ヒラヒラしたスカートをなびかせている。

「何だよ、その格好は？」

「可愛いでしょう。渋谷で見つけたの」

当然、金を出して買ったわけではない。イメージの問題らしい。本人がその服装や髪型をイメージすれば容姿は変えられるようだ。幽霊とは便利なものだと思うが、いくら自由に外見を変えられても、それを生きている人間に見せることはできず、一種の自己満足に近い。日樹はずっと死んだときと同じスーツ姿だ。

「カップ麺か。私は断然醬油派だな」

亜里沙はそう言って日樹の隣に座る。聖奈は沸騰した湯をカップ麺の容器に注いでいた。皿で蓋をして、それをテーブルに運んでくる。そのまま日樹の目の前に座った。

「聖奈ちゃん、元気ないね」

「やっぱりお前にもわかるのか」

「もしかして森脇君のことを考えてるのかな」

「それはないな」

さきほど病室の中で、聖奈と森脇は互いを意識するような素振りを見せていた。しかしそれはそのときだけで、病室を出てからはいつもの二人に戻っていた。

「どうしてないって言い切れるの？」

「長い付き合いだからな」

「あまりお兄さん面しない方がいいと思うよ。もう聖奈ちゃんに干渉できないわけなんだし」

「身の程はわきまえてるつもりだ」

聖奈がカップ麺を食べ始めた。いい匂いが漂ってくるが、これも自分のイメージなのかもしれないと日樹は思った。どうして幽霊が匂いを嗅ぎとれるのか。このあたりのメカニズムは今も謎だ。

テーブルの上でスマートフォンが震えた。画面を見ると、『丸藤さん』と表示されていた。

聖奈はカップ麺の容器を置き、スマートフォンを手にとった。何か進展があったのか。日樹も立ち上がって聖奈の耳元に顔を近づけた。

「俺だ、丸藤だ。お嬢ちゃん、ちょっといいか」

「はい、大丈夫です」

「実は間島組の幹部にＧＰＳの発信器をとりつけた。もちろん無許可だ。俺が独断でやったことだから詳しいことは言えんがな」

例の美容室での一件だろう。間島組の嶋村とかいう男のコートに発信器を忍ばせたのだ。そこから発せられる信号を丸藤はずっと追っていたに違いない。

「ＧＰＳの動きから、あるマンションに目をつけた。多分ここに羽佐間が潜伏していると俺は考えている。今から踏み込むつもりなんだが、お嬢ちゃんもどうかと思ってな」

「行きます。場所はどこですか？」

「広尾だ。だが捜査令状があるわけでもない。下手すりゃあとで処分される可能性もある。それにお嬢ちゃんは今も自宅謹慎中の身の上だろ。重い処分になるかもしれねえぞ」

一瞬だけ考える素振りを見せた聖奈だったが、そのまま立ち上がった。カップ麵の残り汁を三角コーナーに捨てながら答えた。

「ご心配なく。それよりどこに行けばいいんですか？」

「詳しい場所はショートメールで送る。時間がない。急いでくれ」

「了解です」

通話を切り、聖奈が自分の部屋に入っていった。隣の亜里沙もどこか緊張した面持ちだ。彼女にとっても羽佐間は因縁浅からぬ相手である。

羽佐間から自白を引き出せれば、大きな前進になる。決戦のときが近づいている。日樹はそう感じていた。

落ち合ったのは丸藤の運転する覆面パトカーの中だった。ハンバーガーでも食べていたのか、ファストフードの油の匂いが車内に充満していた。助手席に座る聖奈に、丸藤は紙コップのコーラを飲みながら説明する。

「あのマンションだ。見えるだろ。一二〇五号室だ。間島組の嶋村って野郎が今日の夕方、出入りしたのがわかっている」

「どうやって部屋を特定したんですか？」

GPSの反応だけならマンション内に入ったことはわかるが、入った部屋まではわからない。その方法が気になったのだ。

「簡単だ。全部のポストの郵便物を見ただけだ。その中に間島組と関連がある会社の名前を見つけたんだ。会社名義で借りている物件だろうが、実質的に使っているのは間島組と考えて間違いない」

紙コップをドリンクホルダーに入れ、丸藤は懐から一枚のカードを出した。

「スペアキーだ。入手した方法は聞かない方がいい。行くぞ」

「はい」

覆面パトカーを降りた。マンションのエントランスに向かって歩いていく。クリスマスということもあってか、マンションの入り口の植栽には電飾が施されている。丸藤とともに自動ドアから中に入る。エレベーターで十二階まで向かう。

エレベーターを降りると、丸藤は懐からオートマチック式の拳銃を出した。それを見て聖奈は驚く。最後に拳銃を触ったのは警察学校での射撃訓練だ。丸藤が安全装置を確認しながら言った。

「羽佐間だって警戒してるだろうしな。いきなり襲ってこないとも限らない。お前は俺の背後に隠れてろ」

一二〇五号室の前に到着した。慎重な手つきで丸藤がカードキーを差し込むと、緑色のランプが点滅した。ドアをゆっくりと開ける。幸いなことにドアチェーンはかかっていない。明かりが灯っているので、中に人がいるのは間違いないと思われた。

意外にも素早い身のこなしで丸藤は室内に入っていく。土足のまま足音を忍ばせ、廊下を進む。奥の広いリビングに男の姿を見つけた。ソファに座っている。こちらに背を向けてテレビを見ていた。クリスマス特番の音楽番組だった。

「羽佐間だな」

丸藤がそう言うと、ソファに座る男が肩を震わせるように振り向いた。四十前後の彫りの深い顔立ちをした男だった。目の周りが赤いのはアルコールのせいか。テーブルにはウィスキーのボトルが置かれている。テレビ台の横にはキャスターつきのスーツケースが開いたままの状態で置かれていた。衣類などが見える。逃亡の準備を整えていた途中だったのかもしれない。

「て、てめえら、勝手に入ってくるんじゃねえよ。これは立派な不法侵入だぞ」

「勝手に逃げたのはお前だろうが」丸藤は懐に手を入れ、ホルスターから拳銃を抜いて言った。「下手な抵抗は命とりになるぞ。逃走を阻止した際に誤って容疑者を射殺してしまう。クリスマスの一面に相応しくねえ事件だ」

「ふざけた刑事だぜ」

「ふざけてるのはどっちだ、この腐れ弁護士。お前が朝倉をそそのかして長島日樹殺害をうたわせた。さもなきゃ妹を痛めつけると脅してな。違うか？」

羽佐間は答えなかった。グラスに手を伸ばし、ウィスキーを喉に流し込んだ。それを見て丸藤が言う。

「この部屋をお前に提供したのは間島組の嶋村だろ。そのスーツケースだって奴が用意したものに違いねえ。大方沖縄(おきなわ)あたりに逃亡させてやるとか言われたんだろ。那覇(なは)市内に間島組が借りているコテージがあるからな」

羽佐間の目のあたりが痙攣(けいれん)するように動いた。図星らしい。さらに丸藤は続けた。

「奴らの手口なんだよ、それが。隠れ家に案内すると言って沖縄に連れていく。そして釣りの最中に行方不明になるってパターンだ。魚の餌(えさ)になりたいんだったら、間島組の用意したチケットを持って羽田(はねだ)に行け。俺は止めん」

羽佐間は黙ったままだ。酔った頭であれこれ思案しているようでもある。やがて羽佐間が口を開いた。

「俺にどうしろと？」

「司法取引だ。間島組に協力したことを洗いざらい喋るんだ。そうすれば刑の減免、場合によっちゃ不起訴っていう場合もある」

近年、日本においても司法取引制度が導入された。経済犯罪や薬物銃器犯罪に限定して適用される制度であり、もし羽佐間が間島組の関与する犯罪の摘発に協力した場合、彼の刑が軽減されたり、場合によっては不起訴になったりする可能性がある。おそらく羽佐間は間島組から報酬をもらい、さまざまな危ない橋を渡ってきたことだろう。それらを正直に白状すれば、刑罰から逃れられる場合もあるというわけだ。

「わかった、同意しよう」

羽佐間は首を縦に振った。自分の身が一番というタイプの男なのだろう。羽佐間が弁解するように言う。

「俺だってこのまま間島組の巻き添えになるのはごめんだ。俺も脅されてたんだ。仕方なかったんだ」

「やはり朝倉は長島日樹殺害に関与していないんだな？」

羽佐間はそれにには答えずに、念を押すように言った。

「本当だな。これは司法取引と考えていいんだな」

「そうだ。武士に二言はない」

丸藤の言葉を受けて、ようやく羽佐間が話し出した。

「あんたの言う通りだよ。妹を人質にとったと嘘をついて、奴に偽の供述をさせるように仕向けたんだ。間島組の意向だ。本来なら間島組の顧問弁護士の仕事だが、そいつが入院してたから、俺にその仕事が回ってきたんだ。入院してる顧問弁護士は先が長くないみたいで、今後は俺に任せてくれるようなことを言われて、ついつい魔が差したっていうか」

朝倉は犯人ではない。半ばわかっていたことではあったが、羽佐間の口からそれを聞き出せたことは大きな前進だ。

「間島組に協力する内通者が警察内部にいるらしい。あんた、心当たりはないか?」

「ないね」と羽佐間は即答する。「かなり警戒心の強い奴のようで、間島組でも一部の幹部にしかその正体は知られていなかったらしい。ただし警視庁の監察官も動いていたって話だぜ。警察内部に暴力団と繋がってる協力者がいるなんて、マスコミが喜びそうなネタだからな」

本気で内通者の存在をあぶり出す。そういう動きが警視庁であったということか。それを恐れた間島組が身代わりを用意することにした。そして選ばれたスケープゴートが兄の日樹だったのか。

「俺が知ってるのはこのくらいだ。内通者の正体はさすがに知らない。なあ、本当に俺は不起訴になるんだろうな」

「不起訴になるとは言ってない。場合によっちゃ起訴されることもある。刑は減免されるだろうがな。本業のあんたの方が詳しいはずだろ」

「最近は勉強不足でね。アウトロー的な仕事ばかりしてるからな」

羽佐間はそう言って自嘲気味に笑った。頭にあるのは自分の保身だけなのだろう。つくづく腐った男だ。

「ハルさん、ちょっと来て」

羽佐間の後ろで亜里沙が手招きしている。日樹がそちらに向かうと亜里沙が言った。

「こいつ、まだ諦めたわけじゃないみたいよ」

羽佐間は右手を後ろに回し、聖奈たちに見えないようにスマートフォンを操っていた。誰かに電話をかけているようだ。相手はきっと間島組の嶋村だろう。司法取引に応じる振りをしつつ、間島組に助けを求める。いかにもこの男がやりそうなことだ。仮に司法取引が成立したとしても、日本にはアメリカのような証人保護プログラムがない。間島組の影に怯えて暮らすより、骨の髄まで悪に染まってしまおうという考えなのだろう。

「ハルさん、どうしよう？　電話繋がってるみたいだけど」

日樹は焦る。何もできない。羽佐間がスマートフォンで電話をかけていることを聖奈たちに伝えたいのだが、その方法を思いつけないのだ。

「刑事さん、その物騒なものをしまってくれないか。怖くて仕方ないよ」

羽佐間が観念したような口調で言った。電話の相手に対し、拳銃を持った刑事と一緒にいることを伝えているのだ。その言葉を真に受けるほど丸藤は甘い男ではなかった。

「ふざけるな。とても怖がってるようには見えないぞ」

羽佐間がスマートフォンをズボンの後ろのポケットにしまい込むのが見えた。おそらく五分もしないうちに下に間島組の者たちが到着するはずだ。

「詳しい話は署で聞かせてもらう」そう言って丸藤は懐から手錠を出し、それを背後にいる聖奈に渡した。「お嬢ちゃん、手錠をかけてこい。そのくらいは研修で習っただろ」

「わかりました」

手錠を受けとった聖奈が緊張した面持ちで羽佐間のもとに向かう。日樹は息を飲んでその動きを見守った。丸藤が拳銃を構えているため、いくら何でも無茶なことはしないだろう。そう思っていたが、羽佐間は予想外の動きを見せた。

聖奈が手錠をかけようとしたそのときだった。羽佐間は聖奈の手首をいきなり摑み、その手を捻り上げた。いつの間にか羽佐間の手にはアイスピックが握られている。

「羽佐間っ、てめえ……」

唸るような声で丸藤が言う。羽佐間が低い声で言った。

「下がれ。俺だってこの女を傷つけたいわけじゃない」

「自分が何をやってるか、わかってんのか」

「いいから下がれ。そしてその拳銃を捨てろ」

丸藤は悔しそうに唇を嚙みながら、手にしていた拳銃を床の上に置いた。「蹴れ」と羽佐間に命じられ、言われるがままに拳銃を蹴った。フローリングの上を滑った拳銃は羽佐間の足元にやってくる。

聖奈は首元にアイスピックを突きつけられ、身動きをとれない状態だ。手を出せない自分がもどかしい。幽霊とはかくも無力な存在なのか。

そのときだった。日樹の前を何かが横切った。亜里沙だった。何を思ったのか、亜里沙がテーブルの方に向かっていく。そしてウィスキーの瓶の隣に置いてあるティッシュペーパーの箱に手を伸ばした。おい、亜里沙。お前、いったい何を――。

亜里沙がティッシュペーパーの端をつまみ、それを持ち上げた。かなり苦しそうな様子だった。そこまで力を入れなければ持ち上げることができないらしい。

ルール6、人間界に微弱な力を与えることができる。

ティッシュ一枚を揺らすのが限度だと言われている。それを今、目の前で亜里沙が持ち上げているのだ。

「そこをどけ。さもないと……」

羽佐間がそう言いかけ、口を閉じた。彼の視線の先には亜里沙が立っている。日樹の目に映っているのはティッシュを一枚持っている亜里沙の姿だ。しかし生きている人間に亜里沙の姿は見えない。まるで一枚のティッシュペーパーがひらひらと宙に浮いているように見えることだろう。

丸藤も同様だった。口をあんぐりと開け、宙に浮かんだティッシュペーパーを見ている。何が起きているのか、まったく理解できていない様子だった。

亜里沙が荒い呼吸をしながら、ティッシュペーパーを振った。羽佐間も、丸藤も、ティッシュの動きに気をとられていたが、聖奈だけは別だった。彼女にも見えていたはずだが、現実に戻るのが一瞬早かったのだ。

聖奈は羽佐間の手首を持ち、いきなり嚙みついた。羽佐間の手からアイスピックが落ちる。さらに聖奈は羽佐間の手首を捻って床に組み伏せて、膝を背中に当てるように全体重を乗せた。聖奈も警察学校で逮捕術を学んでいる。初の実践にしては褒められる部類の動きだった。

「丸藤さん、確保をっ」

「よしきた」

丸藤が床に落ちていた手錠を拾い上げ、そのまま羽佐間の手首にかけた。そして羽佐間に向かって言う。

「公務執行妨害で現行犯逮捕だ。司法取引の件は忘れてくれ」

ちょうど丸藤の足元にティッシュペーパーが舞い落ちてきた。聖奈と目を合わせ、首を傾げて丸藤が言った。

「何だったんだろうな」

「さあ……風ですかね」

床に落ちたティッシュペーパーの向こうで、亜里沙が力尽きたように倒れ込むのが見え、日樹は慌ててそちらに駆け寄った。

「亜里沙、大丈夫か。おい、亜里沙、返事をしろ」

膝の上に亜里沙の上体を載せ、肩に手を回して揺さぶった。亜里沙が薄く目を開ける。

「……ハルさん。どうだった？　うまくいったでしょ？」

「ああ、よくやった。お前は本当によくやった」

日樹自身は手も足も出せなかった。見ていることしかできなかった。あのまま羽佐間に逃げられていても不思議はなかった。亜里沙の機転が、絶体絶命の状況を覆したのだ。

「ゆっくり休め、亜里沙。そのあと一緒に映画にでも……」

「ごめん、ハルさん。もう無理っぽいや。私、そろそろ行かないと……」

頭の中が真っ白になる。いつかこういう日が訪れるとはわかっていた。しかしあまりに急だ。心の準備ができてない。

「ハルさん、手袋、とってくれる？」

そう言って亜里沙が右手を前に出したので、日樹は手袋を外す。現れた右手を見て驚いた。指先が透明になっている。亜里沙が息も絶え絶えに言った。

「実は昨日くらいからこんな感じなの。だからそろそろかなと思ってた。近いうちに私、成仏しちゃうんだろうなって」

アイドルっぽい衣装に身を包んでいたのは、消えつつある指先を日樹に見せないよう、亜里沙なりに考えてのことなのかもしれなかった。

「こないだ稽古場で仁美を見たときから、何か未練みたいなもんがなくなったような気がするんだよね……」

聖奈たちが立ち上がるのが見えた。羽佐間は観念したのか、大人しく従っている。おそらく下で間島組の者が待ち構えているかもしれないが、逮捕してしまえば向こうも手出しはしないはずだ。

部屋から出ていく聖奈たちの姿を見送ってから、日樹は改めて亜里沙を見た。すでに手首あたりまで消えてしまっている。もうすぐ砂のような粒子になり、空中に消えていってしまうのだ。

「聖奈ちゃんが助かってよかった。それにあの羽佐間って奴を捕まえることもできたし……。ねえ、ハルさん。私、少しは役に立ったかなあ」

「もちろんだ」と日樹は答える。「お前には感謝している。お前のお陰で聖奈も助かったし、羽佐間も逮捕することができた。お手柄だぞ、亜里沙」

「ろくでもない人生だったな」亜里沙が遠くを見るような目をして言った。「ダンサーにもなれなかったし、男を巡って親友と喧嘩別れ。挙句の果てに子供まで堕ろしちゃった。で、酔っ払って階段から転落して、頭を強く打って死亡。情けない人生だよ、まったく」

まだ二十五歳という若さだった。この先いくらでもやり直しができる年齢だ。

「でも最後にハルさんに出会えて、本当に良かったよ。毎日が楽しかった。だって考えてみると有り得ないじゃん。幽霊になってから友達出来るなんて。普通はそのまま成仏しちゃうのに……」

深夜の映画館をハシゴしたこともある。深夜のデパートでかくれんぼをしたこともある。クラブで楽しそうに踊っていた亜里沙の姿は、今も脳裏に焼きついて離れない。

「ハルさん、ありがとね。私と友達になってくれて」

「礼を言うのは俺の方だ。俺こそお前には感謝してる。お前がいたからこそ、俺は何とか正気を保っていられたんだぞ」

最初に病院で話しかけられ、七つのルールを教えられた。もし亜里沙に出会っていなかったら、自分がどうなっていたかわからない。激しい孤独に打ち勝てず、今もどこかを彷徨っていたかもしれない。彼女は紛れもなく、恩人だ。

「ハルさん、元気でね。聖奈ちゃんによろしく。先に行ってるから……」

「おい、亜里沙。待てよ、勝手に消えんじゃねえよ。おい……」

砂になった亜里沙が消えていく。あっという間だった。亜里沙の姿は跡形もなく消え去ってしまった。

部屋は静まり返っている。残されたのは日樹だけだ。言いようのない孤独を覚えた。一人でいるのがこんなに淋しいとは思ってもいなかった。

日樹は立ち上がり、部屋を出る。自分が涙を流していることに、外に出てから初めて気がついた。

「お嬢ちゃん、気をつけるんだぞ。まだ間島組の奴らがうろうろしているかもしれねえからな」

「はい、わかりました。お先に失礼します」

聖奈は丸藤に向かって一礼して、その場をあとにした。広尾にある交番の前だ。奥の部屋に羽佐間はいる。今、署から応援が向かっているところだった。

羽佐間を連行しようとしたところ、マンションの前で間島組の連中に足止めされた。何としても羽佐間の身柄を押さえてこい。幹部からそう言われているらしく、間島組の連中は殺気立っていた。間島組が遠巻きに見ている中、聖奈たちは覆面パトカーに乗り込み、この交番に駆け込んだという次第だ。

聖奈は自宅謹慎中のため、署の捜査員が来る前に姿を消した方がよかろう。そう丸藤に言われ、一足先に交番をあとにすることになった。通りに出てタクシーを拾う。何度か振り返ったが尾行されている形跡はなかった。

「赤坂までお願いします」

運転手にそう告げた。運転手は小さく返事をしてから、ウィンカーを出して車を右折レーンに入れた。赤坂に向かう目的は一つしかない。奈良さえ子に会うためだ。

昼間、病室で見た生々しい夢の数々。どうしても気になった。あの夢がすべて正しいのであれば、あれが私のルーツということになる。

マンションの前に到着する。高級ホテルの車寄せのような造りになっている。ちょうど聖奈が乗るタクシーの前には黒塗りのセンチュリーが停まっていた。エントランスから出てきた男がコンシェルジュに伴われてセンチュリーの後部座席に向かっていった。小雨が降っているため、コンシェルジュが傘を広げていた。六十歳くらいのコート姿の男性だ。

聖奈が料金を払っているうちにセンチュリーは走り去った。後部座席から降り、足早にエントランスに向かう。聖奈に気づいたコンシェルジュが傘を広げて近づいてくる。「ありがとうございます」と礼を述べつつ、聖奈はエントランスに駆け込んだ。

オートロックの案内表示の前に立ち、部屋番号を入力する。マイクが繋がった気配があったので、カメラを見て言った。

「長島です。夜分遅く申し訳ございません。お話ししたいことがあって伺いました」

自動ドアが開いた。エントランスの前でコンシェルジュがこちらを見ていたので、彼に向かって頭を下げてから、聖奈は中に入った。エレベーターで三十階まで上る。絨毯の敷かれた廊下を歩き、奈良さえ子の部屋に向かった。インターホンを押そうとすると、ドアが開いて彼女が姿を見せた。

「入って」

「お邪魔します」

リビングの応接セットに案内される。さえ子は白いバスローブをまとっていた。応接セットのテーブルの上に二つのワイングラスが置いてあるのが見えた。その隣にはワインのボトルもある。

「あなたも飲む？　オーパス・ワンよ」

「いえ、結構です」

さえ子はキッチンに向かい、ミネラルウォーターのペットボトルを持ってきてくれた。フランスの硬水だ。常温なのが有り難かった。

「それで、話というのは何かしら？」

L字形のソファに斜めに向かい合う形で座り、彼女が訊いてくる。聖奈は答えた。

「実は私、最近夢を見るんです。その夢というのがやけにリアルで、しかも私の記憶ではなかったりするんです」

聖奈は自分の身に起こっている不可思議な出来事を説明した。さえ子は微笑を浮かべたまま耳を傾けている。聖奈の話を最後まで聞いたあと、彼女は言った。

「霊視のようにも見えるけど、ちょっと違うわね。しかも第三者になって、行ったことのない場所まで見てしまうのはかなり特殊ね。私も聞いたことがない。お告げ的なものを夢で見るという霊能力者はいるけどね。それが本当の能力かどうかは別にして」

そこまで話したところでさえ子はワインを一口飲んだ。ルビー色のワインは、見ているだけで酔いそうなほど色が濃い。

「昨日も言ったように、あなたには私と同じ血が流れている。代々続くイタコの血がね。だから突然そういった力に目覚めたとしても私は驚かないし、むしろ自然なことだと思ってる。多分あなたの場合、お兄さんとの別れがきっかけだったんだと思うわ」

霊能力のメカニズムや、力の発現の由来になど聖奈は興味がない。問題はその内容だ。

「実は今日の昼間、あるアパートの階段で転倒して、意識を失いました。そのアパートというのは調布の若葉町にあるユーハイム若葉です」

さえ子の顔に変化があった。微笑を浮かべていた口元が引き締まったのだ。聖奈は続ける。

「私は病院に運ばれました。そこで夢を見たんです。ユーハイム若葉の一室で、私はあなたになっていました。生まれたばかりの赤ちゃんも一緒でした」

長く、そしてリアルな夢だった。まだ名前もついていない赤子と、その父親らしきシュウという男性。私はこのまま見捨てられてしまうのではないか。そんな根拠もない不安が押し寄せて、彼を追いかけた。そして――。

「お相手の男性は前田酒店の次男ですね。私の父親でもある男性です。あなたはその男性のことをシュウちゃんと呼んでいた。彼は妻帯者のようでしたが、あなたは彼と一緒になる夢を見ていたようです。そのために私を産んだとも言えるでしょう」

さえ子から反論の声は上がらない。それはつまり、あの夢がすべて現実に起こったことだと意味している。

「二十五年前のクリスマスイブの前日です。あなたは配達途中に立ち寄った彼に対し、突如として怒りを感じます。煮え切らない彼の態度を見て、突発的に怒りを感じたんです。あなたは彼を追いかけて、落ちていたレンガの破片を持ち、彼を背後から殴った」

倒れたシュウはすぐに起き上がった。側頭部から血が滲んでいたが、たいしたことないと言って、そのまま配達の車に乗って走り去ったのだが――。

「翌日、あなたの部屋に電話がありました。キッチンわかばの奥さんからでした。その男性が亡くなったことをあなたは知らされたんです。交通事故でした。居眠り運転の線が濃厚だったそうですが、それ以外の可能性もあるのではないでしょうか。脳というのは複雑なものです。あなたに殴打されたときに受けたダメージが、車の運転中に症状となって現れる。有り得ないことではないと思います」

あの夢の中で、聖奈はさえ子と同一化していた。だからわかるのだ。あのとき、さえ子は完全に怒りに支配されていた。結果がどうであれ、そこにあったのは紛れもなく殺意だった。

「あなたの今の成功――このマンションも、そのワインも、すべてあなた自身の才覚によるものであるのは認めます。しかしその陰で多くのものが犠牲になっているのも疑いようのない事実です。私の父である男性の命。そして私自身も犠牲者の一人と言えるでしょう。私の育ての父であり、日輪寺住職である長島日昇の口癖を借りるのであれば、あなたのとった行動は」

そこで聖奈は一呼吸置いてから、言った。

「仏の道に反しています」

日樹は驚いていた。聖奈の語った話にだ。二十五年前、奈良さえ子が聖奈を――まだ名前もつけられていない生後間もない赤子を――日輪寺の前に置き去ることになった原因。それを聖奈は克明に語ってみせたのだ。

ふう、と息を吐いてからさえ子が言った。

「あなた、本物ね。やはり私の後継者はあなたしかいない」

「やめてください。そのつもりはありませんので」

「じゃあ一生警察官を続けるっていうの？　何が楽しいの？　刑事なんて」

「楽しさを基準にして職業を選んでいるわけではありません」

「じゃあ何を基準に選んでるの？　やり甲斐？　それともお金？　どちらも刑事には縁遠いと思うのだけれど」

「強いて言えばやり甲斐ですね。さきほどある悪徳弁護士を逮捕しました。現行犯逮捕というやつです。この世から悪が一つ消えれば、それだけで救われる人がどこかにいるのかもしれない。そう思いました」

さえ子がワイングラスを手にとり、そこに入っているワインを飲み干してから言った。

「やり甲斐ね。こう見えて私、本当に力があったの。歌舞伎町で出会った占い師に弟子入りして、その人の代役としてたまに街角で占うようになった。はっきりと未来が見えるわけではなかったけど、色みたいなものが見えることがあった。明るい色ならポジティブなことを、暗い色ならネガティブなことを言うだけだった」

それが評判を呼んだ。場所が街角から占い館と呼ばれるビル内の一角に変わり、さらにそこからステップアップしてマンションの一室を借りるようになった。

「それがいつしか、色が見えなくなってしまった。でも不思議なことに客は減ることなく、むしろ増える一方だったわ」

その手法は日樹にも容易に想像がつく。事前に探偵事務所に調査を依頼し、その調査結果を小出しにして、客の心を摑む。派手な宣伝は避けて情報の流出を抑えることにより、みずからの神秘性を高める。完全にビジネスだ。

「何不自由ない生活を送れるようになったけど、どこか淋しかったのかもしれない。そんなとき、付き合っている彼が養子の話を持ち出してきたの。彼の遠縁に当たる子を引きとるという話だった。でも私にとっては見ず知らずの子。赤の他人の母親になるくらいだったら、あなたを引きとった方がいい。そう思ったのよ」

つくづく自分勝手な女だ。自分が二十五年前に捨てた子なのだ。その子がどんな風に人生を過ごしてきたのか。この女には想像力というものが欠如しているのかもしれない。

「実は彼、政治家なの。現職の衆議院議員よ。最初は私のお客さんだったんだけど、いろいろと相談に乗っているうちに付き合うようになった」

「さきほど下でお見かけしました」

聖奈の言葉に日樹はうなずく。センチュリーに乗っていった男か。暗いので顔はよく見えなかった。

「一人息子がいたんだけど、これがどうしようもない男でね。麻薬に手を出したり、女癖が悪かったりで、彼も手を焼いてたのよ。警察に厄介になったこともあるらしいわ。私のアドバイスに従って彼をニューヨークに向かわせたの。語学留学という名目でね。半年前に彼が現地で亡くなったという知らせが飛び込んできた。何か可笑しいかしら？」

聖奈を見ると、笑いを堪えるかのように下を向いていた。聖奈が口に手をやって言った。

「すみません。いろいろ繋がってるんだなと思って」

「何の話？　私たちとしては、いい厄介払いができてよかったんだけど、彼の地盤を継ぐ跡とりがいなくなってしまった。だから養子を欲しいと思ったんでしょうね。だったら私の娘がいい。あなたを迎えいれて、彼の派閥の若手政治家と結婚させる。それができれば完璧だと思ったんだけど。しかもあなたの能力があれば私の跡を継ぐことができる」

よく考えるものだ。日樹は呆れていた。まるで自分が世界の中心にいるかのような考え方だが、世の中にはそういう風に考えている輩が意外にも多いことを日樹は知っている。犯罪行為に関与する者の多くがそうだからだ。

「残念ながら」聖奈はそう言いながら腰を上げた。「あなたのご意向に沿うことはできません。私はこれから先も長島聖奈です。私を育ててくれた両親、そして兄の恩に背くわけにはいかないので」

聖奈はバッグを肩にかけ、それからさえ子に向かって頭を下げた。思いを断ち切るようでもあった。

「二度と顔を合わせることはないでしょう。それでは失礼いたします」

聖奈はそう言って部屋から出ていった。さえ子は黙ってその姿を見送っている。

刑事だから、という理由ではなく、そもそも根本的な部分で聖奈は実母のことを信用できないのだろう。自分が聖奈の立場でも同じ行動をとるはずだった。

さえ子はソファに座ったまま、しばらく放心しているようだった。たとえ血が繋がっていようが、そこには愛情の欠片（かけら）もない。二人は別々の道を行くのだ。それが聖奈が選んだ結論なのだから。

一つだけ、どうしてもわからないことがある。聖奈は今日、病室で夢を見たらしい。その夢の中で聖奈はさえ子の過去の記憶を追体験したという。

俺は何も手出しをしていない。では、その夢とはいったい何か。みずからの力で自由自在に過去の事実を夢で再現できる。そんな霊能力を聖奈は身につけてしまったのか。しかしそうでないとしたら、聖奈に夢を見させたのは、いったい誰なのか。

聖奈が自宅マンションに到着したのは、日付が変わった午前一時過ぎのことだった。

エアコンで暖房をつける。椅子に座って大きく息を吐いた。少しだけ落ち着いた。奈良さえ子を前にして、やはり相当緊張していたようだ。

決着がついた。そう思っていた。少なくとも聖奈は気持ちの整理がついていた。いくら血が繋がっていようが、深く付き合ってはいけない相手だ。

少しだけ室温が上がってきた。コートを脱いでから、聖奈は冷蔵庫を開けた。中からチューハイの缶を出す。最後の一本だ。これで日樹がストックしていたアルコールはなくなる。少し遅れてしまったが、自分の誕生日を祝うには相応しい一本かもしれない。

プルタブを開けて一口飲む。美味しい。体に染み入っていくようだった。

しかしすべてが解決したわけではない。聖奈は自分にそう言い聞かせる。内通者の正体も依然として謎に包まれているし、肝心の日樹を殺害した犯人も見つかっていないのだ。

聖奈はチューハイの缶を置いて立ち上がった。玄関に向かい、備え付けの下駄箱の前に立つ。この一番上の段に携帯電話が置かれていたという。兄が間島組との連絡用に使っていたとされる携帯電話だ。

兄は断じて内通者ではない。そう仮定するなら、あの携帯電話は犯人側がここに隠したということだ。問題はどのようにして室内に侵入したか、だ。不気味だったので玄関の鍵を交換したばかりだが、果たしてそれで安全と言えるのか。考えれば考えるほど、深みに嵌まっていくような気がしてならない。

そもそもあの携帯電話はいつからあそこに置かれていたのか。下駄箱に関しては、聖奈は下の二段だけを使わせてもらっていた。日樹もそれほど靴を持っている方ではないので、上の方の段はほとんど靴が入っていない。隠し場所としてはもってこいかもしれないが、何かの拍子に聖奈が見つけてしまう場合も考えられた。

もしかして、と聖奈はその可能性に気づいた。あの三人の中の誰かが携帯電話をこっそりと下駄箱に隠したのではないか。そう、あの三人の中に内通者が紛れ込んでいたとは考えられないか。

聖奈はテーブルの上のスマートフォンを手にとった。

相手の番号を呼び出し、スマートフォンを耳に当てた。やはり相手は電話に出なかった。もう眠っているのだろう。そう思ってスマートフォンをテーブルの上に戻そうとしたとき、着信が入った。

「はい、長島です」

「ごめん、聖奈ちゃん。出ようとしたら切れちゃったんだ」

森脇の声が聞こえてくる。聖奈は言った。

「こちらこそすみません。夜分遅く着信を入れてしまいまして」

「気にしないで。それよりどうしたの？」

「ええ、実は」と聖奈は早速本題に入る。「昨日のことです。一課の人たちが私の部屋を家宅捜索したじゃないですか。あのとき森脇さん、何か見ませんでしたか？」

森脇は聖奈の思惑に気づいた様子だった。すぐに訊いてくる。

「もしかして聖奈ちゃん、あの人たちを疑っているってこと？」

「ええ、まあ。可能性はゼロではないと思います」

「いや、それはないよ、聖奈ちゃん」

「本当にそうでしょうか」

相手は捜査一課の捜査員だ。さすがにそこまでしないか。自分の直感が的外れであることに気づき、落胆したそのときだった。聖奈は唐突に思いついた。可能性ということを考えるなら、もう一人いるではないか。

心臓が音を立てていた。今、電話で話している相手にだってチャンスはあるのだ。

あのとき森脇も立ち会っていた。捜査員たちへの差し入れのコーヒーとドーナツを買い、あとから入ってきたのだ。あとから入ってきたということは、それはつまり、その時間は一人きりだったことを意味している。

「もしもし聖奈ちゃん？」

「あ、すみません」

たしかあのとき、捜査員の二人は日樹の部屋を、もう一人はキッチンを捜索中だった。聖奈はダイニングのテーブルにいたので、玄関の下駄箱には目が届かない。隠し持っていた携帯電話を下駄箱の一番奥に入れる。単純な作業だ。

「もしかして聖奈ちゃん、僕を疑ってる？」

ようやく森脇も気づいたらしい。聖奈はイエスと返事をすることもできず、黙ったままスマートフォンを耳に押し当てた。電話の向こうから森脇の声が聞こえてくる。その声は笑いを噛み締めているようでもある。

「いいね。目のつけどころは悪くない。もう少しで着くから待っててくれるかな」

通話が切れる。森脇は何を言ってるのか。もう少しで着くとは、いったい――。

玄関の方で物音が聞こえた。聖奈は立ち上がり、ダイニングのドアを開けて廊下に出る。玄関のドアがゆっくりと開いた。そこに立っていたのは森脇だった。

「ど、どうして……」

「そんなに驚かなくてもいいじゃないか。君は僕を疑っていたんだろ。だったらこのくらいのことは想定しておかないと駄目じゃないか」

そう言って森脇はこちらを見て、にっこりと笑った。

どうして森脇は鍵を交換したばかりのドアを開けることができるのか。オートロックの自動ドアからどうやって入ってきたのか。どうして――。

「そんなに怖い顔をしないでもいいじゃないか、聖奈ちゃん」

「ど、どうやって、ここに……」

森脇は土足のまま室内に入ってくる。聖奈は思わず後ずさった。ダイニングに入ってきた森脇が言う。

「簡単なことだ。君が鍵屋を呼んでドアの鍵を付け替えたのを知った僕は、その業者のもとを訪れた。妹はうっかり者なので、できればスペアキーを欲しい。そう言ったら業者は用意してくれた。警察バッジを見せれば大抵の業者は信用してくれるからね」

さも当然だ。そういった開き直った感じで森脇は話している。助けを呼びたいところだったが、スマートフォンは森脇のそばのテーブルの上だ。聖奈の視線に気づいたのか、森脇はそのスマートフォンを手にとり、もっと離れた位置に置いた。

「あ、あなたが内通者だったんですね」

口が渇いて仕方がない。掠(かす)れた声で聖奈は言った。森脇が答える。

「そういうこと。残念ながらね。まあこれには込み入った事情があるんだよ。俺だって好きで内通者をやってたわけじゃない」

一人称の呼称が僕から俺に変わったことに聖奈は気づいた。醸し出す雰囲気もいつもの柔らかいものではなく、どこか硬質な印象を受けた。

「俺は刑事課に来る前は生活安全課にいた。そこではずっと主に未成年犯罪を担当してた。渋谷という街は未成年だらけだし、しかもそいつらが大人顔負けの犯罪に関与するんだ。忙しい日々だった」

森脇は淡々と話している。服装もいつもと同じくスーツ姿だ。

「俺だって息抜きくらいする。その日、馴染みのバーで飲んでいたんだ。そしたら若い女に声をかけられた。以前俺に職質されたらしいが、そんなのはいちいち憶えていない。向こうも一人だったから、一緒に飲む流れになった。俺だって生安だったし、一応飲む前に免許証を確認して、未成年じゃないことは確認したよ。最初のうちは楽しく飲んでいたんだけど、途中で記憶がなくなった。気がついたらホテルの部屋にいて、その女が裸で隣に寝てた。典型的な美人局（つつもたせ）ってやつだよ。でも普通と違うのは俺が刑事という身分であって、しかもその女の本当の年齢は十六歳だったってことだ。俺が確認した免許証は偽物だったというわけ。当然のように彼女のバックには間島組がいた。黙っている代わりに情報提供を持ちかけられた。持ちかけられたというより、強制されたと言った方がいいね。俺の腹の上で未成年の子が腰を振ってる動画なんかを見せられたら、とても断ることなんてできなかったよ」

　未成年犯罪の担当捜査員が、未成年女性と過ちを犯してしまう。決してあってはならないスキャンダルだ。

「それから二年間だ。麻薬の取り締まりの情報を事前に教えたり、逆に向こうの情報を警察側に流すこともあった。間島組の敵対勢力を弱めるためだ。そうして間島組の勢力が増していく中、俺自身の存在価値も高まっていった。これは必要悪ではないか。そんな風に思うこともあったよ。ほら、渋谷という街は若者文化の発信地でもあるわけだろ。そうした発展に貢献している意味合いもあるんじゃないかと思うようにもなったよ」

「馬鹿なことを。そんなことが許されるわけ……」

　火花が散った。頬を張られたのだと気づいた。カッと頭に血が昇ったが、聖奈は何とか冷静になるように努めた。

「自分でもわかってる。こんなことがいつまでも続くわけがない。ずっとそう思ってた。警視庁の監察官が動き始めたっていう噂を聞いたとき、やっと終わりが来るんだと少し安心する一方、せっかく築いた地位を奪われたくないとも思った。それで間島組の幹部と食事をしたとき、提案されたんだよ。渋谷署の捜査員を一人、スケープゴートにしてはどうかってね。刑事を一人殺して、その者を内通者に仕立て上げる。悪くないアイデアだと思った」

もう我慢できなかった。聖奈は森脇に向かって叫ぶように言った。

「あなたなんですね。あなたがお兄を……兄を殺害した犯人なんですね」

「そうだよ、聖奈ちゃん。先輩を殺したのはこの俺だ」

森脇は淋しそうな笑みを浮かべて、そう言った。

森脇が……俺を殺した犯人だったのか。

日樹は呆然と立ち尽くしていた。自分を殺した犯人は誰なのか。ずっと考え続けてきたのだが、森脇はまったく予想外だった。むしろ一度たりとも疑ったことがないくらいだ。

「別に先輩に恨みがあったわけじゃない。むしろ恩を感じていたくらいだ。こんな俺を可愛がってくれたからね、先輩は」

一緒に組むようになったのは今年の四月からだ。以来、行動をともにするようになった。手塩にかけて育てていた後輩だ。

「それなのに、あなたは兄を……」

「悪いとは思ってるよ。先輩にも、聖奈ちゃんにもね。でも仕方がなかったんだ。誰か一人、内通者に仕立て上げなきゃいけないわけだし、先輩なら自宅の場所も行動パターンも把握できていたから好都合だった。それに先輩の動物的な勘とでも言えばいいのかな、そういうのを俺は恐れてたんだ。あの人、お気楽そうな顔をしてて、たまに本能で何かを見抜いたりするんだよね。俺、怖かったんだよね。いつか見抜かれてしまいそうな気がして」

日樹は思い出す。あの日、殺される直前に森脇から電話がかかってきた。王泉大附属病院に遺体解剖の報告書をとりにいった森脇から、その報告の電話がかかってきたのだ。実はあのとき、森脇は日樹のすぐ近くにいたのか。病院に行ってすぐに新宿に向かい、帰宅してくる日樹を待ち構えていたのだ。

「そんな理由で……あなたは兄を殺害したんですか？」

「俺には十分過ぎる動機だと思うけどね」

日樹は聖奈の身を案じた。聖奈は壁際に追い詰められている。ここまで打ち明けた以上、森脇が何もしないでこのまま帰るとは思えなかった。そんな日樹の悪い予感が的中してしまう。森脇がジャケットの懐に手を入れ、何かをとり出した。それを見た聖奈の顔色が変わる。森脇が手にしていたのはスタンガンだった。

「聖奈ちゃん、心配しなくていい。痛みは最初の一瞬だけだ。最後に聞いておきたいことがある。君は先輩のことが好きだったんだろ」

森脇がスタンガンの先端を聖奈の顔に近づけた。

「や、やめてください」

聖奈は壁に背中を当て、顔を逸らす。嘲笑うかのように森脇が言った。

「君は異性として先輩のことが好きだった。もちろん、先輩もね。まったくおかしな二人だよ。見ていて滑稽だった。お互い好きで好きでたまらないのに、兄妹という戸籍に縛られているなんてさ。月並みな表現になってしまうけど、天国で先輩と一緒になればいいよ」

やめろ、森脇っ。

日樹は聖奈の前に立ち、体を張って森脇から妹を守ろうとするが、まったく役に立たなかった。スタンガンを叩き落とそうとしても、その手は素通りしてしまう。本来なら森脇程度の男なら得意の払い腰で投げ飛ばせる。しかし手が、指が、どこにも引っかからないのだ。

「ごめんね、聖奈ちゃん」

そう言いながら森脇が一歩前に出たときだった。突然、森脇の動きが止まった。首のあたりに手をやって、苦悶の表情を浮かべている。いったいどうしてしまったのか。聖奈も驚いたように森脇に目を向けていた。

日樹の目には、それが見えた。最初は森脇の体にまとわりつく煙だった。それが徐々に形をなし、人の形になっていった。ちょうど幽霊が成仏していくときと逆だ。男の形をした砂が森脇の首に腕を回し、首を絞めているのだ。

いったいどうなっている？　これも幽霊なのか。

聖奈が動くのが見えた。テーブルの上のスマートフォンをとり、そのまま部屋から出ていったのだ。おそらく聖奈は何も見えていないはず。いきなり森脇が苦しみ出したように見えたことだろう。

完全に森脇が脱力して、すとんと床に座り込んだ。死んではいないようだ。いわゆる落ちた状態だろう。森脇を絞め落とした物体――やはり幽霊のようだ――は特に表情を変えることなく、そこに立っていた。

年齢は三十代後半あたり。ところどころが消えて見えなくなっているが、幽霊であることに変わりはない。年季のようなものを感じさせる幽霊だった。これまで出会ったどの幽霊よりも、全体的に存在感に欠けている。今すぐにも消え去ってしまいそうな、そんな脆さを感じさせる佇まいだ。

そういうことだったのか。すべてわかったような気がした。日樹は声を絞り出した。

「あんた、聖奈の父親だな」

男の幽霊は輪郭さえもぼやけているが、笑ったように日樹には見えた。


「……救急車も一台、お願いします。ええと、住所は……」

聖奈は自分の住所を告げた。マンションの外に出ていた。エントランスからやや離れたところに立っている。一一〇番通報を終え、聖奈はその場に座り込んだ。腰が抜けてしまったみたいで、聖奈はその場から動くことができなかった。

あの森脇が、兄を殺害した犯人だったのだ。今もまだ信じられずにいる。彼の告白が本当に現実なのか、それさえもわからないほどに聖奈は動揺していた。

少々頼りない部分はあるものの、聖奈にとっては優しい先輩だった。昨日ユーハイム若葉の階段から転がり落ちて病院に運び込まれたとき、真っ先に駆けつけてくれたのが彼だった。ここ最近、彼のことを異性として意識していたのは事実だ。いつも近くで見守ってくれていたというのが大きい。

目の前でタクシーが停車した。後部座席から降り立った男が、そのまま聖奈の方に向かって歩いてくる。丸藤だった。路上に座り込む聖奈を見て、丸藤が言った。

「おい、どうした？　何があったんだ？」

声が出ない。聖奈の様子がおかしいことに気づいたらしい。靴さえ履いていないことに聖奈は気づいた。

「さっきから何度か電話をかけていたが、繋がらなかった。虫の知らせとでも言えばいいのか。心配になって駆けつけたんだ」

「丸藤さん……」聖奈はようやく声を絞り出した。「森脇さんが……森脇さんが犯人だったんです」

「何だと？」

「今、私の部屋に……」

短い言葉だったが、丸藤は何かを察したようだ。丸藤はマンションのエントランスに入っていった。聖奈はその場でそれを見送ることしかできなかった。

森脇は苦しんでいた。美人局に引っかかり、暴力団に情報を流すことを強要されていたらしい。だからといって彼のおこなったことは許されることではない。仕組まれたこととはいえ、自分のスキャンダルを明るみに出さないために、警察を裏切り、そして兄を殺害したのだから。

兄を殺した犯人が憎かった。捜査に少しでも役に立ちたい。そんな思いで半ば衝動的に刑事になった。そしてようやく辿り着いた真実。それは聖奈の予想をはるかに超えるものだった。

遠くで聞こえていたサイレンが徐々に大きくなってきて、やがて救急車がマンションの前に到着した。同時に丸藤がエントランスから出てきた。彼が救急隊員に何か説明している。救急隊員が担架を持って中に入っていった。パトカーも到着し、あたりが騒がしくなってくる。何事かとマンションの住人も外に出てきている。

「森脇は気を失っていた」気がつくと丸藤が近くにいた。「柔道でいう、落とされた状態にあるようだ。一応手錠をかけてある。本当に奴が犯人なのか？」

「そのようです。内通者の正体も彼だったみたいです」

気持ちに多少の余裕が出てきたので、聖奈は説明した。森脇が内通者であり、そして兄を殺害した犯人だった。説明を聞き終えた丸藤が唸った。

「信じられん。あの坊やがハルちゃんを殺すとはな。真面目な男だと思ってた。まあこういうのが先入観というものかもしれないけどな」

先入観というのは大きい。兄が可愛がっていた後輩刑事に対し、これまで疑いの目を向けたこともなかった。やはり私には男を見る目がないようだ。

「俺が見た限り、森脇は病院に連れていくほどでもない。意識が戻ったら取り調べが始まるだろう。当然、お前にも事情を訊くことになる。大丈夫だな」

「はい、覚悟はできています」

長い夜になるだろう。森脇が素直に事情聴取に応じるという保証もない。現時点で彼の告白を聞いているのは私だけなのだ。

聖奈は立ち上がった。素足なのでアスファルトの感触が冷たい。調布市のある東の方向に向かい、手を合わせた。そして心の中で言う。

お兄、聞こえてる？　お兄を殺した犯人、捕まえたよ。

きっと兄は私を褒めてくれる。そんな気がした。そして聖奈は南無妙法蓮華経と三回唱えた。

「地縛霊という言葉、聞いたことがあるかい？　その名の通り、その土地に縛られて成仏できない幽霊のことだ。あれと似たようなもんだね。基本的にあんたみたいに人の形になることはほとんどない。いつもは空気のように彷徨っているんだ」

男の幽霊が話している。名前は前田修司。いや、かつて前田修司だった幽霊とでも言うべきか。

「俺はずっと聖奈を見守ってきた。だからお前のことも知っているよ。日樹だろ。娘が本当に世話になったな」

マンションの屋上にいる。部屋には警察の人間が押しかけており、騒々しかったので場所を移したのだ。

「二十五年前、俺は取引で出入りしていた定食屋の店員、奈良さえ子と恋に落ちた。といっても俺は結婚してたから、要するに不倫ってやつだね。でも俺は本気だった。当時の妻との仲は冷え切っていたし、本気でさえ子と一緒になろうと思った」

すでに森脇は部屋から連れ出されている。到着した警察官により緊急逮捕され、そのまま病院へと搬送された。丸藤も駆けつけてくれたので、奴がいれば聖奈のことは心配ないと日樹は思っていた。

「さえ子が妊娠したと聞いたとき、俺は今は堕ろすべきだと思った。将来的に子供は欲しかったけど、離婚が成立していない現状で子育てをしていくのは厳しいと思ったんだ。話し合いは物別れに終わって、彼女との仲がギクシャクしてしまった。彼女が子供を産もうとしているのを知って、俺はさらに仕事の量を増やした。道路工事のアルバイトもした。とにかく金が必要だった」

娘が生まれた。さえ子からその報告があったのは、夜間集中工事の現場だった。携帯電話が普及していない時代だった。休憩の途中にポケットベルが鳴り、公衆電話から病院に電話をかけ、それを知らされた。すぐにでも駆けつけたかったが、どうにかその気持ちを抑え込んだ。

「やっとさえ子のアパートに行けたのは、子供が生まれて数日後のことだった。もちろん可愛かった。そのままずっとアパートに住んでしまいたいと思ったけど、俺はそれをしなかった。一度それを許すと、ズルズル楽な方に行ってしまいそうで怖かったんだよ。ちょうど妻と離婚の話し合いが進んでいるときだったし、すべて綺麗に片づいたら、改めてさえ子と一緒になろう。そう誓っていたんだよ」

しかし、若いさえ子はそうは思わなかった。言いようのない不安を覚え、男を追いかけた。そして落ちていたレンガを拾い上げ、男の側頭部を殴った。

「正直痛かった。血も出てたしね。車を出してからも痛かったけど、俺が死んだのはあれが原因じゃないよ。目に見えない疲労が溜まっていたんだろうね。運転中にふっと意識が遠のいて、気づくと自分の遺体を見下ろしてた。このあたりはお前だって経験済みだろ。で、俺の足は当然さえ子の部屋に向いた。生きているうちは敢えて避けてたってのに、死んだらすぐに行ってしまうっていうのも妙な話だけどね。俺はやっと落ち着いて娘と対面した。可愛かったなあ、聖奈は。いや、まだそのときは名前がつけられていなかったのか」

前田が死んだ翌日、異変が起きる。勤務先であるキッチンわかばの奥さんからの連絡を受け、さえ子は前田の死を知った。そしてさえ子は思いつめた顔をして、籠の中で眠る我が子に目を向けた。

「深夜になって、さえ子は赤ん坊を抱いて部屋から出ていった。嫌な予感に襲われたけど、俺にはどうすることもできなかった。向かった先は日輪寺という寺だ。さえ子は赤ん坊を門の前に置いた。当然、俺は娘が心配だったから、その場で見守ったよ。毛布にくるまれているとはいえ、十二月の深夜だ。早く誰かに見つけてほしい。何もできない俺はそう願うしかなかった。そうこうしているうちに、境内から砂利を踏みしめる音が聞こえてきて、小学生くらいの坊主頭の子供が姿を現した。誰でもいい。とにかく暖かい場所に娘を連れていってほしい。俺の心の声が伝わったのか、その少年が籠ごと娘を抱き上げて、寺の境内に入っていった」

奇妙なものだ。日樹はそう思わずにいられなかった。あの夜のことは今でもはっきりと憶えている。あのとき、すぐ近くにこの男の幽霊がいたということなのだ。

「俺は遠くから娘を見守ることにした。ほかの幽霊とも知り合いになって、未練がなくなると成仏していくことも知ったけど、俺は何とか踏みとどまった。娘を――聖奈と名づけられた娘をできるだけ長く見守る。それが俺の望みだった」

時間が経ち、聖奈もどんどん成長していった。その頃になると前田は人の形をした霊としてではなく、もっとどんよりとした存在として娘を見守るようになっていた。普段は無意識で宙を彷徨っており、たまに気づいたら聖奈の様子を見に向かう。そんな感じらしい。気づくと一年経過していたこともあったという。変な男に騙されそうになったときとかね。そのくらいは許される範囲内だろ」

聖奈は男運の悪さを嘆いていた。付き合っていた男が痴漢の冤罪で捕まった。そんな逸話に事欠かなかった。もしかすると父親であるこの男が関与していたということか。

「でもお前には感謝してるよ、本当に。そもそもお前がいなかったら娘は凍え死んでいたかもしれないわけだしな。兄としてお前がどれだけ妹のために尽くしたか。それを俺はずっと近くで見てきたんだ。本当にありがとう」

「やめてくれ。俺はただ……」

「そろそろ時間だな。先に行くぜ」

前田がそう言って目を閉じた。その顔面はもはや形をとどめていない。砂のような細かい粒子になり、空気中に消えていく。

亜里沙のときと一緒だった。大きな力を使ってしまうと、幽霊というのは成仏する時間が格段に早まるようだ。やがて前田の姿は完全に消えた。

屋上には誰もいない。そして日樹は気がついた。自分の指先が消えかかっていることに。俺が消え去ってしまうのも時間の問題だ。このまま聖奈に何かを伝えることもできず、消えていってしまうのだろうか。

「ただいま」

聖奈は誰にともなくそう言って、室内に足を踏み入れた。くたくただ。ずっと事情聴取が続いていて、ついさきほどようやく帰宅が許されたのだ。時刻は午後九時を回っている。渋谷署に入ったのが午前三時近くのことだったので、かれこれ十八時間近く拘束されていたことになる。

メイクを落としてからシャワーを浴びた。それだけで少し気分がよくなった。シャワールームから出てくるとスマートフォンに不在着信が入っていた。丸藤からだったので、すぐに折り返した。電話はすぐに繋がった。

「すみません、丸藤さん。シャワーを浴びていたので」

「たいした用事があったわけじゃねえ。シャワーを浴びてたってことは、自宅に戻ることができたんだな」

「はい。と言っても明日も朝から事情聴取みたいですが」

森脇は大筋で容疑を認める供述をしているようだ。丸藤ら捜査員は裏付け捜査に奔走していた。新宿署と捜査一課でも容疑者逮捕の報告を受け、合同で森脇の取り調べをおこなっているらしい。

「当分の間は忙しいだろうな。ところでお嬢ちゃん」丸藤は真剣味を帯びた口調で言った。「刑事をやめようなんて思っちゃいねえよな」

聖奈は一瞬だけ言葉に詰まった。

実は昨日まで迷っていた。自分がこのまま刑事を続けていいのか、と。しかしどこか吹っ切れたような気がしていた。今はとにかく、一刻も早く兄の抜けた穴を埋める存在になることだ。森脇も抜けてしまった今、甘いことは言っていられない。まずは戦力になること。あれこれ考えるのはそれからだ。

「刑事をやめるつもりはありません。今後もよろしくお願いします」

「そうか」と電話の向こうで丸藤が明るい口調で言った。「じゃあ待ってるぜ。あ、そうそう。スマートフォンを見てたら、ハルちゃんと最後に飲んだときの写真を見つけた。あの野郎、すげえいい笑顔してんだよ。今からそんときの画像を送る」

通話が切れた。洗面台の前に立ち、髪の毛を乾かした。

鏡の両脇には小物を入れる収納ボックスがついている。右側が日樹の分で、左側が聖奈のスペースになっていた。だから右側には今も日樹の髭剃りや整髪料、青い歯ブラシなどが置かれている。

ドライヤーをオフにしてから、兄の使っていた整髪料を手にとった。まさか私が使うわけにはいかないし、こんなものを誰かがもらってくれるわけがない。いつまでも置いているわけにもいかないだろうし、そのうち処分しなければならない。そう思いつつ整髪料を元の場所に戻したときだった。

不意に鏡に誰かの姿が映ったような気がした。一瞬だが、何かが横切ったような気がしたのだ。聖奈は鏡をまじまじと見る。鏡に映っているのは廊下の壁と、それからトイレのドアが半分ほどだ。ちょうどトイレのドアの前あたりに、うっすらと影のようなものが見えた。

「誰?」

思わず声を発していた。しかし反応はない。聖奈は振り向いた。当然のことながら、誰もいない。もう一度鏡を見た。うっすらと影のようなものが見える気がする。

「お兄……」

思わず声を発していた。その言葉に自分自身が驚いていた。今、私はお兄と言ったのか。たしかにそこに兄が居るような気がしないでもない。鏡を見ると、さきほどまで見えていた影は消えている。

洗面台の前を離れ、ダイニングに戻る。そして聖奈はもう一度呼びかけた。

「お兄?」

反応はないが、うっすらと気配を感じた。その次の瞬間、信じられないものを見た。テーブルの上に置いてあるティッシュペーパーの箱に変化があった。一枚のティッシュペーパーがふわりと宙に舞い上がったのだ。いや、舞い上がったのではなく、正確に言えば誰かがつまんで持ち上げたようにも見えた。

羽佐間という弁護士を捕まえたときも、こうして一枚のティッシュが宙に浮き、それに気をとられている隙に羽佐間を逮捕できた。あの現象によく似ている。もしかして、あのときも——。

「お兄？　お兄なんだよね？　いるんでしょう？」

当然返事はない。しかし聖奈の言葉に応じるように、宙に浮かんだティッシュが小刻みに揺れた。うなずいているようにも見える。間違いない、もはや聖奈は確信していた。ここに、お兄はいる——。

「お兄、手を広げて。こういう風に」

聖奈はみずから手を広げた。それに合わせる形でティッシュが横に動く。兄は右手にティッシュを持ち、こちらを向いているようだ。宙に浮かぶティッシュの場所から大体の位置を特定し、聖奈は前に進んだ。ちょうど兄の立っていると思われる、その場所に。

「お兄……」

そう言ったきり、言葉が続かなかった。涙が溢れ出て仕方がなかった。同時にいろいろなことが腑に落ちた。最近見た変な夢も、きっと日樹のせいに違いない。彼が夢を通じてヒントを与えてくれたのだ。そうとしか思えなかった。

じんわりとした温かみを感じる。兄に抱かれている。そう感じた。そして気がついた。私、お兄のことが大好きだったんだな。

頭の上にポンポンと叩かれた感触があった。懐かしい感触だった。昔、こうして頭をポンポンされたものだ。ただし、それをされるのは決まって別れ際だったような気がする。兄が大学を卒業して実家を出ていくときもそうだった。聖奈が警察官になることが決まり、警察学校の寮に入寮するときもそうだった。

「お兄、もしかして……」

兄は答えることはなかったが、代わりにティッシュペーパーが小刻みに揺れた。

「お兄、行かないで。このまま私と、お願いだから——」

徐々にではあるが、自分を包んでいるぬくもりが消えていくのを感じた。ティッシュがひらひらと床に舞い落ちていく。聖奈は思わず手を伸ばしていたが、指の先に触れただけで、虚しくもそれは床に落ちた。

行ってしまったのか、お兄は——。

聖奈は床に座り込んだ。そして肩を震わせるようにして泣いた。

誰にも信じてもらえないだろうが、今、確実に兄はここにいた。そして心が繋がった。しかしそれはほんの一瞬のことで、兄は去ってしまった。もう永遠に兄が戻ってくることはないだろう。そんな気がした。

ひとしきり泣いたあと、聖奈は立ち上がった。テーブルの上に置いたスマートフォンのランプが点灯していた。見ると丸藤からメールが届いていた。添付されていた画像を見る。

日樹と丸藤が並んで座っている。どちらも酔っているようで、カウンターの上には空いたショットグラスとテキーラの瓶が転がっていた。丸藤はなぜかカットレモンを口にくわえている。

見憶えのある店内だ。数日前に友利京子と訪ねたパプリカというガールズバーだった。日樹の背後にはバニーガールの格好をした女性の店員が立っていて、こちらを見てピースサインをしていた。亡くなった宮前亜里沙という女の子だ。

聖奈はいつまでも画像を見ていた。画像の中の日樹は無邪気な笑顔を浮かべている。

本書は書き下ろしです。

横関 大（よこぜき・だい）

1975年静岡県生まれ。武蔵大学人文学部卒。2010年『再会』で第56回江戸川乱歩賞を受賞。2019年に連続ドラマ化された『ルパンの娘』が大ヒット。翌2020年には続編も放送。さらに同年『K2　池袋署刑事課 神崎・黒木』も連続ドラマ化され話題となる。いま最も注目される新時代のエンターテインメント作家の一人。他の著書に『沈黙のエール』『チェインギャングは忘れない』『炎上チャンピオン』『罪の因果性』。2021年秋には映画「劇場版　ルパンの娘」の公開が控えている。

ゴースト・ポリス・ストーリー

第１刷発行　2021年８月23日

著者　横関 大（よこぜき だい）
発行者　鈴木章一
発行所　株式会社講談社
東京都文京区音羽２－12－21
郵便番号　112－8001
電話　出版　03－5395－3505
販売　03－5395－5817
業務　03－5395－3615

印刷所／豊国印刷株式会社
製本所／株式会社国宝社

N. D. C. 913 362p 20cm
ISBN 978-4-06-524061-8

ルパンの娘

泥棒一家の娘・三雲華は、警察一家の長男・桜庭和馬と素性を隠して交際していた。ある日、華の祖父・巌が顔を潰された遺体で見つかり、華は独自に犯人を捜す。和馬は華に婚約指輪を贈るが、殺人事件を捜査する中で華が伝説のスリ師・巌の孫だと知り悩む。事件の真相と二人の恋の行方は？　著者会心の長編ミステリー！

講談社文庫　定価：924円(税込)

ルパンの帰還

警視庁捜査一課で活躍する桜庭和馬。部下に配属された、別嬪の新人刑事は京都の老舗探偵事務所に生まれた北条美雲、23歳。ドジで愛嬌のある天才肌。バディを組んだ二人が直面したのは、和馬の妻子が巻き込まれたバスジャック事件だった。連続ドラマ化で話題沸騰の人気シリーズ新展開！

講談社文庫　定価：814円(税込)

ホームズの娘

運命的な出会いののち、急速に恋心が育つ若き女性刑事・北条美雲。それは「禁断の恋」だった!? 一方で、和馬と華に不気味な挑戦状を送る、もう一人の「Lの一族」。三雲家を恨んで敵に回す、その理由とは——連続テレビドラマ化で話題沸騰の「ルパンの娘」シリーズ、超ハイスピードの第3弾！

講談社文庫　定価：814円(税込)

ルパンの星

Lの一族の娘・三雲華は、刑事で夫の桜庭和馬とともに娘・杏の育児に追われていた。一方、北条美雲は失恋の痛手を負い所轄でくすぶる日々。ある日、美雲の管内で元警察官が殺され久しぶりに和馬とタッグを組むと、捜査は意外な方向へ。シリーズ待望の第4弾。

講談社文庫　定価：814円(税込)

K2 池袋署刑事課　神崎・黒木

講談社文庫　定価：748円（税込）

池袋が大変だ。猿が逃げ、警察官が人を投げ、他の女と浮気をしそうになると犯人が現れる。謎が謎を呼ぶ事件のそばには、いつも神崎と黒木がいる。頁をめくるたび現れる興奮と感動。最終話で、神崎は究極の二択に直面する。擁護か、決別か。黒木が相棒にすらひた隠し守ろうとしていたものとは――江戸川乱歩賞作家による黄金コンビの狂想曲！

帰ってきたK2 池袋署刑事課　神崎・黒木

講談社　定価：1705円（税込）

池袋のアパートでシングルマザーの死体が発見された。真っ先に現場に駆けつけた神崎と黒木は、残された幼い娘を前に犯人検挙を誓う。ところが翌日、二人は突然、捜査本部から外されてしまい――。「池袋」だからこそ、起こる事件がある。

誘拐屋のエチケット

講談社　定価：1650円（税込）

腕利きの誘拐屋・田村健一は、ある日、新人誘拐屋の根本翼とコンビを組むことになる。あまりにもお節介な翼は、自らが誘拐した人物の人生相談に乗ってしまう。淡々と仕事を全うしたい田村の抵抗もむなしく、いつしか二人は関係のないトラブルに巻き込まれていく。だがすべての事件は、田村の過去につながっていた。

スマイルメイカー

講談社文庫　定価：770円（税込）

家出少年が、濡れ衣を着せられた「犯罪者」が、バツイチの女性弁護士が、街中でタクシーを止める。お人好しドライバーたちは誰も拒まない。やがて少年は失踪し、タクシーが消える。どんな逆境にも諦めず、ひたむきに生きる人々にもたらされる結末は？　乱歩賞作家が贈る、感動と興奮の傑作長編ミステリー！